저 **어리석은** 자 에게도 **각광** 을!

멋지도다,
명조연

엑스트라
**멋진
세계에
축복을!**
엑스트라

저 어리석은 자에게도 각광을! 멋지도다, 명조연

CONTENTS

이 멋진 세계에 축복을! 엑스트라

프롤로그
P011

제1장
저 이야기의 이면을 ……………… P015

제2장
저 마검을 당신에게 ……………… P033

제3장
저 용사의 분투기 ……………… P077

제4장
저 영애와 커플이 ……………… P115

제5장
저 몽마와 적대세력 ……………… P169

한담
어느 귀족의 보물 ……………… P225

종장
저 과거를 넘어서 ……………… P231

에필로그
P301

후기
P308

"……자, 잠깐만 있어봐라.

이것은 속옷이지 않느냐!"

멋진
세계에
축복을!
에스트라

저 어리석은
자에게도
각광을!

멋지도다,
명조연

히루쿠마 지음
유우키 하구레 일러스트
이승원 옮김

Character

린

더스트

직업 위저드
더스트의 파티 멤버. 툭하면
문제를 일으키는 더스트의
보호자 취급을 당하고 있다.

직업 전사
액셀 마을에서는 꽤 이름이
알려진 모험가 같다. 그에
관한 묘한 소문도 돌지만 진
상을 아는 이는 없다.

융융

로리
서큐버스

직업 아크 위저드
마법사로서의 실력은 대단
하지만 항상 솔로로 활동
한다.

직업 점원
남성 모험가들에게 끝내주는
꿈을 제공하는 서큐버스 가게
의 점원. 성격상 남에게 잘
휘둘리는 편이다.

아쿠아
직업
아크 프리스트

다크니스
직업
크루세이더

메구밍
직업
아크 위저드

프롤로그

"잘 들어, 카즈마. 너는 모험가로서 아직 미숙해. 운 좋게 마왕군 간부를 쓰러뜨렸다고 으스대지 말라고. 알았지?"

나는 모험가 길드의 술집 한구석에서 모험가의 마음가짐을 초보자 모험가인 카즈마라는 남자에게 이야기해줬다.

이 녀석은 신출내기인 주제에 동료들과 함께 마왕군 간부인 뒬라한을 격퇴하여 엄청 주목을 받고 있는 신인 모험가다.

예전에 다툰 적도 있지만……. 젊은 날의 치기 같은 것이다. 지금은 완전히 화해했다.

"네가 미워서 이런 소리를 하는 게 아냐. 절친이라고 생각하니까 이런 쓴 소리를 해주는 거라고. 결코 네가 여자들한테 둘러싸여 지내는 걸 시기하는 게 아냐. 내 마음 알지?"

나는 그렇게 속 좁은 남자가 아니다. 그 점은 강조해둬야 한다.

"알아, 더스트. 뭐, 너와 나는 절친이 아니라 어디까지나 지인 사이에 불과하지만 말이야."

"어이, 너무하잖아. 너와 나는 어둑어둑한 방 안에서 하룻밤을 같이 보낸 사이잖아."

"오해 사기 딱 좋은 소리 좀 하지 말아줄래?! 거기는 감옥이었다고!"

"그래도 틀린 말은 아니잖아."

감옥에서 뜨거운 대화를 나눴으니까 말이야.

당시에 카즈마는 망할 영주의 저택을 폭파시킨 죄로 잡혔던가?

"나도 이 두 눈으로 똑똑히 봤어! 너희 둘은 한방에 같이 있었어."

"골 때리는 타이밍에 끼어들지 마, 이 잉여신아!"

우리의 대화에 끼어든 사람은 물을 연상케 하는 푸른 빛깔 머리카락을 지닌 미인이었다.

외모는 나쁘지 않다. 어디까지나 외모는 말이다.

"누가 잉여신이라는 거야! 나는 아쿠시즈 교도들이 숭배하는 여신 아쿠아거든?!"

"쟤는 그런 착각에 빠져 살아."

"불쌍하네."

이 녀석은 이름이 똑같다는 이유로 자신을 여신이라 믿어 의심치 않는, 불쌍한 프리스트다.

「나는 여신이다」라는 건 이 녀석 특유의 농담이 되었다. 뭐, 전혀 웃기지 않지만 말이다.

세상에 폐만 잔뜩 끼친다는 평판인 아쿠시즈 교도라는 점만으로도 골치 아픈데, 거기다 한술 더 떠 자기가 여신이라고 우기는 것이다.

　나는 아쿠시즈 교도와 만나본 적이 있는데 하나같이 남의 말에 전혀 귀를 기울이지 않는 녀석들이었다. 솔직히 말해서 그딴 녀석들과는 절대 얽히고 싶지 않다.

　내 동료들도 파티에 프리스트를 영입하고 싶어하지만 아쿠시즈 교도는 사양할 것이다. 그 정도로 위험한 녀석들이라고…….

　"저기, 내가 여신이라는 걸 왜 아무도 믿어주지 않는 거야?!"

　"어이, 프리스트 씨. 신은 하늘 위에서 사람들을 지켜보는 존재지? 할일이 산더미처럼 있을 거 아냐. 이 세상에 내려와서 모험가 생활을 할 여유가 있을 리 없다고. 그런 짓을 했다간, 신으로서 직무태만일걸?"

　"콜록, 콜록!"

　"크리스, 왜 갑자기 기침을 하는 것이냐? 설마…… 기관지에 억지로 물을 집어넣는 새로운 플레이에 눈뜬 것이냐?!"

　"크리스는 다크니스와 취향이 다르거든요?"

　근처에 있던 단발머리에 가슴이 왜소한 여자 도적이 콜록거리자, 카즈마의 동료이자 크루세이더인 다크니스가 걱정(?)을 하는 것 같았다.

　옆에서 튀김을 먹으며 태클을 날린 이는 정신 나간 폭렬걸이다. 그녀는 다크니스의 말을 듣고 어이없다는 반응을 보였지만, 그러는 이 녀석도 제정신이 아닌 것은 마찬가지다.

이름은 메구밍이었던가. ……홍마족의 네이밍 센스는 정말 이해가 안 된다니깐.

"여신한테도 사정이 있을 거야! 어디 사는 은둔형 백수 때문에 억지로 이런 세계에 끌려왔을지도 모르거든?!"

"아쿠아, 그건 말이 안 되잖아. 설마 여신이나 되시는 분께서 물건 취급을 당하며 이 세계에 끌려온다는 게…… 말이 되냐고."

카즈마는 상냥한 미소를 짓고 아쿠아의 어깨에 손을 얹었다. 그러자 아쿠아는 울먹이면서 카즈마를 두들겨 패려 했다. 그리고 다크니스가 그런 아쿠아를 잡고 말렸다.

자기가 모시는 여신이 바보 취급을 당했으니 프리스트로서 화를 내는 게 당연하지.

카즈마는 동료에게 위로를 받고 있는 프리스트를 계속 놀려댔다.

하아, 항상 시끌벅적하고 즐거운 이 녀석이야말로 풋내기 모험가의 마을 액셀에 어울리는 신입이라니깐.

저 녀석들이 난리를 피우는 사이, 나는 아침부터 아무것도 먹지 않았기에 점원을 불러서 음식을 주문했다.

물론 돈은 카즈마 앞으로 달아놓고…….

제1장

저 이야기의 이면을

1

술맛이 영 별로다.

나는 모험가 길드에서 평소처럼 동료들과 술을 마시고 있었지만 아까부터 계속 기분이 나빴다.

"어라, 샐러드에 토마토가 들어있지 않네. 나, 토마토 좋아하는데⋯⋯. 어, 왜 그렇게 얼굴을 찡그리는 건데? 안 그래도 볼품없는 얼굴이 더 양아치 같잖아."

우리 파티의 홍일점인 린이 샐러드를 뒤적거리다가 어이없다는 표정으로 나를 쳐다보았다.

파란 망토를 걸쳤고, 빨간 머리카락을 머리 뒤편으로 모아 묶었으며, 얼굴에는 앳된 느낌이 남아 있는 소녀. 린을 보면 항상⋯⋯ 아니, 괜히 생각하지 말자.

"누가 양아치라는 거야. 흥, 그 녀석들이 온 후로 이 마을도 영 살기 힘들어졌다는 생각을 하는 것뿐이야."

"그 녀석들? 아, 저 신출내기 모험가들 말이야?"

중장갑 갑옷 차림으로 술집에 온 테일러가 엄지를 세우더니 등 뒤를 가리켰다.

그가 손가락으로 가리킨 곳에는 머리카락이 검고 나약해 보이는 남자와 예쁜 여자 세 명이 있었다. ……진짜 짜증나는 녀석이다.

파티 멤버 중에서 나와 가장 마음이 맞는 사람이자 아처인 키스도 신경이 쓰이는지, 싱싱한 오이를 먹으면서 그쪽을 쳐다보았다.

"저 녀석들은 마왕군 간부인 베르디아와 싸울 때 활약했던 녀석들이지?"

"그런 것 같아. 나는 현장에 늦게 도착해서 자세한 건 모르지만."

나는 다른 볼일 때문에 전투에 늦게 참가해서 제대로 못 봤지만 그들의 활약상은 들었다.

"마왕군 간부의 공격을 맞고도 인상 한 번 찡그리지 않으며 미소를 짓고 있는 모습은 그야말로 크루세이더의 귀감이었지."

테일러는 같은 크루세이더로서 나름 생각하는 바가 있는 것 같았다. 그의 눈에는 존경의 빛이 어려 있었다.

"홍마족 애가 쓴 마법도 위력이 엄청났다니깐. 위저드로서의 격이 차이난다는 걸 실감했어."

"파랑 머리 아크 프리스트가 물을 불러내는 모습도 압권이었다고."

키스의 음흉한 시선은 그 아크 프리스트의 엉덩이를 향하고 있었다.

양손으로 부채를 들고 뭔가를 하고 있는 푸른 머리카락의 소녀는 사람들에게 원성이 자자한 아쿠시즈교의 아크 프리스트라는 것만 제외하면 그야말로 끝내주는 미녀다.

그런 세 사람에게 둘러싸여 있는 볼품없는 남자애가 일거리를 찾고 있었다. 저렇게 멋진 동료들이 있는데도 허드렛일을 찾는 저 얼간이가 나는 정말 마음에 들지 않았다.

"이 풋내기 모험가의 마을 액셀을 이끌고 있는 이 몸에게, 인사도 안 하는 게 마음에 안 든다고!"

"이끌기는 무슨. 폐만 잔뜩 끼치고 있으면서."

테일러가 어이없다는 투로 태클을 날렸지만 무시했다.

키스와 린도 할 말이 있는 것 같았지만 나는 두 사람과 시선을 맞추지 않았다.

"상급 직업에 끝내주는 미녀로 이뤄진 하렘에 최약체 직업인 모험가가 딱 들러붙어 있네! 인생 한 번 편하게 사니 참 좋겠다!"

나는 그 녀석에게 들리도록 일부러 큰 목소리로 그렇게 외쳤다.

분노를 억누르는 듯한 표정으로 나를 쳐다본 그 녀석은—.

오예에에에엣! 그 바보 자식, 파티 멤버 교환에 응했다고!

나는 카즈마라는 이름의 그 최약체 직업 모험가를 살살 구슬렸다.

그 녀석이 파티 멤버를 교환하자는 말을 듣고 기뻐한 게 마음에 걸렸지만, 아마 분해서 일부러 그런 거겠지.

머리끝까지 피가 치솟아서 입을 잘못 놀렸고 자존심이 훼방을 놔서 물러서지 못한 게 틀림없어. 그렇지 않다면야 이렇게 끝내주는 동료들을 내팽개칠 리가 없다고.

모험가 길드의 술집에서 카즈마에게 시비를 걸었더니 바로 파티 멤버 교환에 응해줬다.

그 녀석, 진짜로 바보 아냐? 일시적이라고는 해도 이렇게 끝내주는 애들을 놔주다니 말이야.

전원이 상급 직업인 데다가 빼어난 미녀다. 한 명은 성장기라 그런지 발육이 좋지 않지만 일찌감치 침을 발라두는 것도 좋을 것이다.

오늘 하루만 교환하기로 약속했지만 이참에 내 멋진 모습을 보여줘서 이 파티에 눌러앉는 것도…… 그럴 수는 없지. 린한테서 떨어질 수는 없으니까 말이야. 그냥 우리 파티에 영입하는 것도 괜찮지 않을까?

"저기, 원래 표적은 고블린이지만 역시 더 센 녀석을 해치우러 안 갈래? 드래곤 같은 거 말이야! 우리라면 간단히 해치울 수 있을 거야."

이 녀석은 대체 무슨 소리를 하는 거야. 길드에서도 같은 소리를 하던데, 정신이 나간 거 아냐? 자신만만하게 가슴을 펴며 저딴 소리를 하는 걸 보면 실력에는 자신이 있는 것 같은데 말이지.

콧대가 하늘을 찌르는 이 아크 프리스트의 이름은 아쿠아다.

"좋다! 실은 드래곤의 브레스를 한 번 맞아보고 싶었다! 그 뜨거운 숨결에 온몸이 노릇노릇하게 익어들어가면…… 정말 끝내주겠지!"

이 크루세이더, 제정신 맞아? 상급 직업이라고는 해도 드래곤의 브레스를 정통으로 맞는다면 시꺼먼 숯덩이가 될 거라고. 그런데 그걸 맞아보고 싶다니…….

"어이, 아까도 물어봤지만, 왜 무기가 없을 뿐만 아니라…… 방어구도 입지 않은 건데?"

"말했지 않느냐. 무기는 있어봤자 의미가 없다. 게다가 갑옷은 마왕군 간부와 격전을 치르다 부서지고 말았지."

"……양보하기 싫지만, 그래도 백보 양보해서 무기는 그렇다 쳐도…… 전위가 갑옷을 안 걸치면 위험할 거라고."

"안심해라. 빈약한 공격 따위는 나에게 통하지 않는다! 게다가 고블린과 싸울 거라면 방어구가 없는 편이 괜한 수고를 들이지 않아도 되지!"

괜한 수고를 들이지 않아도 된다니…… 그게 대체 무슨 소리야?

게다가 왜 이 녀석은 눈가가 촉촉이 젖고 볼이 발그레해진 상태로 거친 숨을 내쉬고 있는 거냐. 싸움을 앞둬서 마음이 달아오른 걸 거야……. 그, 그렇겠지……?

마왕군 간부의 공격을 맞고도 살아남았으니 갑옷 없이도 고블린의 공격 정도에는 끄떡도 하지 않을 것이다……라고 여기기로 했다.

"드래곤 퇴치인가요? 좋네요. 드래곤의 몸을 지키는 그 견고한 비늘을 제 폭렬마법으로 분쇄해주겠어요!"

망토를 펄럭이면서 지팡이를 내민 꼬맹이는 홍마족이자 아크 위저드였다.

홍마족은 방대한 마력과 괴상한 네이밍 센스로 유명한 일족이다. 이름은 메구밍이었나……. 이름이 괴상한 걸 보면 홍마족이 틀림없는 것 같네.

"그, 그게, 아까도 말했다시피 너희라면 드래곤을 쓰러뜨릴 수 있을지도 모르지만 말이야. 나한테는 역부족이라고. 미안하지만 고블린 퇴치로 납득해주지 않겠어?"

게다가 드래곤과는…… 웬만하면 싸우고 싶지 않아. 가능하면 피하고 싶다고.

"어쩔 수 없네~. 엄청 센 몬스터를 잡아서 카즈마의 콧대를 꺾어주고 싶었는데. 특별히 네 실력에 맞춰줄게. 고마운 줄 알아.”

“음. 우리에 대한 카즈마의 인식을 뜯어고쳐주고 싶지만, 어쩔 수 없지.”

“뭐, 좋아요. 드래곤 슬레이어는 다음 기회에 되죠, 뭐.”

세 사람은 자신들이 질 거라고는 눈곱만큼도 생각하지 않는 것처럼 자신감이 넘쳤다. 상당한 실력자가 틀림없는 것 같네. 아무리 생각해도 최약체 직업인 모험가와 함께 다니기에는 아까운 멤버들이야.

“어이. 너희는 왜 그런 최약체 직업과 같이 다니는 건데? 상급 직업인 너희라면 더 괜찮은 녀석들을 동료로 삼을 수 있지 않아?”

“으음, 그게 말이지. 은둔형 외톨이를 내버려둘 수가 없지 뭐야!”

“그, 그래요. 아무도 저를 동료로 받아주지 않았던 건 아니라고요!”

“으, 음. 전에 한 번 파티를 짰던 상대가 울음을 터뜨리더니, 작작 좀 하라면서 나를 파티에서 쫓아낸 사태는 결코 벌어진 적이 없다. 그저 극악무도한 모험가에게 연약한 여성 두 명이 학대당하고 있다는 이야기를 다른 사람에게 듣고, 꼭 참가…… 더는 그딴 짓을 못하도록 감시하고 있는 거지.”

“흐음. 그랬구나. 너희가 그딴 쓰레기와 함께 다니는 게 이해가 돼."

최약체 직업인 카즈마란 녀석은 너희와 전혀 어울리지 않으니까 말이지.

동정과 감시라. 그렇다면 납득이 된다.

"그래. 우리 같이 대단한 애들이 은둔형 백수 따위의 명령에 따른다는 게 말이 돼?! 나를 공경하며 어리광을 받아달란 말이야!"

"그래요. 카즈마는 저희를 좀 더 소중히 여겨야 한다고 생각해요!"

"카즈마는 우리를 너무 얕보니까 말이지. 이번 일로 우리가 얼마나 소중한지 똑똑히 깨닫게 해주겠다."

발끈한 그녀들을 보니 진짜로 우리 파티에 영입할 수 있을 것 같았다.

오늘은 멋진 모습을 보여줘야지. 아, 맞아. 그 전에 알아둬야 할 게 있어.

"그럼 너희의 스킬을 알려주지 않겠어? 미리 알아두는 편이 좋을 것 같거든."

"나는 연회용 장기자랑 스킬과 아크 프리스트의 스킬을 전부 쓸 수 있어. 특기는 화조풍월이야."

"연회용 장기자랑…… 그, 그렇구나. 아크 프리스트 스킬을 전부 쓸 수 있는 건 진짜 대단하네!"

아크 프리스트의 스킬을 전부 익히고도, 연회용 장기자랑

스킬을 익힐 여유가 있었다는 거구나. 이거, 내 상상보다 훨씬 대단한 인재일지도 모르겠는걸.

"내 이름은 메구밍! 최강의 아크 위저드이자, 폭렬마법을 펼치는 자!"

"으, 응. 이름은 알고 있었지만, 폭렬마법을 쓸 수 있구나! 대단하네~!"

아쿠아라는 아크 프리스트와 마찬가지로 대부분의 마법을 습득한 후에 폭렬마법을 익힌 거겠지. 그렇다면 상당한 실력자다.

다른 마법을 하나도 익히지 않고 폭렬마법을 익히는 바보가 이 세상에 있을 리 없잖아.

마왕군 간부의 수하들을 한방에 쓸어버렸다는 것 같으니 폭렬마법의 위력은 의심할 여지가 없다. 입에 발린 칭찬이라도 해두도록 할까.

"폭렬마법을 쓸 수 있는 마법사와 파티를 맺게 되다니, 완전 최고인걸! 이거, 나중에 동료들에게 자랑해야겠어!"

"당신, 폭렬마법의 매력을 이해하는 걸 보면 뭘 좀 아는 사람이군요. 마침 마을에서도 꽤 떨어진 곳까지 왔으니, 폭렬마법을 써도 혼나지 않겠죠. 좋아요. 제 마법을 보여드리겠어요!"

"뭐?"

무슨 소리를…… 하는 거야. 이렇게 탁 트인 평원에서 폭렬마법을 쓰면 그 소리를 듣고 마물들이 몰려올 거라고. 농담하는 거지?

쓴웃음을 머금은 내 눈앞에서 방대한 마력이 지팡이 앞으로 집중되기 시작했다.

불꽃놀이를 하듯 뭔가가 사방으로 뛰고 있거든? 이 찌릿찌릿한 느낌은…… 진짜로 쓰려는 거 아냐?

"어, 어이! 그만─."

"익스플로전!"

나는 말리려 했지만 내 목소리는 마법과 폭풍과 폭염, 그리고 폭음에 휩싸여…… 우오오오오오!

"으그그극! 어, 엎드려어어어어!"

나는 몰려오는 폭풍의 영향을 조금이라도 덜 받기 위해 엎드렸지만 크루세이더는 태연한 표정으로 서 있었다.

아크 프리스트는 그런 크루세이더의 뒤편에 앉아서 무릎을 꼭 끌어안고, 하품을 했다.

이상하잖아! ……나만 겁먹은 거야?! 이 녀석들, 대체 어떻게 되어먹은 거냐고!

폭풍이 그친 후에 내가 머뭇거리면서 고개를 들어보니, 평원에는 어느새 거대한 구멍이 생겨났다.

"맙소사…… 이런 위력은 본 적이 없다고…….'

"제 폭렬마법, 정말 엄청나죠?"

의기양양한 목소리로 그렇게 말한 아크 위저드를 쳐다보

자…… 지면에 넙죽 엎드려 있었다.

"어이, 왜 누워있는 거야?"

"마력이 바닥나서……."

"뭐어어어엇?! 어, 너, 방금 그 한 방으로 마력을 다 써버린 거야?! 농담이지?!"

폭렬마법을 쓰고 마력이 바닥나버리는 마법사 따위는 아무 짝에도 쓸모가 없다고!

"왜 적도 없는데 폭렬마법을 쓴 거야?! 진짜 이해가 안 되네!"

"폭렬마법은 마음이 고조되었을 때 쓰는 거예요. 그런 기초적인 것도 모르는 건가요? 이래서 풋내기는 문제라니까요."

"허둥대지 마라. 자주 있는 일이니까 말이다."

"누가 풋내기라는 거야?! 그리고 마법사가 아무 짝에도 쓸모없는 짐이 되었다고! 좀 당황하란 말이다아아아앗!"

"지나간 일을 가지고 왈가왈부하면 머리가 벗겨질 거야. 아, 저기 좀 봐. 뭔가가 이쪽으로 뛰어오는 것 같아."

이 녀석들은 왜 이렇게 느긋한 건데?!

하아, 정말. 옷 좀 당기지 마. 네가 무슨 꼬맹이냐. 이쪽으로 뛰어오는 건 방금 발생한 폭음을 들은 모험가나 위병일 거라고…….

"털이 검은색이고 네 발로 뛰는 짐승 같아 보인다만……. 야생미가 넘치는 게 참 멋진 짐승이구나."

"검은 짐승?"

불길한 예감만 마구 들잖아. 나는 눈을 가늘게 뜨고 그쪽을 주시했다.

고양이과 짐승이며 검은 털로 온몸이 뒤덮여 있었다. 그리고 입에는 날카로운 송곳니가 두 개…… 어, 어이어이!

"초보자 킬러잖아! 도, 도도, 도망치자!"

방금 그 폭음을 듣고 뛰어오는 거냐! 짐덩이가 있는 상태에서 저 녀석과 싸우는 건 불리해!

나는 마력이 바닥나서 꼼짝도 못하는 마법사를 짊어진 후 그대로 내달리려 했지만……

"저 놈이 초보자 킬러인 것이냐! 전부터 한 번 싸워보고 싶었다! 검을 빌리마!"

"어이, 기다려! 그건 내 소중한—."

크루세이더가 내 검을 빼앗은 뒤 적을 향해 돌진했다. 저 바보, 무슨 생각인 거야?!

초보자 킬러는 고블린이나 코볼트 같은 졸개 몬스터를 미끼로 삼아 인간을 교활하게 사냥하는 최악의 마물이다. 상급 직업으로 구성된 이 멤버라면 이길 수도 있는 상대지만…… 그녀들이 지금까지 한 행동을 보니 불길한 예감만 들었다.

"힘내~! 다크니스, 펀치를 날려!"

부추기지 마, 망할 프리스트! 응원할 짬이 있으면 지원마법이라도 쓰라고!

"내 일격을 받아라!"

크루세이더가 주저 없이 달려들며 날린 일격이 허공을 갈랐다.

초보자 킬러가 공격을 피한 게 아니라, 저 녀석이 아무것도 없는 공간을 향해 검을 휘두른 것이다. 그리고 크루세이더는 몸을 돌리면서 또 공격을 날렸지만…… 이번 공격도 호쾌하게 허공을 갈랐다.

"어이, 쟤 지금 뭐하는 거야……?"

내가 등에 업힌 폭렬걸에게 질문을 던지자 그녀는 바로 대답을 했다.

"아까 본인이 자기 입으로 말했잖아요? 다크니스의 공격은 매번 빗나가요. 방어 하나는 끝내주지만 말이에요."

그래서 무기는 필요 없다고 말한 거냐!

공격을 명중시키지 못하는 크루세이더. 적이 없는 평야에다 마법을 한 방 날리고 그대로 짐덩이가 되어버린 폭렬걸.

……절망하기에는 아직 일러! 이 아크 프리스트는 분명 실력자일 거야. 지원마법을 걸어달라고 해서 크루세이더가 당하기 전에 초보자 킬러를 어떻게든 해야 해!

"꽤 날카로운 공격이구나!"

어…… 저 크루세이더, 갑옷을 안 입었는데도 초보자 킬러의 공격을 버텨내고 있지 않아?

옷이 찢겨나가고 있는데도 저렇게 기운이 넘치는 것은 이상하지만, 왠지 기쁜 표정을 짓고 있는 게 이해가 안 된다고 할까…… 아니, 이해하고 싶지 않아.

게다가 남의 검을 집어던져버리고 초보자 킬러와 맨손으로 싸우고 있잖아.

"나를 밀쳐서 쓰러뜨린 후에, 짐승의 원초적인 욕구를 나한테 풀려는 것이냐! 인간이 아니라 짐승에게 내 부드러운 피부가 유린당하고 마는 건가…… 크으으윽!"

부드러운 피부는 무슨. 초보자 킬러의 공격을 맞고도 멀쩡하잖아.

몸을 배배 꼬고 있는 다크니스의 어깨를 깨문 초보자 킬러는 왠지 겁을 먹은 표정을 짓고 있었다.

……그건 내 착각인 걸로 치부하더라도, 저 녀석은 초보자 킬러에게 어깨를 물렸는데 전혀 고통스러워하지 않네. 오히려 환한 미소를 짓고 있어!

나는 이제 깨달았다. 이해했다. 이 녀석들…… 정상이 아냐! 하나같이 제정신이 아니라고! 카즈마가 이 녀석들을 떠넘기려는 듯이 내 제안을 적극적으로 받아들인 이유를 자—알, 알겠어!

"침을 질질 흘리면서 더 격렬하게 깨물어라! 그 뿐만 아니라 피부를 찢어발기고, 저항하는 나를 궁지로 몰아넣은 후, 너의 그 단단하기 그지없는…… 더는 못 참겠구나! 하아아아아앙!"

괴성을 지른 크루세이더는 눈이 까뒤집히더니 그대로 털썩 쓰러졌다. 나는 초보자 킬러가 이 틈에 크루세이더의 숨통을 끊으려고 들까 봐 걱정했다. 하지만 초보자 킬러는 크루세이더에게서 떨어지더니 뒷걸음질 쳤다.

저 영문 모를 기백과 비정상적인 행동 때문에 겁을 먹은 것일까? 초보자 킬러가?

이, 이해 못해도 돼. 상대가 물러선 지금이 기회라고.

"어이, 도망치자!"

"바보 같은 소리 하지 마. 초보자 킬러를 쓰러뜨린다면, 카즈마가 우리를 다시 볼걸? 그리고 무릎 꿇고 용서를 빌며 슈와슈와를 두 잔, 아니, 열 잔이라도 사줄 거야! 여신의 일격을 맛보여 주겠어, 갓블로!"

"정신 나갔어?! 왜 이 타이밍에 달려드는 거냐고!"

주먹이 명중하기 직전, 방금까지 크루세이더를 물어뜯던 초보자 킬러의 입에서 흘러나온 타액을 밟은 프리스트가 그대로 미끄러졌고 넘어지려 했다.

그리고 몸이 앞쪽으로 기울어진 프리스트는 초보자 킬러를 향해 머리를 쑥 내미는 자세를 취했고, 초보자 킬러는 주저 없이 파랑 머리 프리스트의 머리를 덥석 물었다.

"꺄아아아아앗! 물렸어! 우물우물 씹고 있어~!"

머리를 물렸는데도 여유가 있는걸. 저 단단한 크루세이더를 물어뜯느라 초보자 킬러도 턱에서 힘이 빠진 걸까?

"떨어지란 말이야! 감히 여신을 맛있게 씹어 먹으려고 해?! 확 천벌을 내릴 거야! 저기, 더 물어 뜯겼다간 진짜로 위험할 것 같아! 그, 그러니까…… 누가 좀 도와줘~! 카즈마 씨~!"

아직 버틸만 한 것 같지만 그렇다고 못 본 척 할 수도 없겠지.

나는 업고 있던 폭렬걸의 안면이 지면을 향하도록 내팽개 친 후, 그 녀석이 쥐고 있던 지팡이를 주워들었다.

"이래서는 아무것도 안 보인다고요! 하다못해, 고개라도 좀 돌려줘요."

지면에 고개가 처박힌 채 초보자 킬러와 반대편을 향해 드러누워 있는 폭렬걸이 그렇게 말했다. 일부러 그렇게 한 거라고…….

크루세이더는 기절 중이고, 시끄러운 프리스트는 초보자 킬러에게 머리를 물린 채로 버둥거리느라 내 쪽을 쳐다보고 있지 않았다.

"지팡이로는 노 카운트겠지."

나는 자세를 낮추고 그 지팡이를 휘둘러봤다. 창은 아니지만 그래도 초보자 킬러가 상대라면 괜찮겠지!

어찌어찌 초보자 킬러를 쫓아내고 움직이지 못하는 위저

드를 업은 후, 엉엉 우는 프리스트를 어찌어찌 달래서 눈이 뒤집힌 채 기절한 크루세이더를 업게 한 다음…… 어찌어찌 길드로 돌아왔다.

뭐가 하렘이라는 거야……. 아까로 되돌아갈 수만 있다면 그런 헛소리를 지껄인 나를 있는 힘껏 두들겨 패버리고 싶어!

피곤해. 몸도 마음도 지칠 대로 지쳐 버렸어……. 모험을 하고 이렇게 지친 건 태어나서 처음이야.

그 녀석들은 아직 돌아오지 않았나 보네. 돌아오면 할 일이 있다.

"—오늘은 왠지 엄청난 대모험을 한 것 같은 기분이야!"

문 너머에서 린의 즐거운 목소리가 들려왔다.

그에 비해 이쪽은 요 모양 요 꼴이다.

"훌쩍…… 흐, 흑……."

두 명은 꼼짝도 못하는 데다, 남은 한 명은 엉엉 울고 있었다.

저 녀석이 문을 열면…… 아까 무례를 범한 걸 사과하며 동료들을 돌려달라고 해야겠어!

무릎을 꿇고 손이 발이 되도록 싹싹 빌어서라도 말이야!

제2장

저 마검을 당신에게

1

내 이름은 더스트.

신출내기 모험가가 모이는 마을 액셀을 이끌고…… 있다고도 할 수 있는 존재다.

오늘도 이렇게 아무 목적 없이 마을 안을 돌아다니는 것 같지만, 실은 마을의 치안을 지키기 위해 순찰을 돌고 있는 것이다.

"여어. 잘 지냈어?"

이렇게 마을 주민들과 소탈한 대화를 나누는 것도 중요하다.

상대방이 나에게 친근감을 느낄 수 있도록 평소에 자주 말을 거는 것이다. 이 마을의 대표자에게 주어진 당연한 의무라고.

"우엑, 더스트냐. 소금을 어디 뒀더라? 오늘은 떨이 물건 같은 건 없다고! 그러고 보니 아직 네 외상도 못 받았네."

잡화점 주인은 인상을 팍 쓰면서 그런 말도 안 되는 트집을 잡았다.

"어이어이, 그건 불량품이라서 공짜로 받아준 거라고. 박살이 났으니까 배상금을 청구하고 싶을 지경이거든? 참, 불량품 파편에 다쳤으니까 치료비도 줘. 그리고 마음에도 상처를 입었으니 위자료도 내놓……. 어이, 아저씨! 소금을 있는 힘껏 뿌리지 말라고!"

잡화점 주인아저씨가 소금을 한 움큼 쥐더니 인정사정없이 나를 향해 뿌려댔다.

어이, 먹을 걸로 이딴 짓 하지 마!

"퉷퉷! 소금이 입에 들어갔잖아!"

"어차피 빈털터리라 제대로 먹은 것도 없지? 염분 보충을 해서 차라리 잘 됐겠네. 그리고 뭐? 위자료? 망가진 거라고 내가 그렇게 말했는데, 그걸 굳이 가져가겠다고 고집을 부린 게 어디 사는 누구였더라?"

"아~, 생각 안 나는걸~. 그런 말을 했다는 증거라도 있어? 아앙? 만약 증거가 있다면 지금 바로 사과하겠지만 말이야! 하지만 증거가 없다면 사과할 생각이 눈곱만큼도 없다고!"

내가 노려보며 그렇게 말하자 아저씨는 뒷걸음질 쳤다.

흥, 실력파 모험가인 이 더스트 님에게 트집을 잡으려고 해? 10년은 이르다고.

"자, 사과할 생각이 들었으면 물질적 보상을 해달라고! 아니면 지금까지 내가 달아둔 외상을 전부 없었던 걸로 해줘!

나는 어느 쪽이든 딱히 상관없다고! 크어어어억!"

승리를 확신한 순간, 내 눈에서 불똥이 튀었다.

정수리에서 고통이 느껴진 내가 허둥지둥 뒤를 돌아보니 린이 미간을 찌푸린 채 나를 노려보고 있었다.

"뭐하는 거야! 아프잖아!"

"뭐하는 거야? 그건 내가 할 말이거든? 너는 남한테 폐 안 끼치면 하루도 못 사는 거야? 폭언을 내뱉지 않으면 죽기라도 해? 남한테 폐 끼치는 게 취미야?"

"나는 인간의 도리를 이야기했을 뿐이라고."

"흥, 인간의 도리에서 벗어나 길바닥이나 헤매고 있는 더스트가 무슨 소리를 하는 거야? 아쿠시즈 교도가 남에게 폐를 끼치면 안 됩니다~ 하고 설법을 늘어놓는 것보다 설득력이 없거든? 모험가한테 시비를 거는 거야 그렇다 쳐도, 일반 시민에게 폐 좀 끼치지 마. 하아, 술 냄새~. 또 대낮부터 술을 마신 거지?"

"흥, 어떻게 술을 마시지 않고 배기겠냐고. 3이 나왔어야 했단 말이야. 그 녀석들, 속임수를 쓰는 게 틀림없어."

생각만 해도 화가 났다. 단골 도박장에서 오늘이야말로 속임수를 써서 한몫 잡을 생각이었는데, 오히려 탈탈 털리고 말았다.

열 받아서 상대를 확 쥐어박아줬더니 그대로 출입금지를 당해서 이런 꼬락서니가 된 것이다.

"너, 목욕은 하는 거야? 머리에 비듬 투성이잖아. 다가오지 마."

"이건 소금이야, 소금!"

"머리에 소금을 뿌리는 바보가 어디 있어."

내가 가게 주인아저씨를 노려보자 그는 시치미를 뗐다.

……이 아저씨, 근성 한 번 끝내주네.

"린, 덕분에 살았어. 기왕이면 이 양아치를 데리고 모험이라도 가서, 마물 먹이로 만들어주면 좋겠네. 마침 소금 간도 적당히 됐으니까 마물들도 좋아할 거야."

"미안해. 나도 진짜 모험을 가고 싶긴 한데, 인근에 있는 낡은 성에 마왕군 간부가 이사를 왔거든. 길드도 경계 중이라 모험을 할 수 없어."

"그래서 며칠 전부터 마을을 돌아다니는 모험가가 늘어난 거구나. 정말 성가시게 됐는걸."

"풋내기 모험가의 마을에 마왕군 간부가 나타나면 어떻게 하냐고. 진짜 눈치가 없다니깐. 그러니까 마왕군처럼 음침한 데서 일하는 거겠지. 뭐, 간부가 쳐들어와도 이 더스트 님이 해치워버릴 테니까 걱정하지 말라고!"

나는 엄지로 나 자신을 가리키며 씨익 웃었다.

이 마을에서라면 모험가 중에서도 상위에 속할 자신이 있다고.

"흥, 공갈협박 말고는 할 줄 아는 게 없는 너 같은 놈이 뭘 할 수 있는데? 혼자 덤볐다가 박살이나 나버려."

이 자식, 코웃음을 쳤어. 이 아저씨, 내 실력을 모르나 보네.

"좋아. 그럼 직접 내 실력을 확인해봐. 소금 토핑 짭조름 펀치를 마음껏 맛보게 해주지."

내가 손가락으로 우득우득 소리를 내면서 아저씨에게 다가간 순간…… 또 내 정수리에 충격이 가해졌다.

"왜 머리만 때리는 건데?! 내가 바보가 되면 책임질 거야?!"

"머리가 더 나빠질 일은 없을 것 같거든? 하아, 진짜 작작 좀 해. 또 잡혀서 감옥에 갇히고 싶어서 그래? 이제 네 신원 보증인이 되어주지 않을 거야. 너 덕분에 요즘에는 유치장도 심사 없이 드나들 수 있게 됐단 말이야."

"아, 일전에는 신세 졌습니다. 다음에도 부탁할게. ……유치장이라. 마침 숙박비도 다 날려버렸거든. 거기는 밥도 나오잖아. 감옥신세를 지는 것도 괜찮겠는걸."

감옥은 살풍경하지만 비바람도 막아주고 하루 세끼 밥도 나온다.

적당한 가게에서 무전취식을 한 다음에 점원에게 시비를 걸면 평소처럼 잠자리를 손에 넣을 수 있겠네.

"이제 돈은 안 빌려줄 거야. 더스트가 또 이상한 짓을 하면 바로 경찰을 불러. 경찰도 이제 익숙하니까, 군말 하지 않고 바로 더스트를 연행해갈 거야."

"경찰도 익숙하다니…… 너……."

아저씨의 눈빛이 경멸에서 연민으로 랭크 업했네. 아니지, 랭크 다운한 건가?

경찰서의 감옥은 내 별장 같은 거라고. 너희도 한 번 경험해보면 내 말이 이해될걸? 의외로 쾌적하거든.

"더스트도 바보 같은 짓 하지 말고, 제대로 된 일거리를 찾아. 모험은 못하지만, 잡일이라면 있을 거야. 힘은 꽤 센 편이잖아?"

"이제 와서 짐꾼이나 잡일 같은 걸 할 생각은 없어. 예쁜 누님이 섹시한 옷차림으로 옆에서 계속 응원해준다면 모르겠지만."

하고 싶은 일을 마음껏 하기 위해 모험가가 됐는데, 그런 귀찮은 짓을 왜 하냐 말이야.

나는 자유롭게 하고 싶은 일을 하면서 살 거야. 그러기로 결심했어.

"하아……. 미츠루기 씨를 좀 본받는 게 어때?"

"미츠루기? 그게 누군데?"

린의 입에서 느닷없이 남자의 이름이 튀어나와서 몸이 반응했다.

게다가 그 녀석을 존경하는 듯한 말투잖아.

"요즘 들어 유명해진 용사 후보 중 한 명이야. 엄청난 마검을 지닌 미남 검사인데, 예의도 바르고 강해서 동경하는 사람이 많아. ……기억 안 나? 전에 네가 술기운에 시비를 걸었다가 박살이 났던 소드 마스터 말이야. 그 사람이 미츠루기 씨야."

"그 사람은 매너도 좋고, 우리 가게도 자주 이용해주는 단골이지. ……어디 사는 누군가와는 다르다고."

아하~, 귀여운 여자애를 둘이나 거느리고 다니던 그 하렘 자식 말이구나. 어이없을 정도로 강한 치트 자식이었지. 나는 기억이 났지만 불리한 기억은 까맣게 잊어버리는 타입이라고!

"흥, 기억 안 나! 그런 성인군자 같은 녀석일수록 뱃속이 시꺼먼 법이지. 겉만 번지레하게 꾸미는 녀석 중에 제대로 된 놈은 없다고. 게다가 미남일수록 성격이 더럽다는 건 상식이잖아?"

"마치 그런 사람을 본 적이 있다는 말투지만, 실은 자기가 이성한테 인기가 없어서 질투하는 거지? 정말 꼴사납다니깐."

"누가 인기 없다는 거야. 단골 술집 누님은 내가 돈 있을 때는 엄청 예뻐해 준다고!"

"너, 자기 입으로 그런 소리를 해도 자괴감이 안 드는 거야?"

"하나도 안 들거든?! 내 멘탈은 그렇게 약해빠지지 않았다고. 결국 나처럼 겉과 속이 똑같은 사람이야말로 가장 신용할 수 있는 법이야."

"겉과 속이 전부 최악이면 의미가 없잖아."

"양쪽 다 시꺼먼 인간을 누가 신용하겠냐고."

젠장. 이 두 사람, 나를 매도할 때는 호흡이 척척 맞잖아.

나는 반박을 하고 싶지만 상황이 불리하게 흘러가고 있었다. 아무래도 오늘은 순순히 물러나야겠다.

"흥. 멋대로 지껄이라고. 너희와 다르게, 나는 할 일이 있어."

나는 그런 패배자의 넋두리 같은 소리나 늘어놓으면서 재빨리 그 자리를 벗어났다.

2

"하아, 술이 깰 것 같아. 린이 상대면 진짜 뜻대로 안 되네."

다른 녀석이 상대라면 좀 더 억지로 밀어붙일 수 있는데, 저 얼굴을 보면……

"아—, 괜한 생각은 그만 해야지. 자, 어디 괜찮은 여자 없나? 돈도 잔뜩 있고, 남자에게 굶주려서 몸이 바짝 달아오른 데다, 내 어리광을 한도 끝도 없이 받아주는 여자면 최고인데 말이야."

대로 한복판을 어깨를 쫙 펴고 걷다보니 이쪽으로 걸어오고 있는 두 여자가 눈에 들어왔다. 창을 쥔 전사 느낌의 미소녀, 그리고 허리에 단검을 찬 도적 같아 보이는 미소녀였다.

여자 둘 뿐이잖아. 헌팅을 안 하면 실례겠지.

"오늘이야말로 내가 옆에 앉을 거야."

"그걸 결정하는 사람은 네가 아냐."

동료 같아 보이지만 사이가 좋지는 않아 보였다.

뭐, 그런 것은 아무래도 상관없다. 그건 그렇고 엉덩이가 괜찮은걸. 노출도가 높은 복장으로 내 눈앞에서 엉덩이를 저렇게 흔들어대면…… 손이 멋대로 움직이고 만다고.

"꺄아아아아앗! 뭐하는 거야?!"

"이 자식이 엉덩이를 만졌어!"

허둥지둥 나를 향해 돌린 얼굴도 꽤나 반반한걸. ……어라? 이 녀석들, 왠지 낯이 익네. ……뭐, 생각이 나지 않으니까 됐어.

"만진다고 닳는 것도 아니잖아?"

"저질! 내 엉덩이를 만져도 되는 사람은 쿄야뿐이야!"

"맞아, 맞아! 인생을 망친 주정뱅이한테는 남의 엉덩이를 만질 권리 같은 건 없거든?! ……어, 이 녀석은 예전에 길드에서 쿄야한테 시비를 걸었다가 곤죽이 되도록 두들겨 맞은 그 주정뱅이잖아!"

아, 미츠루기의 일행이구나! 그 녀석은 근처에…… 없네. 그럼 이 애들한테 그때의 답례를 듬뿍 해두도록 할까.

"어이, 비싸게 굴지 말라고! 나는 취했을 때의 일은 기억 못하거든. 옛날 일을 끄집어내는 걸 보니…… 그냥 만지지만 말고 아예 주물러달라는 어필이냐? 그럼 어쩔 수 없지. 사나이는 여성의 요청을 거부하지 않는 법이거든. 엉덩이가 원래 형태로 돌아가지 않을 때까지 주물러주마! 자, 엉덩이를 내밀어봐!"

"다가오지 마, 이 양아치야!"

내가 손가락을 꼼지락거리면서 다가가자, 여자들은 겁먹은 표정을 지으며 뒷걸음질 쳤다. 여자들이 질색을 하고 저런 태도를 취하니 약간 흥분됐다. 악당들의 심정이 아주 약간이지만 이해가 됐다.

"저 녀석, 더스트 맞지? 그 양아치 모험가 말이야."

"우와, 불쌍해라. 저 애들, 양아치한테 걸렸나 보네."

시끄러워, 제삼자들. 이 여자들이 비명을 질러대니 사람들이 몰려들었다.

엉덩이를 진짜로 주무를 생각은 없었지만 이렇게 됐으니 순순히 물러설 수는 없다. 조금만 더 놀려볼까.

"다, 다가오지 마, 변태! 쿄야! 쿄야—!"

"도와줘, 쿄야!"

"크크큭, 그렇게 울부짖어봤자 아무도 도와주지 않아! 자, 끝내주는 비명소리를 들려달라고! 우히히히!"

아, 왠지 즐거워.

엉덩방아를 찧은 채 울상을 짓고 있는 여자에게 한 걸음만 더 내디디면 손이 닿을 거리까지 다가갔다.

"멈추시죠! 내 일행에게 무슨 짓을 하는 겁니까?!"

"쿄야!"

절묘한 타이밍에 끼어든 이는 짜증날 정도로 잘생긴 미남이었다. 갈색 머리카락을 지녔고, 엄청 비싸 보이는 파란색 갑옷을 입었으며, 허리에는 검은색 검집에 꽂힌 검을 차고 있었다.

여전히 돈 냄새 풀풀 풍기는 듯한 옷차림을 하고 다니는 걸. 갑옷도 비싸 보이지만 저 검은 꽤나 고급 같아 보였다. 린이 저 검에 대해 무슨 말을 했던 것 같은데, 나는 그렇게 사소한 걸 하나하나 기억하지 않는다고.

"당신은 대체 누구죠?"

"흥, 왕자님이 나타난 거냐. 남에게 이름을 물을 때는 우선 자기 이름부터 밝히는 게 상식 아냐? 그리고 액셀 마을에서는 이름을 밝히면서 상대방에게 돈을 건네는 게 매너라고."

"돈을 건네? 해외의 팁 제도 같은 독특한 시스템인가…… 이세계니까 그런 매너가 있을지도 몰라."

어, 내 농담을 진담으로 받아들이고 고민하잖아. 이 녀석, 세상물정 모르는 샌님인가?

"쿄야, 속지 마! 그런 룰은 없어! 그리고 저딴 양아치가 하는 말에는 귀를 기울일 가치조차 없단 말이야."

"하긴, 그것도 그래. 악당에게 밝힐 이름 같은 건 없다, 라고 말하고 싶지만…… 뭐, 좋습니다. 저는 미츠루기 쿄야라고 합니다. 당신의 이름은 뭐죠?"

이 녀석, 성실하게 자기 이름을 밝혔잖아. 착한 건지 바보인 건지 모르겠네.

방심을 하고 있다기보다 자기 실력에 자신이 있기 때문에 여유를 부리고 있는 것처럼 보였다.

"귀 파고 똑똑히 들어 내 이름은 더스트. 이 마을에서 이름이 좀 알려진 모험가지."

거짓말은 아냐. 뭐, 악명이 알려진 거지만 말이야.

"또 저 양아치 모험가가 바보짓을 하고 있는 건가. 누가 경찰이나 저 녀석의 보호자인 린 양을 불러와!"

구경꾼들이 되게 시끄럽게 구네. 내가 소란을 일으키면 이 마을의 주민들이 금세 몰려온다니깐.

"흠, 당신을 전에도 본 적이 있는 것 같습니다만……."

"저번에 길드에서 우리한테 시비를 걸었던 그 주정뱅이 양아치야! 저 음흉한 면상은 잊고 싶어도 잊을 수가 없거든? 저 엉큼한 얼굴을 못 알아볼 리가 없어! 여자한테 인기 없을 듯한 인상이라 똑똑히 기억하고 있단 말이야!"

"얼굴을 보아하니 머릿속이 엉큼한 생각으로 가득 차 있는 게 틀림없어! 눈과 입가도 범죄자 같잖아! 분명 여탕 훔쳐보는 게 취미인 관음증 환자거나 치한 상습범이야! 악취도 날 것 같아!"

"얼굴은 상관없잖아! 악취가 날 것 같다는 건 또 무슨 소리인데?! 나한테서는 꽃향기만 나거든?! 적당히 안 하면, 확 울어버린다?!"

저 망할 여자들, 진짜 멋대로 지껄이네.

"아, 생각났습니다. 또 저한테 두들겨 맞고 싶은 건가요?"

여유 넘치는 미소 짓지 말라고. 진짜 짜증나는 녀석인걸.

젠장. 이 미남이 튀어나오는 바람에 일이 성가셔졌잖아. 전에 싸운 적이 있어서 아는데 이 녀석은 상당한 실력자다. 레벨이 높은지 신체능력이 꽤나 뛰어나다고.

술에 취한 상태에서 싸우는 건 불리했다. 이 상황에서는 일이 더 심각해지기 전에 전략적 후퇴를 하는 편이 나을 것이다. 못 이길 것 같아서 도망치는 게 아니라고!

"흥, 갑자기 배에 신호가 왔으니까 오늘은 그냥 봐주겠어! 도망치는 게 아니라고! 두고 보자!"

나는 그런 멋진 대사를 남기며 그 자리에서 사라졌다. 도망치는 게 아니다. 린에게 들켰다가 그녀가 두 번 다시 돈을 빌려주지 않는 사태가 벌어질까봐 이러는 거라고!

3

그 후로 며칠이 지났지만 영 납득이 되지 않았다.

요즘 들어 다른 모험가들이나 동료들이 나를 얕보는 느낌이 들었다. 그 녀석들에게 내 위대함을 알릴 때가 된 걸까. 모험가는 남에게 얕보이면 끝장이니까 말이다.

우선 일전에 두들겨 맞은 원한을 풀 겸, 그 미남부터 처리해야겠다.

어디까지나 내 실력을 만천하에 알리기 위해서 이러는 거지, 개인적으로 미남을 싫어하는 게 아니다. 끝내주는 여자를 둘이나 끼고 다니는 그 녀석이 부러운 게 아니라고…….

어디까지나 모험가 선배로서 후배를 교육시키려는 것뿐이다.

"그런데, 어떻게 한다?"

하지만 그 미남을 굴복시킬 방법이 생각나지 않았다. 내 위대함을 과시하고 상대를 엉엉 울게 만든다면 최고일 텐데…….

"어이."

"지금 상태에서는 힘으로 굴복시키는 건 좀 어려울 거야."

"어이."

"역시 머리로 승부할까? 지적인 남자는 매력적으로 보이기 마련이잖아."

"어—이! 남의 가게 앞에서, 그것도 파는 의자에 앉지 마! 멋대로 판매용 책을 읽지도 말라고!"

"거 되게 시끄럽네. 차라도 한 잔 내오라고. 나는 손님이거든? 아, 술도 괜찮아."

사람이 잡화점에서 생각에 잠겨 있는데, 왜 고함을 지르며 방해하는 거냐고. 접객태도가 완전 꽝이잖아. 접객업이 어떤 건지 진짜 모르나 보네.

"아무래도 내가 접객의 기초부터 하나하나 가르쳐줘야겠는걸. 우선 술과 안주, 그리고 유흥비를 흔쾌히 내놓으라고."

"돈은 손님이 내는 거야. 그리고 너는 손님이 아니라 방해꾼이지. 쓰레기야. 더스트라고."

"이 자식, 내가 너그럽다고 기어오르는 거냐? 확 나쁜 소문을 퍼뜨려 버린다?! 여기 점장은 도박으로 돈을 다 날린 걸로 모자라, 낮부터 술을 퍼마시며 여자 궁둥이나 쫓아다닌다고 말이야!"

"그건 네 일상이잖아! 그리고 더스트가 너그러우면, 나는 신이라고!"

"흥, 멋대로 떠들라지. 나는 할일 없는 아저씨나 신경 쓸 여유는 없어. 쿄야라는 미남에게 누가 더 대단한지 똑똑히 가르쳐줘야 하거든."

"쿄야? 아, 미츠루기 씨 말이구나. 너와 미츠루기 씨 중에 누가 더 대단하냐고? 그거야 말할 필요도 없지. 듈라한과 좀비, 에리스 교도와 아쿠시즈 교도를 비교하는 것만큼 무례한 일이라고."

하나같이 그 미남 편만 드네. 사람은 겉보다 속이 더 중요하다고……

"그러고 보니 미츠루기 씨 하니 생각난 건데…… 신출내기 모험가가 쓰지도 못하는 검을 팔러 왔었는데, 그게 미츠루기 씨가 가지고 다니던 검과 비슷하게 생겼더라고. 더럽게 무겁기만 하고 날도 잘 들지 않지만 장식품이나 인테리어로는 쓸 수 있을 것 같아서 매입하긴 했지."

"뭐, 날이 안 드는 검은 장식품이나 다름없긴 해."

"어디에 뒀더라. 아, 여기 있네. 이거야."

잡화점 주인도 한가한지 불평을 늘어놓으면서도 내 말동무가 되어줬다.

그리고 가게 안으로 들어간 아저씨는 검을 질질 끌면서 돌아왔다.

확실히 미츠루기가 가지고 다니던 검과 비슷하게 생겼다. 판박이, 아니…… 진짜 그거 아냐?

형태가 똑같을 뿐만 아니라, 검에서 풍겨 나오는 박력이 장식용 검 수준이 아니었다. 날이 들지 않는 건 어떤 마법이 걸려 있거나, 아니면 조건 같은 게 있는 걸지도 모른다.

……어? 그러고 보니 린이 미츠루기는 마검을 지녔다고 말했던 것 같은데? 마검 중에는…… 선택받은 자만이 쓸 수 있는 타입도 있다는 말을 들은 적이 있어.

미츠루기만 쓸 수 있는 검이라면 다른 녀석들에게는 가치가 없을 것이다. 그렇다. 미츠루기 이외에는…… 거기까지 생각이 미친 나는 엄청 좋은 아이디어가 떠올랐다.

"어이, 아저씨. 그 검, 내가 살게."

"뭐? 나야 아무 짝에도 쓸모없는 검을 남이 사준다면 감사하지만 너는 돈이 없잖아? 이 검을 살 돈이 있으면, 우선 외상부터 갚아."

"잠깐만 있어봐. 예전에 애용하던 투구가 있는데, 이제 쓰지 않으니까 그걸 팔게. 꽤 가치 있는 투구야."

"가치? 전에도 그런 소리를 늘어놓으면서, 쓰레기장에서 주워온 걸 팔려고 하지 않았어?"

"이번에는 진짜야. 금방 가지고 올 테니까 기다려."

이 마을에서는 투구로 얼굴을 가릴 필요가 없거든. 그러니 팔아도 아무 문제없을 거야.

그 투구는 통풍이 잘 안 되서 갑갑하다고. 그래서 요즘은 거의 안 썼지.

4

"이 투구, 언뜻 보기에는 심플해 보이지만 장인이 정성을 들여 만든 거군……. 꽤 괜찮은 물건인걸. 이거라면 지금까지 쌓인 외상과 검 값으로 충분하겠어. ……훔친 물건은 아니지?"

아저씨는 내가 가지고 온 물건을 꼼꼼히 살펴본 후 감정 결과를 말했다.

꽤 값어치가 나가는 것 같았다. 그렇다면 내 아이디어를 실행에 옮길 수 있을 것이다.

"훔친 게 아니라고! 아무튼 매입해줄 거지? 그럼 이 검을 가지고 갈게."

"으, 응. 그래."

좋았어. 검은 손에 넣었다. 이 검만 있으면 재미있는 일을 벌일 수 있다고.

"잠깐~, 스톱~!"

대체 누가 이렇게 큰 목소리로 고함을 꽥꽥 질러대는 거야?

내가 고개를 돌려보니 허리에 손을 댄 채 가슴을 쫙 편 여자가 눈에 들어왔다. 수도복을 입고 있으니 프리스트 같아 보였다. 언뜻 보기에는 미인이지만 왠지 구미가 동하지 않았다.

눈매를 보니 정상이 아냐. 그리고 저 수도복을 보아하니…… 아쿠시즈 교도네.

소문에 따르면 마왕군조차도 아쿠시즈 교단은 꺼린다고 한다. 진짜로 그럴 것 같지는 않지만 그 만큼 유명한 민폐 집단이라는 사실은 널리 알려져 있다.

그런 녀석들이 대체 무슨 일로 나한테 말을 건 거지. 가능하면 얽히고 싶지 않은데 말이야.

"누님, 무슨 일이야? 헌팅이라면 사양하겠어. 하지만 밥을 사준다면 넙죽넙죽 따라갈게."

"아쿠시즈교의 미인 프리스트로 널리 알려진 내가, 당신처럼 돈 냄새가 전혀 나지 않는 남자를 헌팅할 리가 없잖아? 오히려 당신이 나한테 한 턱 쏴. 그러면 아쿠시즈교의 교리를 귓속말로 상냥히 속삭여줄게."

"됐어. 귀가 썩을 것 같거든."

"아쿠시즈교의 위대한 가르침을 이해 못하는구나. 참 불

쌍한 존재네."

그러고 보니 교리를 제대로 들어본 적은 없지만 제대로 된 내용일 리가 없다. 들어봤자 시간낭비일 게 틀림없다.

"더스트만으로도 성가신데, 아쿠시즈교의 파계승까지 나타났잖아. 아무래도 오늘은 가게를 닫아야겠는걸……."

아저씨는 땅이 꺼져라 한숨을 내쉬고 고개를 푹 숙였다.

나야 그렇다 치고 이 아저씨까지 이렇게 경계하는 걸 보면, 이 여자도 상당한 문제아인 것 같았다.

"이야기가 탈선됐지만 제가 볼일이 있는 건 바로 그 검이랍니다. 그건 제가 눈독을 들였던 검이 틀림없어요! 실력이 좋고 미남인 모험가가 가지고 다니던 마검이에요. 그게 이 가게에 있다는 걸 확인한 후, 그 모험가가 다시 사러 올 거라 생각해서 불철주야 이 가게를 쭉 감시하고 있었어요!"

"진짜 섬뜩한 녀석이네……."

이 프리스트, 느닷없이 나타나서 무슨 소리를 하는 거야?

이 녀석이 가리킨 것은 내가 방금 산 미츠루기의 검이다. 방금 한 말로 볼 때 그 녀석과 면식이 있는 것 같았다.

"미츠루기를 말하는 거야? 그럼 이제 어떻게 할 건데?"

"그 검을 저한테 넘기세요. 물론 공짜로요. 그것은 아쿠시즈 교단이 소유해야 할 물건이에요. 마검을 손에 넣으면, 그걸로 협박…… 설득을 해서 그에게 저를 먹여 살리게 한 후, 온갖 어리광을 다 부리며 나태하기 그지없는 삶을 살 거예요. 이번에야말로 그를 놓치지 않을 거라고요!"

프리스트의 목소리에는 뜨거운 결의가 담겨 있었지만 눈은 욕망으로 가득 차 있었다. 저런 녀석은 되고 싶지 않은걸.

"뭔가 목적이 있는 것 같은데, 남이 산 물건을 공짜로 내놓으라는 거야? 진짜 뻔뻔한 여자네."

"너도 그런 소리를 할 자격은 없거든?"

아저씨가 뭐라고 투덜거리는데 잘 안 들리는걸.

"아까는 공짜로 내놓으라고 했지만 실은 그에 합당한 걸 드릴게요. 고가의 물건이니 이 수령 서류에 사인을 해주시겠어요?"

"오, 돈이 되는 거라면 한 번 생각해보겠어."

마검을 사는데 쓴 돈보다 더 비싼 물건이라면 넘겨주는 것도 괜찮을 것 같았다.

그 프리스트가 펜과 함께 넘겨준 종이는— 아쿠시즈교 입교서였다.

"인마, 정신 나갔냐?! 이딴 건 엉덩이 닦는데도 못 쓴다고!"

"너무하네! 입교서는 몸에 상냥한 소재로 만든 거란 말이야!"

"그런 뜻으로 한 말이 아니라고……."

아저씨는 지친 표정을 지으면서도 성실히 태클을 날렸다.

오늘 하루 만에 꽤 늙은 것 같은걸?

"아무튼, 이 검은 못 넘겨. 정 원하면 돈을 가지고 와."

"큭, 금품을 요구하는 거야?! 정말 욕심 많은 남자네. 내

일 아침에 이 남자 입에서 악취가 나게 해달라고 아쿠아 님에게 빌어야지."

그딴 골 때리는 소원 좀 빌지 말라고! 그건 그렇고, 이 녀석 진짜로 프리스트 맞아? 소문은 들었지만 아쿠시즈교의 프리스트는 진짜 상상을 초월하네.

"잠깐만 기다려. 에리스 교도를 속여서 돈을 갈취해올게!"

"기다려줄 테니까, 빨리 돈을 마련해와."

아쿠시즈교의 프리스트는 그렇게 말하더니 어딘가로 뛰어갔다.

성가신 여자가 사라졌으니 확인을 해볼까.

방금 산 검을 손에 쥐어보니…… 무거웠다. 이걸 자유자재로 휘두르는 건 무리다.

역시 마검이 틀림없다. 그렇다면 미츠루기는 무슨 수를 써서라도 이걸 되찾으려할 것이다. 그, 렇, 다, 면 거금도 선뜻 내놓겠지.

"크크큭. 좋았어. 거금이 굴러들어오겠는걸. 그럼 잘 있어, 아저씨. 이제 이 가게에는 볼일 없어."

"거 미소 한 번 되게 사악하네. 그리고 더스트. 아까 그 프리스트가 돈을 가지고 올 때까지 기다리는 거 아니었어?"

"내가 왜 기다려. 그건 그 여자를 쫓아내려고 대충 해본 말이야."

"인마……."

등 뒤에서 점주가 어이없어 하는 목소리가 들렸지만 나는 무시했다.

만일에 대비해 이 검은 숨겨두기로 하고 준비를 마치면 미츠루기를 만나보도록 할까.

실력을 발휘해서 최대한 많이 뜯어내야지.

5

마검을 몰래 빌린 창고에 숨겨둔 후, 그 녀석을 찾기 위해 마을 안을 돌아다니던 나는 산책 중인 린과 딱 마주쳤다.

"어, 더스트. 일거리는 찾았어?"

"일거리는 못 찾았지만 거금은 손에 넣을 수 있을 것 같아."

"너, 이상한 짓을 꾸미고 있는 건 아니지? 이제 경찰서에 너를 데리러 가는 건 질렸어. 요즘에는 경찰들이 내 얼굴을 알아본단 말이야. 신입 경찰관은 「항상 수고 많으십니다!」 같은 소리를 하며 나한테 경례를 해. 진짜 부끄러워 미치겠다니깐!"

"뭐, 항상 수고가 많으십니다~. 아무튼 안심해. 범죄를 저지르려는 건 아니거든. 오히려 자선사업을 하려는 거야."

내가 가슴을 펴며 그렇게 말하자 린이 도끼눈을 뜨고 나를 지그시 쳐다보았다.

눈곱만큼도 믿지 않는 것 같네.

"진짜야. 어떤 물건을 찾는 녀석을 도우려는 거라고. 상대는 기뻐하고, 나는 푼돈을 받겠지. 서로가 서로를 돕는 멋진 관계 아냐?"

"수상하네. 진짜 수상해. 또 말도 안 되는 짓을 꾸미는 게 틀림없어. ……좋아. 나도 동행할래. 문제될 게 없다면 그래도 상관없지?"

윽, 일이 묘하게 돌아가기 시작했네.

어떻게든 얼버무리고 싶지만 린한테는 내 거짓말이 먹히지 않거든. 대충 둘러대도 절대 안 믿을 거야.

"그래. 좋아. 찔리는 구석은 없어."

딱히 법에 저촉되는 짓도 아니고, 그저 올바른 거래를 하려는 거니까 문제될 건 없어. 린한테 혼날 리가 없다고.

린을 데리고 그 녀석을 찾기 위해 돌아다니다 보니 허둥지둥 뛰어다니는 녀석이 눈에 들어왔다. 저 녀석은…… 미츠루기군.

"어이, 미츠루기. 엄청 허둥대는 것 같은데, 무슨 일 있어?"

좋아. 최고의 타이밍이야. 서두르고 있는 것 같지만 느긋하게 말을 걸어보기로 할까.

"어이~, 왜 그렇게 허둥대는 건데?"

"하아하아, 당신은…… 그때 그……. 하아하아. 무슨 일인지는 모르겠습니다만 저는 지금 바쁩니다!"

땀을 뻘뻘 흘리며 뛰어다니던 미츠루기는 기분이 꽤 나빠

보였다.

이렇게 당황한 걸 보면…… 틀림없군.

"마을 한복판에서 왜 그렇게 흥분한 건데? 미인 누님이라도 발견했어? 어라라~, 평소 차고 다니던 검은 어쩐 거야~? 혹시~, 마검을 찾고 계신 겁니까~?"

"그, 그걸 어떻게 안 거죠?!"

빙고. 이 녀석은 자기 생각이 얼굴과 태도로 지나치게 드러나. 이렇게 속내가 훤히 드러나는 녀석일수록 악당한테 발목을 잡히기 마련이지.

"글쎄~. 그런데, 마검은 찾았어?"

"못 찾았습니다! 당신, 뻔히 알면서 저한테 말을 건 거죠?"

"글쎄? 혹~시~, 내가 그 마검을 가지고 있다면 어쩔 거야?"

"뭐?"

"뭐라고요?! 어째서 당신이 그걸 가지고 있는 거죠?!"

린은 손으로 입을 막으며 깜짝 놀랐지만 미츠루기는 더 큰 충격을 받은 것 같았다.

그는 눈을 치켜뜨더니 머리카락을 휘날리면서 나에게 부리나케 다가왔다. 그 검을 꽤 소중히 여기는 것 같았다. 거짓말을 잘 못하는 타입 같은데 이런 성격으로 용케 지금까지 살아남았는걸.

혹시 데리고 다니는 여자애들이 똑 부러지는 걸까? 확실히 드세 보였지만 말이야.

"미츠루기 씨. 잠깐만 기다려줄래? 나, 이 녀석과 할 이야기가 있거든. 더스트, 이쪽으로 와봐! 빨리 오란 말이야!"

"어이어이. 이제부터 중요한 교섭을 해야 하는데, 왜 이러는 건데?"

미츠루기에게서 돌아선 내가 린 쪽으로 걸어가자, 그녀는 내 목에 팔을 두르고 낮은 목소리로 말했다.

"뭐가 어떻게 된 건지 설명해봐."

"잡화점에서 마검을 발견한 내가 친절하게도 다른 녀석이 사가기 전에 그걸 구입했어. 어때? 나, 상냥하지?"

"그것만이라면 딱히 나쁜 짓은 아니지만……. 그게 전부가 아니지? 틀림없어. ……더스트, 내가 같이 사과해줄 테니까 잡화점에 가자. 빨리 가서 손이 발이 되게 빌면 용서해줄지도 몰라."

"훔친 게 아니거든?! 제대로 돈을 주고 산거라고. 왜 하나같이 나를 도둑놈 취급하는 건데?"

"그야 너의 평소 행실 때문이지."

린은 나를 노려보면서 그렇게 투덜거렸지만 못 들은 척 했다. 나는 서둘러 교섭을 해야 하거든.

"아, 기다리게 해서 미안해. 그 검을 잡화점에서 우연히 발견했는데, 마음에 들어서 확 사버렸거든? ……그런데 돈만 날렸지 뭐야. 무거워서 제대로 쓸 수 없으니까, 녹여서 새로운 검을 만들 생각이야."

"자, 잠깐만요! 돈이라면 얼마든지 내겠습니다!"

좋아, 낚였어! 보아하니 세게 나가도 될 것 같은걸. 자, 얼마나 요구할까. 투구와 바꾼 그 검을 잡화점에서는 10만 에리스에 팔고 있었지?

이런 교섭에서는 처음에 말도 안 되는 거금을 부른 다음, 그 후에 타협점을 찾는 게 기본이다. 그렇다면 우선―.

"그래. 꽤 비쌌으니까 말이야~. 적어도 이 정도는 받고 싶은걸."

나는 다섯 손가락을 쫙 펴면서 5백만 에리스를 요구했다.

"5백만이라고요?!"

"잠깐만 너무 비싸잖아!"

헐값에 손에 넣은 마검의 가격치고는 어마어마했다. 이제부터 서서히 가격을 낮춘 다음, 백만 에리스 정도에……

"좋습니다! 지불하죠!"

"하지만 나도 악랄한 놈은…… 뭐어어어엇?! 어, 준다고?!"

"자, 잠깐만! 저 녀석의 말에 놀아나면 안 돼! 저 녀석 입에서는 거짓말과 폭언만 튀어나오거든. 지금 바로 한 대 쥐어박아서 이실직고를 하게 만들게."

"너는 대체 누구 편인 건데?!"

나는 지팡이를 치켜들고 마법을 날리려 하는 린을 향해 고함을 질렀다.

동료의 장사를 방해하지 말라고. 거금을 손에 넣으면 너한테 진 빚도 갚을게.

"괜찮습니다. 그 정도 돈이라면 지불할 수 있으니까요."

"거 봐. 상대방도 저렇게 말하잖아. 그러니까 지팡이를 치워! 마법의 영창도 중단하라고!"

"이 세상을 위해서라도 확 불태워버리는 편이 나을 텐데……."

이 녀석은 진짜로 나한테 마법을 쓰고도 남아. 전에 다퉜을 때도 주저 없이 마법을 날렸다고…….

"아무튼 교섭은 성립된 거지? 아~, 조금 깎아줄 수는 있어. 덤으로 내가 쓰던 지갑도 끼워줄게. 안에는 아무것도 안 들었지만."

"아, 아뇨. 괜찮습니다. 그 분에게 받은 마검에 값을 매긴다는 것 자체가 무례한 짓이지만 그 정도 가격이면 적절…… 아니 오히려 쌀 정도니까요."

믿기지 않을 만큼 순순히 거래에 응하는걸.

"뭐, 그럼 나야 좋지만……. 저기, 이렇게 순순히 네가 돈을 지불할 거라고는 생각도 못해서 마을 밖 창고에 숨겨뒀어. 이게 그 창고의 열쇠, 그리고 여기에 창고 위치가 표시—."

내가 마검을 숨겨둔 창고 위치를 표시해둔 지도와 열쇠를 꺼내자, 미츠루기는 순식간에 그것을 가로챘다.

"어, 어이, 돈 내놔야지!"

"실례했습니다. 으음, 여기 있습니다."

이 녀석, 등에 맨 배낭에서 돈이 들어있는 자루를 꺼냈어. 이런 거금을 항상 들고 다니는 걸까?

내용물을 확인해보니 5백만 이상은 될 것 같았다.

"우와, 대단하네. 대체 얼마나 부자이기에 이런 거금을 아무렇지도 않게 내놓는 거야? 미남에 부자……. 세상 참 불공평하네."

나와 미츠루기를 번갈아 쳐다보면서 그딴 소리 하지 말라고.

"괜한 참견일지도 모르지만 마검을 확인하지도 않고 돈을 내놔도 괜찮겠어?"

"걱정해주는 겁니까? 걱정하지 마십시오. 당신이 거짓말을 했더라도, 저는 반드시 그 검을 되찾고 말 겁니다. 마검 그람은 여신님과 저를 이어주는 소중한 검이니까요."

여신? 여신이라 부를 만큼 소중한 사람한테서 받은 건가 보네. 5백만이나 되는 돈을 전혀 아깝지 않다는 듯이 바로 내놓을 정도니까 말이야.

이야~. 설마 이렇게 간단히 거금을 손에 넣을 줄이야. 이것도 내 평소 행실 덕분일지도 몰라.

"그럼 저는 이만 가보겠습니다!"

미츠루기는 내 대답도 듣지 않고 전력으로 뛰어갔다.

엄청난 신체능력인걸. 싸움을 안 걸어서 다행이야.

"어때? 평화적으로 돈을 벌었지?"

내가 자랑스레 린에게 말을 걸자 그녀는 삐친 표정으로

나를 응시했다.

"어이, 동료가 거금을 벌었으니 좋아해야 하는 거 아냐? 너한테 진 빚도 갚을 거라고."

"됐어. 범죄에 연루되고 싶지 않거든. 이대로 좋게 끝날 리가 없어."

"내 장사수완을 시기하지 마. 진짜로 안 받을 거야? 지금 이라면 빌린 돈에 이자도 얹어서 갚아줄 수 있어."

"하아, 이틀 후에도 네가 경찰 신세를 지고 있지 않다면 받을게."

린은 돌아서더니 손을 내저으며 걸어갔다.

저 녀석, 끝까지 나를 안 믿네. 하아, 동료를 신용하지 않는 건 인간적으로 문제가 있는 거 아냐? 후회해도 나는 모른다고.

6

자, 거금이 들어오기는 했지만 이 돈으로 뭘 할까.

도박을 해서 배로 불려볼까? 아, 도박장에는 아직 출입 금지 상태니까 무리네. 그럼 장사를 해보는 것도 좋겠는걸.

"저기 있다—! 겨우 찾았네! 내가 기다리라고 했지?! 마검 은 어떻게 했어?"

들켰군. 아쿠시즈교의 프리스트가 숨을 헐떡이면서 내 쪽으로 뛰어왔다.

두 번 다시 얼굴을 마주하고 싶지 않았지만 액셀 마을에서 지내는 한 역시 마주칠 수밖에 없겠지.

"미츠루기에게 팔았어."

"뭐, 팔아아아아앗?!"

엄청 호들갑떠네. 미츠루기의 검이 자기 주인에게 돌아갔을 뿐인데 말이야.

"너도 그 녀석에게 돌려줄 작정이었지? 그럼 잘 된 거 아냐?"

"내가 돌려줘야 생색을 낼 거 아냐. 오래간만에 우뭇가사리 슬라임 말고 좀 씹는 맛이 있는 음식을 맛보나 했더니……."

아무리 가난해도 좀 제대로 된 걸 먹으라고.

왜 하필 우뭇가사리 슬라임 같은 걸 먹는 건데?

"그것보다, 그 검을 살 돈은 모았어?"

"응? 못 모았는데?"

……돈도 없으면서, 왜 나를 찾아온 거냐고.

그 프리스트가 어깨를 으쓱하고 상대를 바보 취급 하는 표정으로 쳐다보니 짜증이 치솟았다.

"돈은 없지만 선심 써서 나랑 데이트할 권리와 교환해줄까 했거든."

"그딴 거 필요 없어!"

"아쿠시즈교의 미인 프리스트로 널리 알려진 내가—."

"그 말은 옛날 옛적에 들었다고."

이 녀석과 더 얽혀봤자 시간낭비다. 떼어낼 방법이 없으려나.

으음~, 미츠루기에게 집착하는 것 같으니까 그 녀석한테 떠넘겨 버리는 게 손쉽겠지.

"그러고 보니 미츠루기가 마검을 되찾은 후에 프리스트를 찾으러 갈 거라고 말했지. 전에 이야기를 나눈 적이 있는 아쿠시즈교의 미인 프리스트를 만나러 간댔어."

"그런 이야기는 빨리 해줘야 할 거 아냐! 돈에 환장한 엉큼한 남자를 상대할 때가 아니었네! 빨리 돌아가서 혼인 신고서를 준비해야지!"

나는 맹렬한 속도로 뛰어가는 프리스트의 등을 쳐다보며 손을 흔들었다.

다루기 쉬운 여자라 다행이다. 거짓말이라는 게 들통나더라도 미츠루기만 곤란해질 뿐이니까, 문제될 건 없다. …… 그러고 보니 미츠루기와 같이 다니는 여자애도 나한테 엉큼하게 생겼다고 말했지. 나, 진짜로 엉큼하게 생긴 걸까?

"그, 그딴 여자들이 한 말을 신경 쓸 필요는 없겠지! 아무튼 이 건은 잘 해결된 것 같네. 이제 마음을 놓을 수 있겠는걸. 돈은 잔뜩 있으니까…… 돈 벌 궁리는 나중에 하기로 하고, 우선 술이나 마셔야지."

그러고 보니 마을 입구 쪽에 맛있는 술을 파는 가게가 있었지.

액셀 마을은 거대한 성벽으로 둘러싸여 있고 입구 부근

은 유동인구가 많기 때문에 가게도 몰려 있다.

그 부근을 돌아다닌 적은 거의 없지만 음식점 이외에도 다양한 가게가 있는 것 같았다.

"신선한 양배추와 양상추를 싸게 팔아요! 거의 거저 가격으로 양상추를 팝니다!"

채소가게도 있구나. 이 양배추는 일전에 대량으로 수확한 녀석 같네.

그러고 보니 양상추를 양배추로 착각해서 잔뜩 수확한 얼간이가 있는 것 같던데, 그래서 양상추가 싼 걸까?

"이걸로 돈을 불리는 것도…… 가능하려나?"

양배추를 잔뜩 사서 비싼 가격에 파는 것은 어떨까. 아~, 다 팔기도 전에 상할지도 몰라.

게다가 올해는 양배추가 엄청 풍작이어서 가격도 꽤 낮은 편이었다. 고가의 채소라면 또 몰라도 말이다. 그런 생각을 하고 있을 때, 우리 안에서 마구 날뛰고 있는 새빨간 녀석의 가격이 눈에 들어왔다.

"어이, 아저씨. 왜 이 녀석만 이렇게 비싼 거야?"

"어서 오십시오~. 토마토를 찾으십니까? 올해는 토마토가 괴멸적일 정도로 흉작이었는데, 우리 가게는 직접 계약한 농가를 통해 겨우겨우 확보했지요. 이야~, 운이 좋았다니까요. 토마토는 인기 상품이거든요. 뭐, 여기 있는 건 일부에 불과하지만요."

"그럼 더 있는 거야?"

"아, 예. 저 창고 안에 있지요."

토마토는 식당에서도 빈번히 쓰이는 식재료지. 요즘 들어 샐러드에 토마토가 안 들어있던 이유를 이제 알았네.

흉작이라면 어디나 토마토가 부족할 것이다. 그렇다면 토마토를 왕도에 가져가서 팔면 떼돈을 벌 수 있을지도 모른다. 거기는 액셀보다 물가가 높다. 되팔기만 해도 거금을 손에 넣을 수 있을 것이다.

텔레포트로 왕도와 액셀을 오고갈 수 있는 지인이 있으니까, 그 녀석을 통해 토마토를 옮기면 운송비도 절약할 수 있다.

"아저씨, 창고에 있는 것까지 포함해서 토마토를 전부 살 수 있을까?"

"뭐, 유지비도 드니 전부 다 사주신다면 저야 좋죠. ……하지만 돈이 꽤 나가거든요? 얼추 계산해도 5백만은 될 겁니다. 지불할 수 있겠어요?"

이 녀석, 나를 가난뱅이라고 여기는 것 같네.

5백만이라면…… 지불할 수 있다. 빈털터리가 되기는 하지만 나중에 몇 배로 되돌아올 것이다. 하늘은 내 편을 들고 있는 것 같네. 내 평소 행실 덕분이 틀림없다고.

"그래. 이 정도면 되지?"

나는 아까 받은 5백만 에리스가 든 자루를 내밀었다.

미심쩍은 눈길로 나를 쳐다보던 그 점주는 자루 안에 든 내용물을 확인하더니 바로 헤실헤실 웃으면서 손을 비벼댔다. ……이렇게 알기 쉬운 성격인 사람은 싫지가 않아.

"감사합니다~. 돈만 제대로 지불해주신다면, 그 돈이 어디서 난 것이든 전혀 신경 안 씁니다. 예, 아무 말도 하지 마십시오. 돈은 돈에 불과하니까요. 수레는 서비스로 빌려드릴 테니 나중에 돌려주세요~."

나는 뭔가 착각에 빠진 듯한 점주에게 배웅을 받으면서 토마토가 실린 수레를 끌고 갔다. 이제 텔레포트를 쓸 수 있는 녀석을 찾아가면 되겠네. 아, 린은 텔레포트를 쓸 수 있던가? 만약 쓸 줄 안다면 돈을 더 아낄 수 있을 거야.

『긴급! 긴급! 모든 모험가 여러분은 즉시 무장을 한 후, 전투 태세를 갖추고 마을 정문에 모여 주십시오!』

긴급 안내방송이 들려왔다. 거 되게 시끄럽네.

『긴급! 긴급! 모든 모험가 여러분은 즉시 무장을 한 후, 전투 태세를 갖추고 마을 정문에 모여 주십시오! ……특히 모험가 사토 카즈마 씨와 그 일행 분들은 서둘러 주세요!』

"사토 카즈마? 그게 누구지? 처음 듣는 이름인걸."

긴급 소집에 참가하지 않으면 나중에 문제가 될 수도 있지. 그럼 이 토마토는 어떻게 하지?

창고까지 옮길 시간은 없으니 정문 근처에 두고 가기로 할까. 5백만 에리스나 주고 산 이걸 방치해둘 수는 없다. 악당에게 도둑맞으면 큰일이잖아. 진짜 어떻게 하지?

적당한 방법이 떠오르지 않은 채, 도망치는 주민들과 엇갈리면서 정문 쪽으로 수레를 끌며 이동했다.

긴급 사태가 벌어지자 주민들은 마을 중앙으로 피난하고 있었다. 순식간에 사람들이 사라졌는걸.

정문 인근의 벽 쪽에 도착한 나는 모험가들이 주민들과 엇갈리면서 차례차례 밖으로 나가는 모습을 쳐다보며 골머리를 썩었다.

"너, 뭐하고 있는 거야? 길드의 긴급 소집이 안 들린 거야? ……저기, 왜 토마토가 잔뜩 실린 수레를 끌고 있는 건데? 이번에는 또 얼마나 어이없는 짓을 벌이려는 거냐 말이야."

나는 마침 정문 쪽으로 향하고 있는 린과 마주쳤다.

동료인 키스와 테일러도 있었지만 그 녀석들은 나를 힐끔 쳐다본 후에 그대로 뛰어갔다.

"아무 짓도 안 했어. 쇼핑을 좀 했을 뿐이라고. 그것보다, 방금 방송은 뭐야?"

"잘은 모르겠지만 루나 씨가 꽤 당황한 것 같았어. 그러니까 너도 이상한 짓 그만하고 빨리 와. 그리고 토마토를 잔뜩 샀나 본데, 나중에 나도 하나 줘. 내가 채소 좋아하는 건 알지?"

린은 그렇게 말하더니 정문 너머로 사라졌다.

마을의 위기와 5백만 에리스…… 그 중 하나를 선택해야 한다면 당연히…… 으음, 하지만 5백만이라고. 예전에 간부를 격퇴한 녀석도 있는 것 같으니까, 내가 꼭 안 가도 되지 않겠어?

"하지만 린과 다른 녀석들을 버릴 수도 없잖아. 그냥 확이 수레를 끌고 갈까?"

나쁘지 않은 생각일지도 모른다. 여기 두고 갔다가 도둑맞을 걱정을 하는 것보다, 그냥 끌고 가는 편이 안심이 될 것이다. 좋아. 결심했어. 이대로 가야지.

내가 수레를 끌면서 정문 밖으로 나가보니 줄지어 서 있는 모험가들의 등이 눈에 들어왔다.

그 중 몇 명은 나를 쳐다보며 흠칫 놀랐다. 꽤 여유가 넘치는걸.

모험가들이 시야를 가리고 있는 바람에 뭐가 어떻게 되고 있는 건지 모르겠네. 마법사들은 대체 왜 크리에이트 워터 같은 초급 마법을 쓰고 있는 거지?

마법사들한테서 조금 떨어진 곳에 서 있는 키스가 눈에 들어왔다.

"어이, 키스. 뭐가 어떻게 되고 있는 거야?"

"더스트 너, 이제야 온 거냐?! ……어이, 왜 수레를 끌고 있는 건데? 그래서 제대로 싸울 수 있겠어?"

"훗, 싸울 수 있는지 없는지는 중요하지 않아. 나는 그저 이대로 싸울 뿐이라고."

"그런 꼬락서니로 폼 잡아봤자 얼간이 같아 보일 뿐이거든? 아, 그런 걸 신경 쓸 때가 아니지! 모험가가 몇 명이나 당했어! 물이 약점인 걸 파악하긴 했지만 결정타를 먹일 수가 없어서 계속 밀리고 있다고!"

몇 명이나 당한 거냐!

이대로 있을 수는 없다. 희생자가 더 발생하게 둘 수는 없다고. 진짜로 실력 발휘를 해볼까!

"비켜, 비켜! 이 더스트 님이 저 자식을 박살내버리겠어!"

"어이, 멍청아! 하다못해 수레는 두고 가라고!"

내가 전력을 다해 돌격하자 다른 모험가들이 나를 돌아보고 필사적인 표정으로 뛰어왔다. 이런 상황에서 남들의 믿음직한 버팀목이 되어주는 나 자신에게 반해버릴 것만 같네.

"저 자식은 내가 해치울 테니까, 너희는 물러나 있어!"

"야 이 멍청아! 빨리 도망쳐! 해일이 몰려온다고!"

"물에 빠지기 싫으면 대피해애애애앳!"

뭐? 주위에 바다도 없는데 무슨 해일이 밀려온다는 거야. 정신이 나간…….

"어? 이 땅울림 같은 소리는 뭐지? ……점점 뭔가가 다가오고 있는 것―"

바보 같은 소리를 하며 도망치는 모험가들을 어이없다는 듯이 쳐다보다가 그 녀석들의 뒤편을 보니― 거기에는 물로 된 거대한 벽이 있었다.

푸른색이 내 시야를 뒤덮고 있었다.

진짜 해일이잖아! 바다도 없는데?!

"젠장, 우와아아아아아앗!"

나는 수레를 필사적으로 끌면서 마을을 향해 달렸지만 물이 밀려드는 소리가 점점 가까워졌다.

젠자아아아앙, 뭐가 어떻게 된 거야?! 영문을 모르겠네!

"맙소사아아아아아아아아아아아아아아앗?!"

내 등에 충격이 가해진 순간, 시야가 물로 가득 찼다. 그리고 탁류에 휘말려 전후좌우도 알 수 없게 된 채 나는 그대로 쓸려나갔다.

"우푸! 우아아아아아아아아아아아아악!"

잃을 수 없어! 이 토마토만은 절대 잃을 수 없다고오오오오오!

7

"콜록, 하아하아, 휴우우우. 어, 어찌어찌 목숨은 부지했네."

마을 안에서 익사한다고 하는 말도 안 되는 사망원인으로 죽게 되는 건 어떻게든 모면했다. 물에 빠진 생쥐 꼴이 되기는 했지만 죽는 것보다는 낫다. 목숨을 건졌으니 됐다.

"그런데 왜 해일이 발생한 거지? 하마터면 익사할 뻔 했잖아. 나중에 이딴 짓을 벌인 놈에게 위자료를 청구해야지. 아, 그런 생각을 할 때가 아니잖아! 토마토, 토마토는 어떻게 됐지?!"

주위를 둘러보니 산산조각이 난 수레와 우리가 있었고, 그 안에는— 아무것도 없었다.

그리고 그 우리 안에는 붉은 즙과 파편만이…….

"어이…… 말도 안 돼. 뭔가, 잘못, 된, 거, 야……. 우오오 오오오! 5백 만! 내 5백만 에리스! 오오오배애애애액마아아 아아아아아아안!!"

"시끄러우니까 마을 안에서 대성통곡 좀 하지 말라고. 윽, 더스트잖아."

절망의 늪에 빠져있던 나에게 말을 건 사람은 바로 잡화 점 아저씨였다.

이럴 때는 미인의 위로를 받고 싶은데, 하필이면 이딴 아 저씨가 말을 거는 거냐.

"하아아—."

"거 땅이 꺼져라 한숨을 쉬네. 마을 안이 온통 침수된 데 다 벽도 무너졌잖아. 대체 무슨 일이 벌어진 거야?"

"해일이야, 해일. 그리고 그 해일 때문에 내 전 재산도 날 아가 버렸어……. 토마토오오오, 토메이토오오오!!"

"들러붙지 마! 대성통곡 하는 척 하면서 내 바지에 몸을 닦지 말라고! 토마토라면 저 나뭇조각 틈에 끼어 있잖아."

아저씨가 손가락으로 가리킨 쪽을 쳐다보니 나뭇조각과 나뭇조각 사이로 생긴 틈에, 토마토 한 개가 기적적으로 흠

집 하나 나지 않은 채 있었다.

"오오오오오, 토마토오오오오오!"

나는 부리나케 뛰어가서 양손으로 상냥히 감싸듯 그 토마토를 잡은 후, 하늘 높이 치켜들었다.

"딱히 울 일은 아니지 않아? 그러고 보니 올해는 토마토가 흉작이지. 유일하게 토마토를 취급하던 가게에서도 물량이 다 떨어졌다던걸. 딱 하나지만 꽤 괜찮은 가격에 팔 수 있을 거야. 뭣하면 내가 사줄까?"

그래. 이 토마토는 이 마을에서 유일한 토마토일지도 모른다.

그렇다면 돈을 조금은 회수할 수 있으려나?

나는 이 유일한 토마토에 얼마 안 되는 희망을 걸 수밖에 없었다.

"더스트는 왜 죽어있는 거야?"

평소와 같은 자리에서 밥을 먹고 있는 동료의 목소리가 들렸다. 테일러의 목소리인가?

나는 테이블에 엎드려 있었기에 동료의 모습이 보이지 않았다.

"글쎄? 쭉 저런 상태야."

"간부 토벌에 참가 못해서 포상금을 못 받았잖아? 그래서 저러는 거 아냐?"

그런 건 아무래도 상관없다고. 그 후에 사방을 다 뒤지고 다녔지만 토마토는 제일 처음 발견한 한 개가 전부였다. 허리에 찬 주머니 안에 들어있는 게 전부인 것이다.

　아저씨의 말이 사실이라면 희소가치가 있을 이 토마토 한 개라도 팔아치우도록 할까. 잘 하면 그걸 밑천으로 거금을 벌 수 있을지도 몰라.

　"아~, 또 샐러드에 토마토가 안 들어있네. 두 달 넘게 토마토를 못 먹은 것 같아. 하아, 토마토 먹고 싶어."

　린은 내가 토마토로 막대한 손해를 봤다는 것을 모른다. 그래서 나에게 토마토를 달라고 빙빙 둘러서 말하는 것이다.

　이것은 날려버린 돈을 조금이라도 회수하기 위해 필요한 토마토다. 가벼운 마음으로 남에게 줄 수는 없다.

　하지만 지그시 이쪽을 쳐다보고 있는 린의 모습을 본 나는— 땅이 꺼져라 한숨을 내쉬었다.

　"하아, 린. 토마토 줄게."

　"뭐, 정말? 고마워. 너, 좋은 구석도 있구나."

　린은 내가 건네준 토마토를 깨끗한 천으로 정성들여 닦은 후, 행복한 표정으로 베어 물었다. 그리고 나는 그런 린을 멍하니 쳐다보았다.

　5백만짜리 미소구나. 뭐, 나쁘지는 않네.

제3장 저 용사의 분투기

1

"저번 모험은 정말 엄청났어. 카즈마가 그렇게 우수할 줄은 몰랐다니깐."

길드의 평소 앉는 자리에서 동료들과 함께 술을 마시고 있는데, 다른 녀석들이 아까부터 같은 소리만 계속했다.

린이 눈을 반짝이면서 카즈마를 칭찬하니 약간 짜증이 치솟았다.

"카즈마의 기지는 정말 대단했다니깐! 그때 일을 떠올리기만 해도 흥분이 돼!"

"직업이 모험가라서 별 볼일 없을 줄 알았는데, 다양한 스킬을 멋지게 쓰던걸. 적 탐지, 잠복, 그리고 초급 마법을 그렇게 유용하게 쓸 줄은 몰랐어."

동료인 키스와 테일러도 그를 칭찬했다.

카즈마가 고생을 하고 있다는 것은 인정한다. 겉모습만 번지르르한 그 3인방이 얼마나 골 때리는 녀석들인지 체험했으니까 말이다.

카즈마는 그런 녀석들을 제어하고 있는 것이다. 그것만은 인정해줘야 한다.

하지만 동료들이 카즈마 이야기만 계속 해대는 것도 영 마음에 안 드는 걸.

"초급 마법에 그런 용도가 있을 줄은 꿈에도 몰랐어. 나도 카즈마를 본받아서 초급 마법을 익힐까 해. 뭐든 쓰기 나름이잖아. 실력은 괜찮지만 문제만 일으키는 녀석보다는 카즈마 같은 애를 동료로 삼고 싶네."

린은 마법사로서 카즈마의 기지에 감탄한 것 같았다. 중급 마법을 쓸 수 있는데 초급 마법을 왜 익히느냔 말이다.

"카즈마가 있으면 여러모로 편하긴 할 거야. 마왕군 간부와 싸울 때도 다 끝나갈 즈음에나 나타난 누구누구 씨와 다르게 말이지."

키스는 활의 시위를 만지작거리면서 의미심장한 눈길로 나를 쳐다보았다.

그때는 전투를 신경 쓸 때가 아니었다고.

"또 파티를 교환하자는 부탁을 해도 돼."

테일러까지 나를 필요 없는 애 취급을 했다.

"너, 너희는 대체 무슨 소리가 하고 싶은 건데……. 경멸하는 눈길로 쳐다보지 마. 어, 어이. 농담이 아니라 진담처럼 들리거든? 나도 할 때는 한다고! 아직 그럴 기회가 없었을 뿐이야!"

"기회…… 아, 맞다. 너, 저번에 듈라한과 싸울 때는 왜 일찍 안 온 거야? 그리고 그 후로 한동안 축 처져 있었잖아."

"그때 일은 입에 담지도 마……. 진짜로 울고 싶어진단 말이야."

5백만이나 되는 돈이 순식간에 날아가 버렸다. 그 후에 채소가게 아저씨에게 환불을 요구했더니 경찰을 불렀고, 부서진 수레 대금까지 갚아야 하는 신세가……. 젠장, 생각만 해도 열 받네!

"그것보다, 언제 또 의뢰를 맡을 거야? 나, 돈이 없으니까 오늘 바로 해도 돼."

"아~, 나는 한동안 됐어. 적어도 겨울 동안에는 일을 안 할 거야."

"하긴, 겨울에는 흉악한 몬스터만 활동하잖아. 마왕군 간부를 토벌하고 받은 포상금이 아직 남아있으니까, 올해 겨울은 일 안 해도 보낼 수 있을 거야."

"응. 주머니 사정이 넉넉하니까 거기도 매일 갈 수 있어."

"어이, 멍청아!"

"거기?"

키스가 입을 잘못 놀린 바람에, 린이 도끼눈으로 이쪽을 쳐다보았다.

거기란 요즘 들어서 알게 된, 여자들에게는 절대 알려져선 안 되는 비밀스러운 장소다. 테일러는 크루세이더라 좀 고지식한 편이라서 알려주지 않았다.

　나는 거기에 다니기 위해서라도 돈을 모아야만 한다.

　"그, 그것보다! 너희는 의뢰를 맡을 생각이 없는 거야?"

　"""없어."""

　젠장. 딱 잘라 말하네.

　딴 녀석들과 파티를 짜서 의뢰를 맡을까 했지만 다른 모험가들도 포상금을 받았거든. 나처럼 빈곤에 허덕이고 있는 건—

　"아, 카즈마잖아. 일하러 가는 거야?"

　테일러의 목소리를 듣고 고개를 돌려보니 카즈마 일행이 눈에 들어왔다.

　전에는 미녀 세 명을 거느리고 돌아다니는 카즈마를 보고 질투심을 느꼈지만 일전의 일 이후로는 동정심만 느껴졌다.

　"아~, 어디 사는 프리스트 덕분에 어마어마한 빚을 졌거든."

　"내가 잘못했다는 거야?! 나 덕분에 간부를 해치운 거니까, 좀 더 감사하면서 칭찬해달란 말이야! 헌금 대신에 슈와슈와와 튀김을 바쳐!"

　"시끄러워! 누구 때문에 이 고생을 하고 있는 건지 알긴 해?!"

　"카즈마도 그만해라. 짜증이 나서 참을 수가 없다면, 나한테 마음껏 독설을 퍼부어도 된다."

　"너한테 상 줄 생각은 없어!"

　"뭐, 저는 폭렬마법만 쓸 수 있으면 되니까 모험은 대환영이에요."

"제발 부탁이니까, 다른 마법도 좀 익혀⋯⋯."

"싫어요."

고생 많네⋯⋯. 나와 마찬가지로 가난에 허덕이고 있는 건 카즈마 일행뿐이겠지만 같이 모험을 할 여유는 없어 보였다.

게다가 카즈마에게 기대서 돈을 벌었다간, 동료들 사이에서의 내 평판이 더 나빠질 것이다.

"다음에 봐."

카즈마가 그렇게 말하고 걸어갔지만 나는 그를 잡지 않았다.

자, 이제 어떻게 한다. 동료들은 도움이 되지 않을 것 같고 다른 모험가들도 의뢰를 받을 생각은 없겠지. 그럼 혼자서 처리할 수 있는 의뢰라도 찾아보도록 할까.

"아아~. 혼자서 일거리를 찾아볼까~. 혼자서 일을 해야 하는 거냐고~. 마음 착한 동료들이 도와주면 참 좋겠는데 말이야~."

몸을 일으킨 내가 기지개를 켜는 시늉을 하면서 동료들을 쳐다보니 그들은 일제히 고개를 돌렸다.

"그럼 우리는 여관에 틀어박히자고."

"바보 같은 짓 하지 말고, 성실하게 돈이나 벌어."

"미안하지만 혼자 즐기겠어."

그 누구도 돈을 빌려주겠다는 소리를 하지 않을 뿐만 아니라, 나를 버려두고 돌아가 버렸다. 정말 차가운 녀석들이다. 부자가 되더라도 절대 저 녀석들에게는 한 턱 쏘지 말아야지.

"하아, 괜찮은 의뢰가 있나 살펴볼까."

먹고 자기만 해도 돈이 들어오는 일이 있다면 정말 좋을 텐데…….

게시판에 붙어있는 의뢰용지를 확인해봤지만 겨울이라 그런지 하나같이 악랄한 의뢰였다.

일격곰 무리를 토벌하라고? 진짜 무모한 내용이네. 혼자서는 자살하러 가는 거나 다름없다고.

"보수가 괜찮은 건 없나…… 어? 이건 오크 토벌이잖아."

오크는 머리가 돼지인 종족이다. 수컷이 멸종된 종족이라 암컷밖에 없다고 들었다. 성욕이 왕성해서 다른 종족의 남자를 잡으면 죽을 때까지 짝짓기만 해대며 애를 만든다는 최악의 녀석들이다.

미인 종족이라면 돈을 내고라도 잡혀가고 싶지만 상대는 돼지라고…….

평소 같으면 다가가기도 싫은 상대지만 보수가 정말 많았다. 게다가 다른 의뢰는 물리적으로 토벌이 불가능하다. 일단 이야기라도 들어볼까.

나는 의뢰서를 떼어낸 후 가슴이 꽤나 큼직한 길드 접수처 직원을 찾아갔다.

"루나, 이 의뢰에 대해 자세히 가르쳐주지 않겠어? 그리고 정신적으로 충격을 받아서 그러는데, 가슴 좀 주물러도 돼?"

"어머, 더스트 씨. 겨울에는 일을 안 하시더니 무슨 바람이 분 거죠? 그리고 경찰을 부를 거예요."

루나는 모험가들을 매일같이 상대하는 사람답게 미소를 지으면서 그런 인정사정없는 말을 입에 담았다. 대단하네.

"농담 좀 해본 거야. 실은 돈이 좀 궁하거든. 어쩔 수 없이 일을 할 수밖에 없어."

"그러고 보니 더스트 씨는 간부 토벌에 뒤늦게 참가하는 바람에 보수를 못 받으셨죠. 으음, 이 의뢰는 오크 토벌이군요. 인근 마을 근처에서 오크가 목격되었어요. 그래서 그 마을 사람들이 토벌 의뢰를 한 거예요. 겁을 먹은 마을 남성들이 집에 틀어박히는 바람에, 일을 할 사람이 없어서 난감한 상황이라더군요."

오크 암컷에게 잡히면 죽을 때까지 짝짓기를 해야 한다니까 말이야. 남자 모험가는 오크 무리와 마주치면 눈썹 휘날리게 도망치는 게 철칙이다.

그 녀석들은 우수한 유전자로 계속 번식을 해왔기 때문에 엄청 강하거든.

게다가 잡히면 남자로서 끝장난다는 공포심 탓에 싸워보기 전부터 움직임이 둔해지고 말아.

"몇 마리나 되는데?"

"목격담에 따르면 열 마리 전후인 것 같아요."

한두 마리라면 몰라도 열 마리는 버거워. 혼자서 상대하는 건 무리일 거야. 게다가 실패했을 때의 위험부담도 너무 커.

"아무래도 관두는 편이 좋겠네."

"그래도 아쉽네요. 이 마을에는 미인탕이라는 온천이 있는데, 마을 사람들은 그 온천 덕분인지 하나같이 미인이에요. 저도 그 온천을 전부터 이용해보고 싶었는데, 일이 너무 바빠서 못 가봤네요. 이런 상황에서는 온천 운영도 못할 테고요……. 참, 추가 보수는 아니지만 의뢰를 맡아준 모험가 분 앞으로의 전언이 있어요. 조기 해결을 해주신다면 마을 사람들 전원이 힘을 합쳐 연회를 열어준대요."

"그 이야기 좀 자세히 해봐."

의뢰 내용을 듣고 생각에 잠겨있을 때 누군가가 내 소매를 잡아당겼다.

"어, 누구야?"

고개를 돌려보니 조그마한 소녀가 내 소매를 잡은 채 올려다보고 있었다.

"드디어 돈이 궁한 나머지 유괴까지……. 모험가에게 상금을 거는 건 괴롭지만 길드로서는 엄정한 처분을 내릴 수밖에……."

"무슨 소리를 하는 거야?! 모르는 꼬맹이라고! 어이, 빨리 놔."

"여자한테 인기 없을 것 같은 아저씨네. 그리고 나는 꼬맹이가 아니라 아가씨야. 아까 오크 퇴치가 어쩌고 같은 이야기를 했지? 혹시 우리 마을 이야기야?"

이 꼬맹이는 대체 뭐야? 오크 토벌을 의뢰한 마을 출신인가?

부모와 함께 의뢰를 하러 온 걸지도 모르겠는걸.

"어머, 유심히 보니 이 애는 의뢰인의 따님이군요."

루나는 이 애와 면식이 있는 것 같았다.

내 예상이 적중했네. 아직 내 감도 죽지 않았는걸.

"아저씨가 아니라 잘생긴 오빠라고. 뭐, 우리가 오크가 나타났다는 마을 이야기를 한 건 맞아. 너, 그 마을의 꼬맹이냐?"

"응, 아저씨. 그리고 나는 꼬맹이가 아니라 아가씨야."

"그, 그래? 꼬맹이치고는 끈질긴걸. 그런데 그게 어쨌다는 건데?"

"실은 아빠가 오크한테 잡혀갔다가 겨우 탈출했는데, 그 후로 방에서 나오지를 않아. 나는 노멀이야! 하지 마! 같은 소리만 계속 해."

그, 그렇구나. 엄청 무시무시한 일을 겪은 거겠지. 남자로서, 네 아빠를 동정해.

운 좋게 도망쳐서 다행이지만 그 녀석들에게 겁탈당할 때의 공포는 어마어마하다니까 말이야.

"엄마가 매일 같이, 「좀 남자답게 굴어! 그러니까 돈도 제대로 못 버는 거야! 그것보다 얼마 전에 술집 점원을 꼬시려고 했다는 게 진짜야?!」 같은 말로 위로해주는데도 나오지를 않아."

"네 아버지를 진심으로 동정할 것 같아……. 그런데 왜 그런 이야기를 하는 건데?"

"아저씨는 오크를 퇴치할 거지? 실은 아빠가 도망치다가 나한테 줄 생일 선물을 떨어뜨렸대. 그것 좀 찾아줘."

"어이, 나를 뭐로 보고 그런 소리를 하는 건데? 나는 모험가이고, 오크를 쓰러뜨리는 게 내 일이라고."

"그럼 여자한테 인기 없을 것 같은 오빠. 잘 부탁해~."

남의 말을 듣지도 않는 꼬맹이가 모친으로 보이는 여자를 향해 뛰어갔다.

어린애는 자기중심적이고 남의 말을 듣지 않지. ……뭐, 저런 꼬맹이는 아무래도 상관없지만 말이야.

2

나는 의뢰를 맡기로 한 후, 앞으로 어떻게 할지 고민하면서 차분히 생각에 잠길 수 있는 장소로 이동했다.

루나한테 낚인 것 같지만 어찌됐든 간에 의뢰를 받아들일 수밖에 없어. 게다가 돈이 없으면 서큐버스 가게도 이용할 수 없잖아!

키스가 언급한 **거기**란 바로 서큐버스 가게였다. 액셀 마을은 서큐버스들과 상부상조하는 관계다. 서큐버스는 남자 모험가의 엉큼한 욕망을 충족시켜주는 야한 꿈을 제공한 후, 그 대신 약간의 정기와 돈을 받는다.

우리는 개운해질 수 있고 서큐버스들은 정기를 얻을 수 있다. 상부상조를 하는 것이다. 머리 한 번 잘 썼는걸. 하지만 악마인 서큐버스를 이용한다는 게 알려지면 여러모로 성가실 테니 남자 모험가만의 비밀로 삼고 있다.

실제로 관계를 가지는 게 아니라 어디까지나 꿈이기에, 그 어떤 야한 상황도 다 이룰 수 있는 최고의 가게다. 여기를 알게 된 후로는 거의 매일같이 다니고 있지만 지금은 그 가게를 이용할 돈도 없다.

"오크 암컷이라. 가능하면 싸우고 싶지 않지만 찬밥 더운밥 따질 때가 아니잖아. 쉽게 해치울 방법이 없으려나······."

"어이, 어이~."

"하아, 진지한 고민 중이라고. 술이라도 한 잔 내놓는 눈치를 발휘하란 말이야."

"헛소리 마. 왜 툭하면 우리 가게에서 시간을 때우는 건데? 여기는 네 집이 아니거든? 앗! 인마, 자기 물건에 가격표 붙여서 상품 사이에 섞어놓지 마! 더스트가 있으면 손님이 들어오지를 않는다고."

잡화점에 있는 안 팔리는 의자에 좀 앉아서 쉬었을 뿐인데······. 이 아저씨는 진짜 속이 좁다니깐.

이 정도 일로 열불을 내서야, 얼마 남지 않은 머리카락도

다 빠져버리고 말걸?

"어차피 손님이 없잖아. 나 말고 다른 손님은 본 적이 없다고."

"네가 있어서 손님이 안 오는 거야. 가게 평판도 나빠지고 있단 말이다."

"어이어이, 장사 안 되는 걸 남 탓으로 돌리는 건 좀 그렇지 않아? 내가 빨리 돌아가기를 바란다면, 자릿세를 내놓거나 오크를 토벌할 아이디어를 내놓으라고."

잡화점 아저씨가 오크를 토벌할 좋은 아이디어 같은 걸 가지고 있을 리 없지만 나는 완전히 벽에 부딪친 상태거든. 남의 의견을 들어보는 것도 좋을 것 같았다.

"뭐? 자릿세? 완전 양아치네…… 그런데 오크 토벌은 무슨 소리야?"

"오크를 토벌하는 의뢰를 맡았거든. 쉽게 토벌할 방법이 없나 싶어서 궁리 중이야."

"평범하게 싸워서 쓰러뜨리라고…… 의욕이 없으면 안 맡으면 되잖아. 그러면 미츠루기 씨가 의뢰를 맡아줬을지도 모른다고. 의뢰주도 그걸 더 반길걸?"

또 미츠루기냐. 요즘 들어 카즈마와 미츠루기의 이야기만 들은 것 같네.

"미츠루기? 따지고 보면 그 녀석 때문에 나는 거금을 손해 봤지. 그런 거금을 대뜸 내놓으니까, 내가 정신이 나가서 괜한 데다 다 써버린 거라고."

그 녀석이라면 오크 무리 정도는 손쉽게 토벌할 거야. 오
크 암컷도 강한 수컷을 원한다니 미끼로 삼을 수도 있겠네.

으음…… 그 녀석을 이용하는 것도 괜찮을 것 같은걸. 순
진해서 속이기 쉬울 것 같은 녀석이었거든. ……잘하면 의뢰
비도 전부 내가 꿀꺽 할 수 있지 않을까?

"어이, 거금은 또 무슨 소리야?"

"혼잣말이니까 신경 꺼. 아무튼, 덕분에 방금 엄청 해피한
아이디어가 떠올랐어. 고마워."

"너한테 고맙다는 말을 들으니 불길한 예감만 드는데……."

자, 이제 미츠루기에게 오크 토벌을 떠넘길 방법만 궁리하
면 되는데……. 소문에 따르면 정의감이 강하고 여자에게
상냥하다고 했지? 그걸 잘 이용하면 내 손바닥 위에서 춤추
게 만들 수 있을 거야.

정의감과 여자라. 그렇다면 그 녀석에게 도움을 받도록 할까.

3

"……그렇게 해달라는 거야."

"뭘 어떻게 해달라는 건데요, 더스트 씨?"

단골이 된 서큐버스 가게에 가서, 친분이 있는 로리 서큐
버스에게 말을 거니 이런 반응을 보였다.

이 가게는 언뜻 보면 평범한 카페 같지만 실은 남자의 꿈을 이뤄주는 최고의 가게다.

여기는 여전히 최고의 낙원이다. 조그마한 천으로 중요 부위만 가린 미녀들이 아낌없이 속살을 드러내고 있었다.

걸을 때마다 흔들리는 가슴과 엉덩이를 쳐다보기만 해도 여기에 온 보람이 있다고.

"그러니까, 네가 마을 여성인 척하면서 미츠루기 자식의 품에 엉엉 울며 뛰어드는 거야.「마을 사람들이 오크에게 끌려가고 말았어요. 부디 도와주세요」라고 말하면서 말이지. 연출이나 대사는 내가 짜줄 테니까, 잘 부탁해."

"제가 모르겠는 건 속이는 방법이 아니라, 제가 그런 짓을 해야 하는 이유예요."

내키지 않나 보네. 하지만 이런 반응을 보일 줄 알았어. 순순히 내 부탁을 들어줄 거라고는 생각도 안 했거든.

모험가에게 사전 정보 수집은 필수다. 너에 관해서는 옛날 옛적에 조사를 마쳤다고.

"나는 알고 있거든? 너, 카즈마와 얽힌 일 때문에 요즘 상황이 좋지 않지? 일을 실패했다는 게 소문나서 너한테 의뢰하는 손님이 줄었잖아? 만약 협력을 해준다면 너한테도 이득이 있을 거야. 내가 매번 너를 지명해줄 수도 있어. 아니면 로리 취향인 녀석들을 소개해줄게."

"윽, 그걸 어떻게……."

얼굴에 동요한 티가 확 드러났다고. 카즈마와 네 일은 알고 있었지만 다른 건 대충 둘러댔을 뿐인데 딱 맞췄나 보네. 뭐, 그 실패담을 술자리에서 카즈마한테 듣고 술기운에 소문낸 사람은 바로 나지만 말이야.

"게다가 미츠루기는 여자가 따르는 데다 고지식해서 이 가게를 이용하지 않아. 손님이 아니니까 속여도 문제될 건 없을 거야. 나는 모험가들 사이에서 발이 넓으니까, 너를 선전해줄게. 어때? 괜찮은 제안 아냐? 야한 꿈을 보여줄 때도 남을 속이는 테크닉이 중요하다고. 현실에서 그런 실력을 갈고닦아두면 다른 서큐버스들보다 한 발짝 앞서나갈 수 있을 거야."

"그건 좀…… 매력적이네요."

"나한테 도움을 받는다면 언젠가 넘버원 서큐버스가 될 수 있을걸? 동료도, 선배도, 너를 마구 칭찬하겠지. 매력이 철철 넘치는 미래의 너를 한 번 상상해봐."

"넘버원……. 그럼, 더는 열등감을 느끼지 않아도……."

로리 서큐버스는 미래의 자신을 상상하고 있는지 황홀한 표정으로 허공을 쳐다보고 있었다.

조금만 더 밀어붙이면 되겠어.

"그래. 나는 네 안에 잠들어 있는 재능을 느꼈어! 내가 프로듀스를 해줄 테니까, 함께 서큐버스계의 정점을 목표로 삼자! 모든 사람들이 너의 모습만 봐도 매료되어 버릴 듯한,

최고의 서큐버스가 되는 거야!"

"제, 제가 미래에 그렇게……!"

"너라면 될 수 있어! 더욱 빛날 수 있을 거라고!"

로리 서큐버스는 내 열정적인 말을 듣고 마음이 흔들리기 시작한 것 같았다.

서큐버스의 가치는 남자를 얼마나 매료시킬 수 있느냐로 정해진다는 이야기를 들은 적이 있다. 단순한 소문일지도 모르지만 그 어떤 세계에도 서열 같은 건 존재하겠지.

조금만 더 밀어붙이면 넘어올 것 같은 느낌이 마구 들었다.

"다녀오세요."

바로 그때, 이 가게의 경영자인 듯한 서큐버스가 우리 대화에 끼어들었다.

로리 서큐버스와 다르게, 그대로 확 달려들고 싶을 만큼 농익은 육체를 지닌 그녀는 오늘도 끝내주게 요염했다.

서큐버스라면 당연히 이래야지. 이 로리 서큐버스의 빈약한 바디로는 영 흥분이 안 된다고.

"그래도 될까요?"

"예. 더스트 님은 저희의 소중한 손님이니까요. 도움을 드리도록 하세요."

뜻밖의 인물이 도움의 손길을 내밀었다. 경영자인 만큼, 장사가 어떤 것인지 이해하고 있는 것 같았다. 앞으로도 애용해야겠어.

"알았습니다. 더스트 씨, 도와드릴게요. 하지만 저는 싸움 같은 건 못해요. 서큐버스는 악마지만 전투력은 없거든요."

"고마워! 다치는 일은 없을 테니까 걱정하지 마. 그럼 의논 좀 해보자."

미츠루기를 속이기 위한 시나리오를 이제부터 짜야 한다. 그 녀석은 단순해서 간단히 걸려들 것 같지만 이런 건 세심한 주의를 기울이는 편이 좋겠지.

4

우리는 산길에 숨은 후 주위를 둘러보면서 앞으로의 작전을 복습했다.

"대사는 외웠지?"

"완벽하게 외웠어요! 다른 사람들에게 도움을 받아가면서 연기 연습도 철저하게 했어요!"

로리 서큐버스는 자신감이 넘치는 목소리로 그렇게 외쳤다.

그녀는 가게에서처럼 노출도 높은 복장이 아니라, 소박한 시골 아낙 같은 옷차림을 하고 있었다. 이러면 서큐버스라는 게 들통나지 않을 거야.

"그런데, 미츠루기 씨는 진짜로 여기를 지나갈까요?"

"틀림없어. 그 녀석은 카즈마와 파랑 머리 프리스트한테 집착하거든. 그 녀석들이 이 산에서 큰일 났다는 소문을 퍼뜨려 달라고 지인에게 부탁해뒀어."

"어, 카즈마 씨의 동료인 그 프리스트 말인가요?! 아, 으으, 정화당할 거야……."

로리 서큐버스는 어깨를 꼭 움켜잡으며 부들부들 떨었다.

혹시 저번에 실패했을 때 그 녀석한테 따끔한 맛을 본 걸까?

프리스트라는 게 믿겨지지 않을 만큼 호전적인 여자였으니까, 그럴 가능성도 충분히 있어. 아쿠시즈교와 에리스교는 악마라면 질색하잖아.

"실제로는 없으니까 진정해. 이 일의 성공여부는 네 연기에 달려있으니까 잘 부탁해. 실패하지 말라고."

"맡겨만 주세요! 이제 두 번 다시 실패하지 않을 거예요! 다시는 안 할 거라고요! 다른 사람들에게 위로받고, 동정 받는 나날과는 작별할 거란 말이에요!"

의욕이 넘치는걸. 어쩌면 이 녀석은 「실패」라는 단어를 금기시하는 걸지도 몰라.

그러고 보니 카즈마를 언급했을 때도 과잉반응을 했지.

"아, 아무튼 기대할게."

나는 조금이라도 긴장을 풀어주기 위해, 웃으면서 로리 서큐버스의 머리를 쓰다듬어줬다.

로리 서큐버스는 놀란 표정으로 나를 쳐다보더니 곧 촉촉이 젖은 눈동자로 나를 올려다보았다. 어이어이, 설마 상냥하게 대해준 나한테 반해버린 거냐?

"더스트 씨……. 여성이 머리를 쓰다듬어주는 걸 좋아한다는 생각은 동정의 환상에 불과해요."

"시끄러워! 딱히 문제없으면 빨리 준비나 해."

외모는 어린애 같지만 이 녀석은 악마이자 서큐버스다. 남녀관계에 대해서는 전문가일지도 모른다.

뭐, 요염함과는 거리가 먼 이런 꼬맹이 상대로 흥분할 리 없으니 괜찮지만 말이야.

"사람 몸을 뚫어져라 쳐다보며 한숨을 내쉬는 건 실례예요. 저한테 매료당했어요?"

말도 안 되는 소리 하지 마. ……라는 말이 입에서 튀어나올 뻔 했지만 억지로 참았다.

"미안해. 아, 발소리가 들리네. 이제 조용히 해."

나는 나무 뒤편에 숨은 후 조그마한 거울을 슬쩍 내밀어서 소리가 들린 산길을 확인했다.

저 파란색 갑옷과 검은색 검집을 지닌 녀석은 미츠루기가 틀림없다. 여기까지 뛰어온 바람에 거친 숨을 내쉬며 핏발 선 눈으로 주위를 둘러보는 모습은 영락없는 거동 수상자였다.

항상 같이 다니던 여자 두 명은 보이지 않았다. 잘 됐군.

"대사를 좀 변경하자. 이런 상황에서는……."

"더스트 씨는 성격이 정말 더럽네요. 실은 악마 아니에요?"

"어이, 나는 내 마음에 충실할 뿐이야. 무례한 소리 하지 말라고. 그것보다 슬슬 네가 나설 차례야. 자, 가봐!"

"예, 그럼 다녀오겠습니다!"

로리 서큐버스는 경례를 하더니 그대로 뛰쳐나갔다.

나뭇잎이 머리와 몸에 적절히 달라붙었다. 숨까지 헐떡이고 있으니 영락없이 필사적으로 도망을 치다 미츠루기와 마주친 느낌이었다.

여기까지는 예정대로 됐다. 자유자재로 꿈을 조종하는 서큐버스답게 연기력도 나쁘지 않네. 꽤 하잖아.

"사, 살려주세요!"

"무, 무슨 일이시죠?!"

미츠루기는 금방이라도 쓰러질 듯한 로리 서큐버스를 부축했다.

좋았어. 지금 바로 촉촉이 젖은 눈동자로 미츠루기를 올려보는 거야! 어, 부들부들 떨면서 상대를 향해 손을 내민다고 하는 오리지널 연출도 넣었잖아. ……혹시 즐기고 있는 거 아냐?

치마도 적당히 말려 올라가서 허벅지가 노출됐다. 일부러 이런 거라면 정말 대단한 거겠지만 아마 우연일 것이다.

"오, 오크 무리가 마을에 쳐들어와서! 남자들을 끌고 갔어요! 부탁이에요! 저희 마을을 구해주세요!"

박진감 넘치는 연기인걸. 서큐버스는 배우로도 먹고 살 수 있을 것 같네.

"어떻게 그런 일이……. 마음 같아서는 도와드리고 싶지만 저도 아쿠아 님을 찾는 중인지라……. 그 분을 버릴 수는 없어요."

"아쿠아 님? 혹시 푸른색 머리카락을 지닌 프리스트 분 말인가요?"

"맞습니다! 혹시 만났나요?!"

나쁘지 않은 반응인걸. 역시 이 대사를 추가하기를 잘했어. 이 말을 들으면 저 녀석은 분명 걸려들 거라고.

"예. 저희 마을이 습격을 당했다는 말을 듣자마자 주저 없이 구하러 가셨어요."

"역시 아름답고 현명한 분이시군요. 그의 곁에 있으면서 나쁜 영향을 받은 게 아닌가 걱정했는데 기우였나 보군요."

에이, 그 프리스트는 원래 그런 녀석이라고. 카즈마가 보호자 입장에서 어찌어찌 제어를 하고 있는 거에 가까울걸? 그 여자한테 완전 빠졌나 본데, 그래도 현명하다니……. 환각이라도 본 거 아냐?

미츠루기가 연극배우 같은 언동을 계속 취하니 마치 한편의 연극을 보고 있는 느낌이 들었다.

"그건 그렇고, 아쿠아 님은 어느 쪽으로 가셨죠?"

"시, 실은 오크 무리가 있는 장소를 표시한 지도가 있어요."

로리 서큐버스는 품속에서 꺼낸 종이를 미츠루기에게 건넸다. 물론 그것은 내가 직접 작성한 지도다. 미리 오크가 있는 장소를 정찰해둔 것이다.

"알았습니다. 마을 사람도, 아쿠아 님도, 제가 구출할 테니 이제 안심하십시오!"

당당하게 선언하는 모습이 꽤 잘 어울렸다. 이래서 미남은 싫다니깐……

미츠루기는 로리 서큐버스를 지면에 누인 후 상큼한 미소를 지으며 달려갔다.

미츠루기가 시야에서 완전히 사라지자 나는 로리 서큐버스에게 다가갔다.

"수고했어. 꽤 하던걸?"

"어때요? 실수 안 했죠?"

"완벽했어. 그 정도면 누구든 속일 수 있겠더라고."

"그래요? 에헤헤헤, 너무 칭찬하지는 마세요."

이 녀석, 진짜 쉬운 애네. 칭찬에는 익숙하지 않은지 볼을 살짝 붉히며 부끄러워했다.

로리 서큐버스에게는 과도한 칭찬이 잘 먹히는 것 같았다. 기억해둬야겠네.

"좋아. 미츠루기의 활약을 보러 가자. 혼자서 오크를 다 쓰러뜨려주면 가장 이상적이지만 전력을 어느 정도 줄여준 후에 잡혀버려도 괜찮아. 오크가 그 녀석을 겁탈하는데 정신이 팔린 틈에 기습을 해야지."

"역시 더스트 씨는 악마가 틀림……."

"아니라고!"

물론 미츠루기가 잡힌다면 당하기 전에 구해줄 생각이다. 나도 그 녀석이 겁탈을 당하게 둘 만큼 악랄하지는 않다. 이 일을 계기로 여자를 싫어하게 된다면 나로선 나쁠 게 없지만 말이다.

나는 옆에서 같이 뛰면서 미심쩍은 눈길로 쳐다보는 로리 서큐버스를 무시하고 목적지를 향해 뛰었다.

5

오크 무리가 있는 장소에 다가간 우리는 속도를 줄인 후, 그 장소가 잘 보이는 언덕 위로 이동했다. 엉금엉금 기면서 언덕 끝으로 이동한 후 아래쪽을 쳐다보았다.

미츠루기는 쓰러진 오크 무리의 중심에 있었다. 전부 혼자서 쓰러뜨린 걸까. 호흡이 흐트러진 것 같지만 몸에는 상처하나 없는 것 같았다. 역시 강한걸.

"아쿠아 님! 어디 계십니까, 아쿠아 님!"

미츠루기는 고함을 지르면서 주위에 있는 텐트 안을 확인했다.

이대로 방치해뒀다간 인근 마을에 가볼지도 모른다. 그랬다간 내 꿍꿍이가 들통 날 것이다.

"뒷일을 부탁해도 돼?"

"잡혀간 마을 사람 전원이 구조됐고, 아쿠아 님도 돌아갔다고 말하면 되죠?"

"응. 부탁해."

로리 서큐버스는 등에 생긴 날개로 몰래 하늘을 날면서 미츠루기에게 다가가더니 곧 그를 향해 뛰어갔다. 목소리는 들리지 않지만 반응을 보아하니 납득한 것 같았다.

좋아. 이걸로 이 의뢰는 달성됐어. 이제 오크한테서 토벌 증거를 수집하고 돈이 될 만한 게 없는지 뒤져보도록 할까.

미츠루기가 사라진 후에 아래로 내려간 나는 로리 서큐버스와 함께 오크의 사체를 뒤지며 돈이 될 만한 것을 모은 후, 슬슬 돌아가기 위해 몸을 일으켰다.

"오크가 제대로 된 장비를 가졌을 리가 없는데, 괜히 열심히 뒤졌네요. 혹시 뭐 좀 건졌나요?"

"……별것 없어. 돈이 될 만한 게 좀 있을 줄 알았더니 괜히 시간만 날렸네. 뭐, 미츠루기 덕분에 편했지만 말이야."

"그 미츠루기라는 사람 말인데, 아쿠아 씨에게 너무 집착하던걸요. 좀 무서웠어요."

"그런 걸 숭배하는 녀석이잖아. 멀쩡할 리가 없다고."

"—당신이 왜 여기 있는 거죠?"

느닷없이 들려온, 이 귀에 익은 목소리는…….

내가 머뭇거리면서 고개를 돌려보니 미츠루기가 팔짱을 낀 채 나를 딱 노려보고 있었다.

"여, 여어. 별일이네. 이런 데서 다 마주치다니 말이야."

"예. 여자 혼자 마을로 돌아가는 건 위험할 것 같아서 와 본 건데, 잘한 것 같군요. 우연히 오크 무리가 있던 장소에서 마주친 건 그렇다 치죠. 하지만 왜 저 소녀와 친근하게 이야기를 나누는 거죠? 마치 아는 사이인 것처럼 말입니다."

큰일 났는걸. 몰래 지켜보고 있었던 것 같아. 이야기를 어디서부터 들었는지에 따라, 대처 방법이 달라지겠어.

이제부터는 말을 신중하게 고를 필요가 있다.

"저, 저와 더스트 씨는 아무 사이도 아니에요! 방금 처음 만났어요! 이야기를 나눈 적도 없단 말이에요!"

"머, 멍청아! 네가 무슨 푼수냐!"

이 녀석, 당황한 나머지 치명적인 실수를 저질렀어.

"흐음~, 그렇게 친근하게 이야기를 나눴으면서 말인가요? 게다가 이야기를 나눈 적도 없는 사람인데, 어떻게 이름을 아는 거죠?"

말대꾸도 못 하면서 울상을 짓고 도와달라는 듯이 나를 쳐다보지 말라고. 역경에 너무 약한 거 아냐?!

어떻게 하지?! 어떻게 하면 이 위기를 벗어날 수 있지?! 궁지라면 예전에도 몇 번이나 경험했잖아. 기사회생의 타개책을 찾아내라고!

"헉, 나는 대체 뭘 하고 있는 거지……. 여, 여기는 어디야?! 너, 너는 서큐버스!! 새, 생각났어. 나는 악마인 이 녀석한테 매료당했다고. 나는 이 악마에게 이용당했을 뿐이야!"

미츠루기에게 하수인을 팔아넘기기로 했다.

"자, 잠깐만요! 더스트 씨, 무슨 소리를 하는 거예요?! 이 흉계를 꾸민 사람은 바로 더스트 씨잖아요!"

로리 서큐버스가 울먹거리면서 내 멱살을 잡자, 나는 그녀를 떼어내려 했다.

젠장, 의외로 힘이 세잖아! 떨어지지를 않네!

"무슨 소리를 하는 건지 모르겠네. 어이, 미츠루기. 악마의 감언이설에 속지 마. 악마는 신의 천적이야. 네가 알고 지내는 프리스트의 천적이라고!"

"저질! 이 악마! 찌꺼기! 쓰레기!"

"흥, 멋대로 떠들라고. 나는 내가 가장 소중해! 너도 서큐버스면 그 빈약한 몸으로 유혹이라도 해봐! 자, 이걸 보라고! 악마의 꼬리야!"

내가 치마 안에 손을 집어넣어서 꼬리를 꺼내자 미츠루기는 고개를 돌렸다.

로리 서큐버스는 「변태!」라고 외치면서 나를 때렸다. 평소에는 더 야한 복장을 하고 다니잖아. 진짜 수치심의 기준을 모르겠네.

"확실히 악마가 틀림없는 것 같군요."

"그렇지? 그럼 내가 결백하다는 것도 이해했겠네?"

좋았어. 나는 살아남을 수 있겠어. 미츠루기는 물러터진 녀석이잖아. 아무리 악마라도 겉모습이 어린 여자애인 이 로리 서큐버스에게 폭력을 휘두르지는 못할 거야.

이것이야말로 전원이 무사할 수 있는 최선의 작전이라고.

"속지 말아요! 이 사람, 미츠루기 씨가 소중히 여기던 마검을 헐값에 사들여놓고, 말도 안 되는 가격에 팔아치워서 거금을 챙겼단 말이에요!"

"이, 이 자식, 그걸 누구한테 들은 거야?!"

"전에 거나하게 술에 취해서 우리 가게에 왔을 때, 자랑삼아 자기 입으로 늘어놨었잖아요!"

아, 아하, 그러고 보니 그런 소리를 하기도 했었지…….

—검집에서 검을 뽑는 소리가 들렸다.

"자, 잠깐만! 일단 검을 집어넣고 솔직담백하게 이야기를 나눠보자고. 대화라는 것은 인간만이 지닌 수단이잖아."

"드워프나 엘프, 그리고 저 같은 악마나 마물도 대화는 가능한데요?"

닥쳐, 로리 서큐버스. 내가 필사적으로 상황을 수습하려고 하는 중이니까 방해 좀 하지 마!

미츠루기는 감정이 전혀 묻어나지 않는 표정으로 검을 치켜들더니 우리를 차가운 눈길로 쳐다보았다. 아, 표정을 보아하니 변명이 통하지 않을 것 같네.

나는 재빨리 서큐버스의 등 뒤로 이동한 후 치마를 힘차게 들췄다!

"꺄아아아아아앗! 뭐하는 거예요?!"

"무, 무슨 짓이죠?!"

하나같이 순진하네. 미츠루기가 동요하면서 눈을 뗀 순간, 나는 로리 서큐버스를 허리춤에 끼고 그대로 부리나케 도망쳤다.

"기, 기다려요!"

"기다리란 말을 듣고 기다리는 바보가 있을 것 같아?! 딱딱해진 또 하나의 마검이 방해되어서 제대로 뛰지 못하겠지? 무리하지 말라고!"

나는 도망치면서도 미츠루기를 놀려줬다.

고개를 돌려서 두 눈으로 그 녀석의 사타구니를 확인할 여유가 없는 건 아쉽지만 일단 이대로 부리나케 도망가기로 했다.

"저기, 더스트 씨는 진짜로 악마 아니에요?"

"거 되게 끈질기네! 아니라고!"

미심쩍은 눈길로 쳐다보지 마. 나는 선량하고 평범한 모험가란 말이야.

6

"젠장, 완전 꽝이었네. 잔뜩 기대하며 마을에 가보니 젊은 누님들은 전부 도시로 가버렸다잖아. 뭐가 예쁜이가 잔뜩 있다는 거냐고. 전부 말라비틀어진 꽃이잖아. 다음날에 길드에 가보니 미츠루기가 먼저 손을 써놔서 오크 토벌 보수는 받지도 못했다고. 게다가 내가 한 짓을 안 린이 들들 볶아대면서 빚 독촉을 했단 말이야. 진짜 이리 치이고 저리 치였네."

"알아요. 저도 그 자리에 있었거든요."

내 푸념에 차가운 목소리로 대꾸를 한 로리 서큐버스는 열심히 청소를 하고 있었다.

영업시간이 아니기에 나와 이 녀석 이외에는 아무도 없었다.

"방해되니까 돌아가 주지 않겠어요?"

"손님한테 그런 소리를 해도 되는 거야?"

"돈 없죠?"

".............예."

원래라면 지갑이 두둑해져야 하지만 미츠루기가 초를 쳤다. 그 녀석이 괜한 짓만 하지 않았다면 지금쯤 즐겁게 한 잔 하고 있을 텐데 말이야.

"이건 전부 미츠루기 탓이야."

"더스트 씨, 자업자득이라는 말 알아요?"

"그런 건 내 사전에서 지워버렸다고!"

"정말 한결같은 쓰레기네요. 악마 중에도 이 정도의 인재는 흔치 않아요."

로리 서큐버스는 어이없음과 감탄이 뒤섞인 복잡한 표정

을 지으면서 빗자루로 바닥을 쓸었다.

이 로리 서큐버스, 일단 정중한 어조로 말을 하고 있지만 처음 만났을 때보다 나를 편하게 대하는 것 같네. 나도 딱딱한 건 싫으니까 괜찮지만…… 마음을 털어놓게 되었다기보다, 나를 깔보고 있는 듯한…….

혹시 내가 이 녀석을 미츠루기에게 팔아넘기려고 했던 것 때문에 앙심을 품고 있는 걸까. 정말 속 좁은 녀석이네.

"뭐, 됐어. 아무튼, 모험가는 남한테 얕보이면 끝이거든. 그러니까 네가 좀 도와줬으면—"

"싫어요."

로리 서큐버스는 내 말을 끝까지 들어보지도 않고 거절했다. 이 녀석, 나를 경계하는 것 같아.

"에이, 너무 그러지 말고 내 말을 끝까지 들어보라고."

"끝까지 들으면 제 발목을 잡고 늘어질 속셈인 거죠?"

"너 대체 나를 뭐로 보고 그런 소리를 하는 거야?"

"인류사를 뒤져봐도 흔치 않은 쓰레기?"

"좋아, 나는 여자라고 해도 봐주지 않는다고. 진짜 쓰레기가 어떤 건지 가르쳐줄 테니까 일단 무릎 꿇어. 두 번 다시 내 말을 거역하지 못하는 몸으로 만들어주지."

내가 손가락 관절을 풀면서 로리 서큐버스에게 다가가자, 상대방 또한 빗자루를 치켜들며 전투태세를 취했다.

"그런 짓을 했다간 두 번 다시 이 가게를 이용하지 못하게 할 거예요!"

"흥, 그런 협박이 통할 것 같아?! 나를 얕보지 말라고. 아까부터 청소하느라 바쁜 것 같은데, 좀 도와줄까?"

저런 말을 들으면 굽히고 들어갈 수밖에 없다. 이 가게를 이용하지 못하게 된다는 것은 사활 문제니까.

협박 이외에 이 녀석을 이용할 방법이라면…… 맞아. 그게 있었지.

"미안해. 너의 그 탁월한 연기력이라면 그 어떤 일이라도 다 해낼 수 있을 것 같아서…… 좀 흥분했던 것 같아."

나는 진심으로 반성하는 척 하면서 고개를 살짝 숙였다.

자, 이 녀석은 내 이런 모습을 보고 어떤 반응을 보이려나?

"저, 정말, 그런 말을 들으면 화도 못 내잖아요."

로리 서큐버스는 볼을 약간 부풀리고 고개를 돌렸다. ……칭찬에 익숙하지 않은 여자는 정말 쉽다니깐. 이대로 밀어붙여볼까.

"왕도의 연극무대에 서는 여배우도 울고 갈 정도의 연기력이었어. 그러니 네가 보여주는 야한 꿈은 정말 끝내줄 거야. 크으, 가난이 죄라니깐. 돈이 생기면 다음에는 꼭 너를 지명할게!"

"에이, 그 정도는 아니에요~. 입에 발린 소리 좀 그만하세요. 후훗."

얼굴을 새빨갛게 붉힌 로리 서큐버스는 부끄러움을 타고

있다는 걸 숨기려는 건지 바닥을 부리나케 쓸었다. 너무 쉬운 애라 걱정이 될 지경이다. 뭐, 나로서는 이용하기 좋으니 잘 됐지만 말이다.

"정말 미안해. 네 실력이라면 해낼 수 있을 거라고 생각했지만 상대방의 사정도 고려하지 않고 교섭을 하는 게 아니었어. 다른 서큐버스에게 부탁해볼게. 하아~."

나는 고개를 푹 숙이고 한숨을 내쉬었다. 그리고 로리 서큐버스 쪽을 힐끔 쳐다보니 「어쩔 수 없네~」라고 말하는 듯한 표정을 지으며 히죽거리고 있었다.

"어쩔 수 없네요. 마지막으로, 딱 한 번만 더 도와드릴게요."

서큐버스가 이렇게 쉽게 낚여도 되는 걸까. 이 녀석, 앞으로 악마로서 제대로 살아갈 수 있을까? 악마가 되어가지고 이렇게 인간에게 근심걱정을 끼쳐도 되는 걸까…….

아, 내가 그런 걱정을 하면 어쩌냐고. 자, 마음 단단히 먹자.

"그래? 고마워! 그럼 이런 걸 부탁하고 싶은데 말이야."

내가 로리 서큐버스에게 귓속말을 했다. 로리 서큐버스는 처음에는 고개를 끄덕이며 내 말에 귀를 기울였지만, 나중에는 깜짝 놀란 것처럼 눈을 치켜뜨더니 곧 경멸에 찬 시선으로 나를 노려보았다.

"미츠루기 씨에게 꿈을 보여주는 건 좋지만 내용이 좀…… 너무 악랄하지 않나요?"

"악마가 되어가지고 겨우 이 정도로 질리지 말라고. 그 프리스트가 꿈에 나와서 요염하게 유혹을 해서, 같이 침대에 들어가려던 순간…… 암컷 오크로 변해 그 녀석을 덮칠 뿐이잖아."

"그런 꿈은 틀림없이 트라우마가 될 걸요? 하지만 미츠루기 씨에게 꿈을 보여줄 수 있을까요? 그 사람은 세니까, 제가 다가가는 걸 미리 눈치챌지도 몰라요."

"그런 걱정은 할 필요 없어. 그 녀석의 옆방에는 같이 다니는 여자애들이 묵는데, 항상 시끌벅적하게 떠들어대거든. 웬만해서는 깨어나지 않을 거야."

이건 믿을 수 있는 사람을 통해 얻은 정보다. 미츠루기의 일행인 여자들이 길드에서 떠들어대는 소리를 몰래 들었을 뿐이지만 말이다.

"게다가, 여차할 때의 도주로는 확보해둘 거야. 그리고 나도 감시를 할게."

"그럼…… 위험하다 싶으면 바로 도망칠 거예요."

"응. 그래도 돼. 이걸로 복수를 할 준비는 마쳤어. 돈과 여자로 인한 원한을 톡톡히 갚아주지. 크하하하하!"

"더스트 씨는 악마 맞죠? 그렇죠?"

로리 서큐버스의 헛소리는 무시하기로 했다.

나와 로리 서큐버스는 칠흑 같은 어둠을 가르며 뒷골목을 내달리고 있었다.

"역시 무리였잖아요!"

"크아, 시끄러워! 입 다물고 뛰기나 해!"

젠장, 왜 이렇게 된 거지. 미츠루기의 방에 몰래 숨어드는 데는 성공했는데…….

아무도 없는 방에서 미츠루기의 베갯머리로 이동한 로리 서큐버스가 꿈을 보여주기 직전— 그 녀석이 데리고 다니는 두 여자가 방에 쳐들어올 줄 누가 생각이나 했겠냐고!

"저 망할 여자들! 여자가 남자를 보쌈하려 들지 말라고!"

"미츠루기 씨는 깊은 수면 상태라서 어차피 꿈은 보여주지 못했을 거예요! 술에 취해서 완전히 곯아떨어진 것 같았어요!"

최악이네. 누가 술을 먹인 건지는 몰라도 최악의 타이밍에 나타난 저 두 사람이 다투는 사이에 도망치기는 했지만—.

"거기서, 이 여자 변태야! 네 얼굴, 똑똑히 외웠어!"

"쿄야를 건드린 건 아니지?! 그렇지?!"

여자들이 너무 끈질기잖아!

로리 서큐버스는 가게에서 입는 그 에로틱한 복장으로 미츠루기의 방에 들어갔지만 지금은 서큐버스라는 사실을 들키지 않기 위해 코트를 걸쳤다.

실내가 어두워서 날개와 꼬리를 저 여자들이 못 본 것이 불행 중 다행이다.

"하늘을 날아서 도망치고 싶지만 이 상황에서는 그럴 수도 없어요!"

"어차피 범죄자가 될 거면…… 같이 되자고."

"싫어요! 저는 잡히면 처분당하니까, 더스트 씨만 죄를 인정하고 잡히세요!"

"싫어! 경찰에게 잡히는 건 괜찮지만 남자 방에 숨어들었다는 이유로 잡히는 것만은 안 돼! 단호히 거부하겠어!"

이 사실이 알려졌다간 모험가로서도, 남자로서도 끝장이다. 동료들에게 버림받는 미래만이 눈앞에 어른거렸다. 반드시 도망치고 말겠어!

"아~ 젠장! 빌어먹을! 어찌어찌 도망치기는 했네. 만약 잡혔다면 진짜 끝장났을 거야. 저딴 여자들을 달고 다녀야 하는 미츠루기 자식을 동정할 것 같아."

"하아, 정말! 더스트 씨 때문에 큰일 날 뻔 했잖아요!"

결국 우리는 밤새도록 도망 다닌 끝에, 어찌어찌 현실의 목숨과 사회적인 목숨을 부지했다.

하늘은 어느새 완전히 밝아졌다. 대로 쪽까지 도망쳐서 둘러보니 영업 준비 중인 가게도 드문드문 보였다.

"하아, 지쳤어요. 이제 돌아가서 자야…… 더스트 씨. 도 망치는 와중에 납치도 한 거예요? 게다가 귀여워 보이는 어린 여자애네요."

이 로리 서큐버스가 무슨 소리를 하는 거야. 나를 지그시 쳐다……보고 있지 않네. 시선이 아래쪽을 향하고 있어. 내가 로리 서큐버스가 쳐다보고 있는 쪽을 돌아보니 꼬맹이가 있었다.

전에 길드에서 나를 아저씨라 불러댔던, 오크 토벌을 의뢰한 마을의 그 꼬맹이다. 대체 어디서 튀어나온 거지?

"아저씨. 일으 마쳤어?"

"꼬맹이라 그런지 잠이 없나 보네. 그리고 나는 아저씨가 아니라고 전에도 말했지?"

"꼬맹이가 아니라 아가씨야. 저기, 아저씨. 오크는? 약속은? 선물은?"

이 꼬맹이와 약속 같은 걸 한 기억은 없지만 이 녀석은 나와 약속을 했다고 철썩 같이 믿는 것 같았다.

"하아, 짜증나. 이거 맞지?"

나는 예쁘게 포장된 조그마한 상자를 그 꼬맹이를 향해 던졌다. 꼬맹이는 그걸 받더니 새하얀 이를 드러내면서 방긋 웃었다.

"찾았구나! 고마워, 잘생긴 오빠!"

꼬맹이가 나를 몇 번이나 돌아보며 손을 흔들어서 나는

빨리 꺼지라는 듯 손을 내저었다.

그 후 나는 그 모습을 지켜보고 있던 로리 서큐버스와 시선이 마주쳤다. 그녀는 내 옆에 서더니 의미심장한 미소를 지었다.

"오크들의 시체를 열심히 뒤진 진짜 이유는 바로 이거였나 보네요?"

"아냐. 돈이 될 만한 게 있나 싶어 뒤지다 우연히 찾은 거라고."

"흐음, 그런가요~. 흐음~."

히죽거리면서 이쪽을 쳐다보지 말라고······.

제 4 장

저 영애와 커플이

1

"돈도 없고, 여자도 없어!"

길드 안의 지정석이나 다름없는 테이블에서 동료들과 술을 마시던 내가 갑자기 벌떡 일어나며 그렇게 외쳤지만 다들 무시하고 계속 식사를 했다.

"그 튀김, 참 맛있어 보이네. 한 입만, 끝부분만, 고기 부스러기만 붙어있는 뼈라도 괜찮으니까, 좀 핥아먹자~."

"싫~어~. 너, 전에는 돈도, 여자도 당분간은 필요 없다고 말하지 않았어?"

포크에 꽂힌 튀김을 입에 집어넣은 린이 작게 한숨을 내쉬면서 도끼눈으로 나를 쳐다보았다.

"그래서 한 이틀 정도 조용히 지냈잖아."

"겨우 이틀? 네가 돈이 없는 건 자업자득이지? 디스트로이어 현상금이 들어온답시고 외상으로 술을 퍼먹고 빚을 졌는데, 상금이 생각보다 적어서 갚을 수가 없는 거잖아. 동정할 여지가 대체 어디 있는데?"

"맞아. 좀 절제라는 걸 하는 게 어때?"

테일러도 린의 말에 동의하며 설교를 했다.

정말 재미없는 녀석들이라니깐. 쪼잔하게 푼돈이나 모아 대는 건 남자가 할 짓이 아니라고. 돈을 호쾌하게 쓰고, 화 끈하게 써야, 남자다운 거란 말이다.

"이래서 가난뱅이는 싫다니깐~. 아아, 술맛 한 번 끝내주네!"

"어이, 키스. 너는 왜 돈이 있는 건데? 너도 나와 같이 빚 과 외상을 잔뜩 했었잖아?"

나와 마찬가지로 놀아재꼈던 키스는 우아하게 식사를 하 고 있었다. 뭐가 어떻게 된 거냐고……

"나는 더스트와 다르게 도박으로 대박을 쳤거든! 가난뱅 이를 쳐다보며 마시는 술은 정말 각별한걸!"

돈다발로 부채질하지 말라고. 젠장, 으스대기는! 나도 그 때 대박을 쳤다면, 지금쯤……!

"그렇게 돈이 많으면 좀 빌려줘."

"싫어. 이 돈은 내 꺼야. 더스트에게 줄 돈은 1에리스도 없 어. 이 자리에서 혀로 내 구두를 닦으며「평생 키스 님에게 충성하겠습니다. 저는 당신의 충실한 하인이에요」라고 말한 다면, 한 턱 쏠 수도 있어."

"젠장! 누가 너처럼 친구를 물로 보는 녀석한테 기댈 것 같아? 저기, 테일러. 돈 좀—"

"안 빌려줘. 전에 빌려준 돈부터 갚고 나서 빌리는 게 어때? 어리광을 받아주는 건 너한테 도움이 되지 않을 것 같거든."

테일러는 크루세이더답게 여전히 고지식했다. 보통은 돈이 없어 힘들어하는 동료에게는 밥 한 끼 정도 사주는 게 정상 아냐? 진짜 너무하다니깐. 이런 녀석들이 내 동료라니 정말 부끄러워.

"흥, 너희 같은 녀석들한테는 안 기대. 사과할 거라면 빨리 하라고! 술과 안주와 10만 에리스만 주면 용서해주겠어! 내가 벼락부자가 되고 나서 알랑방귀를 껴봤자 본 척도 안 할 거야! 자, 울면서 사과하라고!"

"""안 해."""

"진짜 하나같이 쪼잔한 녀석들이라니깐. 거금이 들어오면 지폐 다발로 따귀를 때려주겠어."

나는 그렇게 중얼거리기는 했지만 불릴 밑천 자체가 없었다.

편하게 부자가 되자는 게 내 신조지만 이 상황에서는 어쩔 도리가 없다.

하아, 어디 돈이 남아돌고 욕망을 주체 못하는 귀족 여성은 없을까? 뭐, 그런 여자가 있을 리 없지만 말이야. 나도 그 정도는 안다고.

"더스트구나. 이런데서 뭘 하고 있는 것이냐."

나에게 말을 건 이는 카즈마네 파티의 금발 크루세이더였다. 외모는 끝내주지만…… 함께 여행을 한 후로는 이 녀석에 대한 인상이 완전히 탈바꿈됐다.

게다가 최근에 알게 된 사실 또한 충격적이었다.

"어, 다크니스…… 아니지, 라라티나."

"그 이름으로 부르지 마라!"

다크니스는 가명이며 본명은 라라티나 같은 귀여운 이름이었을 줄이야.

이 녀석이 이 나라의 기둥이라 불리는 더스티네스 가문의 아가씨일 거라고는 생각도 못했다. 맷집은 끝내줘도 공격을 명중시키지 못하는 크루세이더인 줄만 알았는데…….

귀족 중에 성가신 녀석들이 많다는 것은 몸소 느끼면서 이해했지만 다크니스에게는 귀족 특유의 짜증나는 느낌이 감돌지 않았다. 평민 앞에서도 거만하게 굴지 않고 대등하게 대하는 것이다.

더스티네스 가문에 대한 나쁜 소문이 전혀 들리지 않는 건 은폐공작을 잘 하기 때문이라고 여겼는데, 어쩌면 진짜로 공명정대한 가문일지도 모른다는 생각이 들었다.

크루세이더이기는 하지만 좀 괴상한 언동만 감안한다면 가정교육을 잘 받은 아가씨 같아 보였다. 귀족님께서 왜 모험가 따위를 하는 건지는 눈치 없게 물어볼 생각이 없지만 말이다.

"웬일로 혼자네. 카즈마는 어쩐 거야?"

"하, 항상 카즈마와 같이 다니는 건 아니다! 우리는 그저 동료에 불과하니까 말이다!"

필사적으로 부정할 것까지는 없잖아. 같은 파티의 모험가들은 행동 패턴이 비슷해서 물어본 거라고…….

이상한 착각이라도 한 걸까? 뭐, 아무래도 상관없어.

"카즈마는 저택을 손에 넣고 나서부터 외출을 질색하게 됐지. 아마 방에서 자고 있을 거다."

돈이 있으면 나도 한낮까지 늦잠이나 푹 자면서 유유자적한 생활을 만끽하고 싶다고.

"그럼 너는 혼자서 뭘 하고 있는 거야?"

"메구밍이 아쿠아를 데리고 폭렬마법을 쏘러 가는 바람에, 나 혼자만 한가해져서 말이다. 오래간만에 크리스와 함께 모험을 하러 갈 생각이다."

"크리스라면 카즈마가 팬티를 홀라당 벗겨버렸던 그 은발 절벽가슴 도적이지?"

"어이, 크리스 앞에서 그 소리는 하지 마라. 그때 일을 꽤 신경 쓰는 눈치거든."

신경 쓰는구나. 그럼 그렇게 얇은 복장으로 다니지 말라고. 혹시 도적은 가벼운 복장으로 다녀야 한다는 규율이라도 있는 걸까?

"그럼 나는 바쁘니 이만 가보겠다. 참, 카즈마와 함께 바보 짓을 하는 건 좀 자제해줬으면 한다."

"알았어. 뭐, 딱히 바보짓을 한 적은 없지만 말이야. 밤새 도록 술집에서 술판을 벌이거나, 마음에 안 드는 녀석한테 스틸을 날려서 노팬티로 집에 돌아가게 한 적밖에 없다고."

"그런 짓을 한 거냐……. 그런 수치 플레이도 저지른 줄은 몰랐다. 다음에 설교를 해줘야겠는걸."

나는 화가 난 표정으로 걸어가는 다크니스의 뒷모습을 쳐 다보다, 문득 어떤 사실을 떠올렸다.

"다크니스는 더스티네스 가문의 딸이잖아. 그럼 돈도 꽤 있을지도 몰라……. 흐흥~."

귀족 관련으로 좋은 추억은 없지만 그들을 다루는 데는 익숙하다. 일전의 전투에서 이상한 행동을 취한 점은 신경 쓰이지만 외모는 나쁘지 않다. 아니 오히려 취향에 딱 들어 맞는 몸매다.

적당히 구슬려서 돈을 바치게 만든다면 인생의 승리자가 될 수 있지 않을까? 결혼은 귀찮지만 연인 정도라면 문제가 없을 것이다. 적당히 상냥한 말을 건네면서 싹싹하게 굴면 쉽게 넘어올 것 같았다.

저번에 카즈마도 다크니스가 쉬운 여자라고 말했는 데……. 좋아. 우선 정보를 수집하자. 사냥감을 노릴 때는 우선 사전조사를 해둬야 하잖아.

……미행이라도 해볼까.

2

모습을 감춘 채 다크니스의 뒤를 따라가 보니 그녀는 모험가 길드 앞에서 크리스와 합류한 후에 마을 밖으로 나갔다.

진짜로 단둘이서 모험을 하려는 걸까. 도적과 크루세이더로 이뤄진 파티는 밸런스가 나쁠 것 같지만 전투가 불가능하지는 않을 것이다. 그래도 무리는 하지 않을 거야.

나는 일정거리를 유지하면서 두 사람을 몰래 뒤쫓아 갔다.

일전에는 다크니스가 초보자 킬러한테 물어뜯기기만 했었으니 이번에야말로 그녀의 진짜 실력을 파악할 좋은 기회다. 뭐, 그때는 무기와 방어구가 없었으니까.

"저, 저기, 으음……. 왜 저도 끌고 온 거죠?"

내가 도중에 확보한 외톨이가 우물쭈물하면서 나에게 질문을 던졌다.

"어차피 외톨이에 딱히 할 일도 없었잖아?"

"우, 우연히, 때마침, 혼자이기는 했는데……."

이 녀석은 카즈마의 파티에 속한 폭렬걸과 마찬가지로 홍마족이며, 우수한 마법사인데도 불구하고 항상 외톨이다. 사람 대하는 게 서툴고 내성적이라서 카즈마 일행이 없을 때는 항상 길드 구석에서 혼자 놀고 있었다.

이 녀석의 이름은 융융이다. ……이름만 봐도 홍마족이 틀림없네.

"그럼 됐네. 어차피 혼자서 카드게임을 하거나, 체스나 뒀을 거잖아?"

"그, 그렇지 않아요. 독서도 하고, 보드게임을 혼자서 할 때도 있단 말이에요! 게다가 인간관찰이 제 특기라고요. 으음, 그 외에도…… 아, 메뉴도 전부 외웠어요!"

길드 1층에 있는 술집 메뉴를 암기한 거냐. 그러고 보니 이 녀석은 항상 술집 창가 자리를 차지하고 있었지.

"메뉴 가장 끝에 있는 것부터 하나하나 시켜서 전부 다 먹어보면 만족감이 든다니까요! 몇 번이나 컴플리트했는지는 까먹었지만요."

"그, 그래? 다음에 카즈마네 애들과 함께 밥이라도 먹을래?"

"저, 정말인가요?! 하지만 파티의 화목을 방해하면 미안할 것 같아요."

"그런 식으로 지나치게 배려를 하니까 너는 외톨이인 거야. 이럴 때는 뻔뻔한 편이 딱 좋다고. 남의 돈으로 밥을 먹고 술을 마신다. 완전 최고잖아. 진짜 뭘 모르네."

"외톨이 아니거든요?! 그리고 친구의 음식 값은 제가 내야 해요. 홍마족의 마을에서도 친구인 도돈코 양과 후니후라 양이 「우리는 친구잖아」 같은 말을 하면서 항상 저한테 얻어먹었어요."

"……이번에 한탕하면 내가 한 턱 쏠게."

내가 동요할 줄이야. 이 녀석의 이야기를 들으면 내가 다

불쌍하다는 생각이 든다니깐.

열네 살 꼬맹이지만 발육도 좋고 외모도 미인이다. 남자들이 가만히 둘 리가 없는데, 어찌 된 영문인지 사람들이 다가가지 않는 것이다.

딱히 원성을 산 것도 아니고 모험가들 사이에서 평판도 좋은데…….

"어, 정말요?! 어, 하지만 더스트 씨가요? 혹시 저를 범죄에 끌어들일 생각인 건가요?"

"진짜 말버릇이 나쁜 애네! 내가 한턱 쏘는 게 그렇게 이상한 일이야?!"

"네."

"즉답하지 말라고! 그것보다 하던 이야기나 계속하자. 지금부터 다크니스 일행을 미행할 거야. 그러니까 너도 따라와."

"미, 미행……. 더스트 씨도 지인에게 말을 걸지 않고, 하루 종일 들키지 않도록 숨어서, 상대방의 뒤를 몰래 따라다니는 타입인가요?"

"……말 정도는 걸라고."

"그, 그럴 수는 없어요. 느닷없이 말을 걸어서 상대방을 방해한다면 미안할 거예요. 게다가 상대방이 저한테 전혀 관심이 없어서 그대로 무시하기라도 한다면, 정말 슬플 거라고요……."

"딱히 친하지 않은 상대에게라도 인사를 받고 기분 나빠

하는 녀석은 이 세상에 없어. 좀 더 당당히 행동하는 게 어때? ……잠깐만 너와 같이 있으면 이야기가 계속 탈선되네. 다크니스를 미행하는 데는 다 이유가 있어. 저기, 뭐냐……."

나는 적당한 이유가 생각나지 않았다. 융융이 납득하도록 적당히 이유를 둘러대면 되려나.

"나와 카즈마는 친구지만 그 녀석의 동료들과는 딱히 친하지 않거든? 친구의 친구와도 친해지고 싶어서 말이야. 너는 내 말을 이해하지?"

"이해해요! 이해하고말고요! 친구의 친구와 친구가 될 수 있다면, 친구가 점점 늘어날 거예요!"

이 녀석은 친구라는 키워드에 어이가 없을 정도로 약하네.

……나쁜 녀석한테 이용당하지 않도록 때때로 주의를 줘야겠는걸. 그래도 이번에는 이 녀석의 이런 성격을 이용하도록 할까.

"맞아. 그러니까 친구가 되기 위해서는 정보수집이 필수야. 상대가 좋아하는 것과 평소에 뭘 하는지를 알면, 이야기를 나누게 됐을 때 화젯거리가 바닥날 걱정은 안 해도 되잖아?"

"예, 그래요. 메구밍은 툭하면 음식을 훔쳐 먹거나 남에게 민폐 짓만 하고 다니니까, 말리거나 주의를 주느라 바빠서 화젯거리가 필요하지 않았지만요."

폭렬걸은 음식을 훔쳐 먹기도 했구나. 이 녀석 뿐만 아니라 그 녀석도 상당한 괴짜인걸.

"게다가 다크니스와 친구가 된다면, 폭렬걸과도 더 친하게 지낼 수 있지 않겠어?"

"그, 그럴까요? 따, 딱히 메구밍과 친해지고 싶지는 않지만 더스트 씨가 그렇게까지 말하니 동행하도록 할게요."

알기 쉬운 성격이라 다행이군.

아까 마주쳤을 때는 우연을 가장했지만 실은 이 녀석이 있을 만한 장소에 미행 도중 들러봤을 뿐이야.

내 추측대로 이 녀석은 서점에서 새로 나온 책을 뚫어져라 쳐다보고 있었다.

이 녀석이 연애소설 코너에서 남들 시선을 신경 쓰며 책을 몇 권 사려던 순간에 내가 말을 걸자, 펄쩍 뛰며 놀랐다.

이 녀석과 함께 있으면 만일 발각되더라도 변명거리로 삼을 수 있을 거야.

3

평원을 잠시 나아가던 다크니스와 크리스는 고블린과 마주쳤다. 단둘뿐이지만 적도 둘이니 손쉽게 이길 수 있을 것이다.

우선 다크니스가 고블린을 향해 돌진했다. 그러자 두 고블린이 그녀를 공격했다.

다크니스의 공격은 스치지도 않았지만 고블린의 곤봉에 두들겨 맞아도 전혀 움츠러들지 않았다.

오히려 적의 공격을 일부러 맞고 있는 것 같았다. 크리스는 공격을 할 기회를 엿보고 있었지만 격렬하게 움직이고 있는 다크니스가 방해되는 것 같았다.

"바인드!"

어, 상대방을 꼼짝 못하게 묶는 도적 스킬이 발동했다. 저것으로 고블린의 움직임을 봉쇄…… 다크니스가 묶였잖아. 로프에 꽁꽁 묶인 다크니스를, 고블린들이 곤봉으로 뭇매질……. 뭐하는 거야.

앗, 크리스가 때리는데 정신이 팔린 고블린의 뒤편으로 이동하더니 단숨에 해치웠다. 다른 한 마리도 같은 방식으로 처리한 것 같았다.

……바인드를 왜 저런 식으로 쓰는 거지? 원래 적한테 써야 하는 거 아냐? 게다가 다크니스가 바인드를 향해 몸을 날린 것처럼 보였다고.

"저, 저기, 바인드에 직접 뛰어드는 것 같지 않았나요?"

"나도 그렇게 보였어."

융융이 내 어깨를 두드리고 그렇게 말하자 나는 무심코 그 말에 동의했다.

하지만 거리가 떨어져 있어서 그렇게 보였을 뿐, 실제로는 연계를 실수한 걸지도 모른다. 좀 더 상황을 지켜보고 판단하는 편이 좋을 것 같았다.

두 사람은 다시 이동을 시작했고 곧 또 다른 고블린과 마주쳤다. 이번에는 고블린이 다섯 마리였다. 둘만으로는 벅찰지도 모른다. 여차하면 가세하는 것도 고려해야 하려나. 이참에 좋은 인상을 준다면 헌팅을 성공할 가능성도 높아질 것이다.

적에게 정신이 팔려서 내 존재는 눈치채지 못하는 것 같았다. 좀 더 다가가볼까. 그 편이 절호의 타이밍에 나설 수 있을 것이다.

꽤 가까운 곳까지 같지만 저 녀석들도, 그리고 고블린도 우리를 눈치채지 못했다.

이렇게 접근했더니 저 녀석들의 목소리도 어찌어찌 들렸다.

"다크니스. 적이 다섯이나 되니까 이상한 짓 하면 안 돼."

"나도 안다. 비열한 고블린 따위에게 쉽게 굴복하지는 않을 거다!"

"아, 저기 말이야. 굴복 이전에……."

"필사적인 저항을 했는데도 제압당하고, 저 길고 추잡한 혀가 내 온몸을 핥더라도, 결코·무너지지 않을 거다! 할 수 있으면 얼마든지 해봐라! 아니 꼭 해라!"

"다, 다크니스! 자, 잠깐만 기다려!"

다크니스는 대검을 휘두르며 돌격했다.

어렴풋이 느끼고 있었지만…… 저 녀석, 꽤 이상하지 않아? 고블린에게 굴복하지 않겠다고 말하지만 저 흥분한 표정은 정말……

"아앗, 갑옷의 잠금장치가 헐거워진 바람에, 멋대로 벗겨지는구나."

어이, 왜 저 크루세이더는 뛰면서 저렇게 능숙하게 갑옷을 벗어던지는 건데?

"손바닥에 땀이 난 바람에 무기도 놓치고 말았다……. 큭, 저항할 수단을 잃은 건가……. 이래서야 고블린에게 유린당하고 말 거다……."

저 녀석…… 무기를 집어던졌어.

숨이 거칠어졌고 입가가 히죽거리고 있네……. 혹시, 흥분한 걸까?

전투광이 한창 싸우는 도중에 흥분에 사로잡히기도 한다는 건 알지만 다크니스는 그런 게 아닌 것 같았다. 뭐랄까…… 서큐버스의 가게에 있는 손님 같은 표정을 짓고 있잖아.

"정말, 좀 가만히 있어! 바인드!"

크리스가 다크니스를 향해 바인드를 펼쳤어!

또 로프에 휘감긴 다크니스가 지면을 굴러다녔다.

"큭! 이 상황에서 꼼짝달싹 못하게 제압당할 줄이야……!"

인마! 너, 피하려고도 안 했잖아?!

"꼼짝달싹 못하는 나한테 무슨 짓을 하려는 거냐! 설마, 그 날카로운 손톱으로 내 옷을 찢어발기려는 것이냐?! 게다가 가슴과 중요한 부위를 가리는 천만 남겨놓고, 그 음란한 형태를 한 곤봉으로—"

"더는 아무 말도 하지 마!"

크리스는 말이 통하지 않을 텐데도 완전히 질려버린 고블린에게 덤벼들었다.

다크니스를 주시하고 있던 고블린이 크리스를 향해 고개를 돌렸지만—.

"크리스, 잠깐만 기다려다오! 오, 5분이면 된다! 이제 다 되어간단 말이다!"

"아쉬운 표정 짓지 마!"

고블린은 영문 모를 소리를 외쳐대는 다크니스에게 또 정신이 팔렸다. 크리스는 그 틈을 이용해 나이프로 고블린의 급소를 벴다.

팀워크 자체는 나쁘지 않지만…… 대체 뭐하는 거야.

결과적으로 고블린을 상대로 완벽한 승리를 거뒀지만 다크니스와 얽히는 것은 내 생각보다 훨씬 무모한 짓이라는 생각이 들기 시작했다.

말과 행동이 무지막지하게 위험했다. 외모는 나쁘지 않은 정도가 아니라, 완전 내 취향이지만…… 발언에 문제가 많네. 아무래도…….

"어, 어어? 다크니스 씨의 움직임이 좀 이상했죠? 기분 탓인가 했는데, 역시 두들겨 맞으면서 기뻐하는 것 같았는데……."

"너도 그렇게 생각하지?"

"아, 하지만 솔로가 아니라 남과 함께 싸울 때는 원래 저러는 걸지도 모르겠네요. 저는 다른 사람과 힘을 합쳐서 싸워본 적이 거의 없거든요……."

"은근슬쩍 안타까운 발언 좀 하지 마……. 저건 정상이 아냐. 비정상 그 자체라고."

다크니스는 아마— 마조히스트라는 걸 거야. 육체적, 정신적 고통을 쾌감으로 받아들이는 변태가 틀림없어.

"외모는 끝내주지만 변태인 거냐고……. 게다가, 완전히 갈 데까지 가버린 것 같네……."

"저기, 두들겨 맞으면 기뻐한다는 게 무슨 소리인가요?"

"애들은 몰라도 돼. 정 알고 싶으면 나중에 폭렬걸한테 물어봐."

고블린에게 곤봉으로 두들겨 맞으면서 기뻐하던 표정으로 볼 때, 저건 초특급 위험 매물이다. 저런 성가신 여자와 얽히는 것만은 피하고 싶다.

그냥 포기할까. 저 녀석의 고삐를 틀어쥘 수 있는 건 카즈마뿐일 거야……. 그냥 들키지 않게 몰래 돌아가자.

나는 돌아가려다가 불쑥 들려온 말 때문에 멈춰 섰다.

"다크니스. 그런 짓만 계속 하다간 언젠가 카즈마 일행한테 버림받을 거야."

"뭐……. 나를 실컷 이용해놓고, 걸레짝처럼 버린다는 것이냐?! 아아, 정말 굴욕 그 자체구나!"

"말은 그렇게 하면서도 기뻐하는 것 같네. 전부터 궁금했
던 건데 말이야. 다크니스는…… 어떤 남자를 좋아해?"

평소 같으면 여자들끼리의 그런 한심한 대화에 흥미를 가
지지 않겠지만 다크니스의 취향은 들어두도록 할까. 나는
무리라도 키스를 속여서 붙여준 후에, 이득을 보는 것도 괜
찮을 것 같으니까. 게다가…….

"더스트 씨, 잠깐만 기다려주세요! 조금만 더 이야기를 들
어보죠!"

융융이 내 소매를 잡고 늘어지며 그렇게 말했다. 콧김을
뿜으면서 흥미에 찬 눈길로 두 사람의 대화에 귀를 기울이
고 있었다.

……여자들은 남의 연애담을 좋아한다니깐.

"으음, 체형은 딱히 안 따지지만 항상 엉큼한 눈길로 여자
를 쳐다보고, 야비한 미소를 지으며, 1년 365일 발정이 난
관음증 환자 같아야만 한다. 가능한 한 세상을 편하게 살고
싶다면서 인생을 얕보고 있는 인간말종이면 더 좋겠지. 빚이
있다면 더할 나위 없다! 일도 안하며 술독에만 빠져서……."

"됐어! 이제 됐단 말이야! 다크니스는 진짜 허심탄회하게
나와 이야기를 한 번 나눠야겠네!"

저 녀석의 취향은 그런 최악의 남자인 거냐. 그런 쓰레기는
흔하지 않을 텐데……. 어이, 융융. 왜 나를 쳐다보는 건데?

"더스트 씨라면 저 조건에 딱 들어맞는다고 할까, 대놓고 더스트 씨 이야기를 하는 것 같은데요?"

영문 모를 소리를 늘어놓지 말라고.

"어이, 바보 같은 소리 하지 마. 나는 그 정도로 쓰레기는 아니라고."

사람을 바보 취급하지 말란 말이야. 굳이 따지자면 나보다는 카즈마가 더 들어맞는다고······.

"으음, 그럼 제 질문에 대답해 주세요."

"뜬금없이 뭐하는 거야?"

"첫 번째 질문, 자기 취향의 체형을 가졌고 섹시한 복장을 한 여성이 술집에 있다면 어떻게 할 건가요?"

"그야 물론 바로 헌팅을 해야지. 아니면 술에 취한 척 하면서 엉덩이를 만질 거야."

"············."

어이, 무슨 말이라도 좀 해봐. 왜 고개를 돌리고 침묵에 잠기는 건데?

"두 번째 질문, 평생 놀고먹고도 남을 거금을 받을 건지, 아니면 동료와 함께 고난을 극복한 끝에 강적과 싸워 승리해서 거금과 명예를 얻을 건지, 둘 중 하나를 선택—."

"그야 물론 놀고먹는 쪽을 고르지."

"한 치의 주저도 없이 대답하네요. 하아~."

남의 얼굴을 쳐다보며 한숨을 내쉬는 건 실례잖아. 누구든 방금 같은 질문에는 나와 같은 대답을 할 걸? 망설일 필요가 어디 있냐고.

"세 번째 질문, 현재 빚이 있나요?"

"그래. 빚이 없던 적이 거의 없어."

"……네 번째 질문, 일하지 않고 마시는 술은 맛있나요?"

"최고잖아."

"다크니스 씨와 잘 어울릴 것 같아요."

이 녀석, 눈을 가늘게 뜬 채 상냥한 미소를 짓고 있어.

방금 질문에는 누구나 나와 같은 대답을 할 거라고. 망설일 이유 자체가 없잖아.

멋대로 지껄여댄 융융이 입을 다물더니 팔짱을 끼며 끙끙거리기 시작했다. 갑자기 왜 저러는 거지.

잠시 후, 융융은 고개를 치켜들고 나를 똑바로 쳐다보더니 힘차게 고개를 끄덕였다.

"앗~! 혹시 더스트 씨는 다크니스 씨를 좋아하나요?! 좋아하는 사람에 대해 알기 위해서 몰래 따라다니는 거죠? 그럼 앞뒤가 맞네요. 이렇게 열심히 따라다니는 것도 좋아하기 때문이군요! 더스트 씨처럼 상대방에게 솔직해지지 못하는 주인공이 나오는 소설을 읽은 적이 있어요!"

이, 이 녀석, 말도 안 되는 오해를 하고 있네.

당초의 예정은 그러했다. 하지만 다크니스가 방금 한 짓거리를 봤더니 완전히 그럴 의욕이 사라져버렸지만 말이다.

"더스트 씨와 사귀는 건 여성에게 있어 고문이나 다름없지만 다크니스 씨의 취향을 들어보니 안심해도 될 것 같네요. 자, 뒷일은 저한테 맡겨주세요! 연애소설은 잔뜩 읽었거든요!"

"아~, 찬물 끼얹는 소리를 해서 미안한데 말이야. 다크니스는 솔직히 무리……."

"현실의 연애에도 흥미가 있으니 최선을 다해볼게요! 바닐 씨 때는 좀 특수한 상황이었으니까 이번에야말로 꼭 사랑을 이뤄주고 말겠어요!"

맙소사. 이 녀석, 사람 말을 들을 생각이 눈곱만큼도 없어.

그러고 보니 바닐 나리의 연애 소동 때도 혼자서 흥분해서 난리법석을 떨었지.

으음, 다크니스의 성적 취향에만 눈을 감으면 되기는 하는데…….

귀족과 깊은 사이가 된다면 나중에 성가신 일이 생길 수도 있으니 나한테 반하게 만들어서 돈만 잔뜩 바치게 만드는 쪽으로 가볼까!

4

그로부터 이틀 후. 융융이 카페로 불러서 가보니 그곳에는 그녀 이외에도 가면을 쓴 턱시도 차림의 남자— 바닐 나리도 있었다.

바닐 나리는 마계의 공작이라고 하며 강대한 힘을 지닌 악마다. 예전에 있었던 일 덕분에 나와 융융과 바닐 나리는 때때로 같이 만나기도 했다.

그 일이란 바로 나리가 일하는 마도구점에 적자가 나서 모험가 길드에서 돈벌이를 하게 되었는데, 어찌된 영문인지 융융에게 친구를 찾아주게 되었다.

그리고 우여곡절 끝에 이 녀석의 외톨이 생활은 조금 개선되었던 것이다.

그건 그렇고, 왜 나리가 이런 곳에 있는 거지?

"왜 이렇게 늦은 거예요?! 점심때가 되기 전에 만나자고 했는데, 벌써 점심때가 지났잖아요! 아, 죄송해요! 주문은 조금 있다 할게요."

융융은 웨이트리스를 향해 몇 번이나 고개를 숙였다. 아무래도 내가 올 때까지 아무것도 시키지 않고 계속 기다리고 있었는지, 웨이트리스는 살짝 인상을 쓰면서 다시 주방으로 돌아갔다.

"내가 약속을 지키게 만들고 싶냐? 흥, 10년은 일러!"

"왜 지각을 한 사람이 으스대는 건데요?!"

"여전히 완벽한 쓰레기군. 질 좋은 악감정을 맛보는 미래가 보여서 여기까지 오기는 했다만 감히 이 몸을 기다리게 할 줄이야."

"미안해, 나리. 이 녀석은 얼마든지 기다리게 해도 되지만 나리가 기다리고 있을 줄은 몰랐다고."

"친구라는 말에 과잉 반응을 하는 홍마족 소녀가 이 몸의 가게에서 하도 열심히 책을 읽어대기에 미래를 내다봤더니 꽤 재미있는 일이 벌어질 것 같아서 동행한 거다."

"저는 기다리게 해도 된다는 게 무슨 소리죠?! 하아, 됐어요. 그것보다, 다크니스 씨에게 구애할 방법 말인데요."

"다크니스에게 구애…… 무슨 소리를 하는 거야?"

자다 일어난 지 얼마 안 된 사람한테, 영문 모를 소리를 늘어놓지 말라고.

왜 내가 그런 초특급 마조히스트에게 구애를 해야 하는데?

"지, 진짜로 잊은 건가요……. 더스트 씨의 머리 속은 우뭇가사리 슬라임으로 가득 차 있는 건가요? 더스트 씨한테서 욕망을 빼면 뭐가 남는데요?"

발끈한 융융은 갑자기 동정하는 시선으로 나를 쳐다보았다.

"뭐? 인간은 욕망을 위해 살잖아. 일을 목숨이라고 지껄여대는 녀석도 있기는 한데, 정신 나간 놈들이야. 자신의 욕망을 충족시키기 위해 살고, 놀고먹을 돈을 벌기 위해 일하는 게 바로 인간이라는 존재잖아!"

그렇다. 청렴결백하게 살아봤자 득이 될 것은 없다. 자신의 인생은 마음껏 즐겨야 할 것 아냐. 다른 누구의 것도 아닌, 자기 자신의 일생이라고.

"아예 단언을 해버리니 남자다워 보이네요. 인간말종이나 할 법한 생각이라는 건 알지만 마음이 살짝 흔들렸어요……."

"악마에게 있어서는 바람직한 인간이지. 그 퇴폐적인 발상은 정말 멋지군! 그저 즐겁게 살고 싶다는 소리에 지나지 않지만 올바른 의견처럼 들리게 꾸미는 그 말투는 정말 대단해."

"나리에게 칭찬을 받다니 정말 영광인걸."

어, 잠깐만 있어봐. 악마인 나리에게 칭찬을 받은 걸 순순히 기뻐해도 될까? 인간으로서 문제가 있는 것처럼 느껴지지만 지금은 개의치 말자.

"잠깐, 그런 소리나 할 때가 아니잖아요! 협력해달라면서 저를 억지로 끌어들여놓고, 당사자가 까맣게 잊으면 어떻게 하냔 말이에요!"

"아~, 그런 이야기도 했었지. 어제 카즈마를 적당히 치켜세워주면서 술을 뜯어먹은 바람에 완전히 잊어버렸어."

"카즈마 씨는 국가예산 급의 빚을 졌죠? 그런 사람한테 얻어먹은 거예요……?"

"그래. 나와 카즈마는 절친이거든!"

"그건 절친이 아니에요! 단순한 악우라고요……."

융융은 머리를 감싸 쥐고 한숨을 내쉬었다.

이 녀석은 뭘 모르네. 악우와 절친은 같은 뜻이라고.

"뭐야. 지친 거야? 어젯밤에 너무 무리한 거 아냐?"

"무, 무, 무슨 소리를 하는 거죠?! 여, 여자애한테 무슨 소리를 하는 거예요?!"

"어이어이, 착각하지 말라고. 책을 읽느라 잠을 늦게 자서 피곤한 게 아닌가 걱정했을 뿐이야. 저기~, 어떤 식으로 착각을 했는지 그 귀여운 입으로 이야기해줘~."

"서, 성희롱하지 마세요!"

융융은 성희롱이라고 말했지만 이 정도는 여성에게 건네는 인사 같은 거잖아. 길드 직원인 루나한테 비슷한 소리를 했다간 한 일주일 정도는 일거리를 안 주겠지만…….

그 녀석에게 사랑이나 이성 관계 같은 이야기는 금기거든. 일 때문에 바빠서 이성을 만날 짬이 없는 것 같더라고. 결혼이라는 말에 과잉반응을 하니까, 루나 앞에서는 그 말을 절대 입에 담아서는 안 된다. 그게 모험가들 사이의 암묵의 룰이다.

"음, 멋진 악감정이다! 그대들과 있으면 굶주릴 일은 없을 것 같군. 참고로 여차할 때 미적거리는 그 겁쟁이 모험가는 이미 빚을 청산하고 부자가 됐지."

카즈마 녀석, 의외로 잘 지내고 있나 보네.

발명품을 만들어 나리에게 팔아서 떼돈을 버나 본데, 장사꾼으로서의 수완은 좀 본받고 싶은걸…….

"그럼 하던 이야기를 계속해요. 요즘 연애관을 파악하기 위해 다시 공부를 했어요. 이걸 보세요. 제 애독서 중 일부인데, 요즘 유행하는 연애 소설이에요."

융융은 테이블 한편에 놓여 있던 소설을 내 앞에 늘어놓았다.

항상 혼자 다니는 만큼, 책을 많이 읽는 것 같았다.

『귀하의 이름은』, 『마계의 중심에서 오빠를 피하다』, 『너의 내장을 먹고 싶어』…… 하나같이 이름이 요상한걸.

"이 작품들은 전부 같은 작가가 쓴 건데, 머나먼 외국에서 오신 분이래요. 연애소설이 장기인데, 생전에는 자기 작품들은 전부 오리지널이며 남의 작품을 베낀 게 아니다! 하고 자주 주장했나 봐요."

"그런 건 아무래도 상관없어. 그런데 이 책들은 왜 보여주는 건데?"

"이건 젊은 여성들 사이에서 인기가 있는 연애소설이에요. 즉, 이 책들에는 여성이 원하는 이상적인 연애가 그려지고 있는 거죠."

"아하. 뭐, 나는 그런 쪽으로는 잘 모르거든."

"흠, 인간의 연애에 관해서는 이 몸도 잘 모르지."

"그럴 줄 알았어요. 두 사람이 연애 쪽으로는 믿음직하지 못하다는 건 일전의 루나 씨 일로 이미 알고 있어요. 그러니 이걸 참고해서 여성이 한눈에 반할 듯한 장면을 구상해봤어요. 그게 바로 이거예요!"

융융은 미리 준비해온 종이를 테이블에 펼쳐 놨다.

거기에는 문자가 잔뜩 적혀 있었다. 내키지 않는다는 투로 승낙을 했으면서 의욕이 넘치는걸.

"우선 간단한 것부터 해보죠. 벽쿵이에요!"

"어, 그건 나도 알아. 상대를 협박할 때 쓰는 거잖아."

"완력을 과시해서, 수컷의 매력을 드러내는 수단인가."

술집에서 내성적으로 보이는 녀석을 협박할 때 쓰는 상투 수단이다. 벽 쪽으로 몰아넣고 벽을 힘차게 때리면 상대방은 어이없을 정도로 쉽게 겁을 먹는다.

"아니에요. 방식은 비슷하지만 그런 게 아니라고요. 더스트 씨와 다르게, 바닐 씨는 평소에 믿음직하지만 연애 쪽으로는 완전 꽝이네요. 으음, 벽 쪽에 있는 여성의 정면에 서서, 머리 옆쪽의 벽을 손으로 치는 행동이에요."

"……똑같은 거 아냐? 그런 짓을 당한다고 누가 기뻐하겠냐고. 아~, 다크니스는 마조히스트니까 기뻐할지도 모르겠네."

"특수한 성적 취향을 지닌 그 계집이라면 기뻐하겠지. 아니 벽이 아니라 자기 몸을 때려주는 걸 더 좋아하지 않을까?"

"그런 짓을 하면 안 돼요! 그것 말고는 위기에 처해 있을 때 바람처럼 나타나서 도와주는 것도 있네요. 여자라면 누구나 그런 걸 동경하거든요!"

"그럼 키스나 다른 녀석들에게 다크니스를 습격하라고 할까. ……하지만 그 녀석이라면 위기에 처했을 때 기뻐하지 않을까?"

"음. 악감정보다는 기쁨의 감정을 자아낼 것 같군."

나는 다크니스를 관찰했기에 확신할 수 있다. 나리도 나와 같은 의견을 내놓는 것을 보면 틀림없을 것이다.

"그, 그런가요? 그럼 이건 보류하죠. 그럼 선물을 하는 건 어때요? 선물을 받고 기뻐하지 않는 사람은 없을 테니까요."

선물이라. 남한테 받는 건 좋아하지만 주는 건 질색인데 말이지. 하지만 효과적이라는 건 동감이야. 다크니스가 좋아할 만한 선물이라…….

"너는 어떤 선물을 받으면 기쁠 것 같아?"

"저 말인가요? ……으음, 예쁜 꽃을 받거나…… 치, 친구가 되어주는 것만으로도 기쁠 거예요."

꽃은 몰라도 친구는 좀……. 나와 나리를 비롯해, 요즘 들어 이야기를 나누는 사람이 늘었지만 그래도 압도적일 만큼 친구가 부족한 것이다.

"참고로 나리 생각에는 어떤 선물이 좋을 것 같아?"

"채찍이나 양초, 동아줄 같은 게 좋지 않을까? 혹은 삼각뿔도 좋아하겠지."

"예? 그런 걸 받아서 어쩌는데요?"

융융은 고개를 갸웃거렸지만 나는 자세하게 설명할 생각이 들지 않았다.

나리가 말한 것들도 괜찮을 것 같지만 그걸 건네주자마자 나를 죽이려고 들 거야.

그런데 선물이라. 다크니스는 진짜로 뭘 좋아할까?

"뭘 좋아하는지 알면 좋겠는데 말이야."

"다크니스 씨가 좋아할 만한 것 말인가요. 친분이 있는 사람에게 물어보는 건 어떨까요?"

"맞아. 카즈마 녀석들에게 물어보자. 그 녀석들이라면 다크니스가 좋아하는 걸 한두 개 정도는 알 거야."

"이 몸은 방관하도록 하지. 그 편이 재미있는 미래가 찾아올 것이라고, 모든 것을 내다보는 대악마인 이 몸, 바닐께서 선언하마!"

"바닐 씨의 발언이 신경 쓰이기는 하지만…… 저도 정보를 수집할 테니까, 힘내도록 해요!"

나보다 의욕이 넘치는 거 아냐? 역시 여자는 연애에 흥미를 가지는 생물인 것 같네.

나도 좀 의욕을 내보도록 할까.

"저기, 이제 그만 주문해주지 않겠어요? 그리고 좀 조용히 해주세요."

우리의 대화에 끼어든 사람은 분노를 필사적으로 참고 있는지 관자놀이가 꿈틀거리는 상태에서 영업 스마일을 짓고 있는 웨이트리스였다.

그러고 보니 여기는 카페였지. 대화에 몰입한 바람에 깜빡했어.

"죄, 죄송해요! 으음, 추천 메뉴를 3인분 부탁드릴게요."

"무슨 소리를 하는 거야. 대충 주문하지 마. 네가 사주는 거라면 먹어줄 수도 있지만 기왕이면 제대로 된 가게에 가서 술이나 마시자. 참고로 나한테 돈 내라고 하지 마. 무일푼이거든."

"이 몸도 무능 점주 덕분에 빈곤하지. 괜한 지출은 할 수 없다. 원가 절감을 고려하면 인테리어만 번지르르한 바가지 가게에서 먹는 것보다, 재료를 사서 집에 가서 만들어먹는 편이 이득이겠지."

나와 바닐 나리가 솔직한 생각을 말하자 웨이트리스의 얼굴에 혈관이 불거졌다. 그리고 웨이트리스가 스읍~ 하고 크게 숨을 들이마시더니 우리 쪽을 노려보고 말했다.

"가게에서 나가 주세요!"

5

며칠 후 작전회의를 열기로 했다.

저번에 이용한 카페로 가려고 했더니 「이제 못가요……」라고 융융이 내키지 않는 목소리로 말했기에, 어쩔 수 없이 공짜로 이용할 수 있는 단골집— 잡화점 앞에 모였다.

바닐 나리는 자기가 일하는 가게의 점주에게 벌을 주느라 바빠서 나중에 합류한다고 한다.

"지금까지 알아본 바에 따르면, 다크니스 씨는 물욕이 많지 않으신 것 같아요. 메구밍에게 들은 거니까 틀림없을 거예요. 가지고 싶은 게 뭔지 물어봤더니 방어구라고 답했대요. 하지만 마왕군 간부를 토벌한 보수로 새로운 갑옷을 받았으니 이제 와서 그런 걸 선물해도 효과는 적을 거예요."

"흐음, 그렇구나."

융융은 진짜 성실하네. 남의 일인데도 이렇게 열심히 조사해줬잖아.

평소에는 외톨이인 탓에 남에게 부탁을 받아서 기분이 좋은 건지, 희희낙락하며 정보수집 결과를 발표했다.

"그 외에는 본명인 라라티나로 불리는 걸 싫어하는 것 같아요. 그러니 절대 본명으로 부르지는 마세요."

"흐음~, 그어쿠나~."

"어이, 더스트. 내 도시락 반찬을 멋대로 먹지 말라고!"

"진짜 쪼잔한 아저씨네. 좀 봐달라고. 나는 어제부터 아무것도 못 먹었단 말이야!"

하아, 반찬 좀 먹었다고 되게 쪼잔하게 구네. 굶주린 젊은이를 보면 자처해서 밥을 내놓는 믿음직한 아저씨가 되어달라고……

"물건으로 환심을 사는 건 무리일지도 모르니까, 꽃다발 정도가 적당할지도 모르겠네요. 꽃을 받고 기뻐하지 않는 여자는 없으니까요."

"흐음~, 이것도 먹어야지!"

"흥, 줄 것 같으냐."

젠장. 저 아저씨, 재빠르게 반찬을 지켰잖아. 이 좁은 잡화점 안에서 용케도 피했는걸.

그럼 나도 모험을 하며 갈고닦은 테크닉을 선보이도록 할까. 레벨의 차이를 똑똑히 보여주지.

나는 도시락통 안의 반찬을 노리고 연속 공격을 날렸다. 하지만 아저씨는 그걸 예상했는지 가볍게 뒤편으로 물러나면서 간격을 벌렸다.

"좀도둑, 블랙 컨슈머와 매일같이 싸워온 내 실력을 얕보지 말라고."

"꽤 하잖아, 아저씨. 그럼 나도 전력을 다할 수밖에 없겠는걸."

나는 도시락을 사수하려 하는 아저씨에게 살금살금 다가갔다.

아저씨의 우직임에서는 빈틈이 없어. 혹시 전직 모험가일까?

"뭐하는 거예요?! 제 이야기에 귀를 기울이고 있는 거예요?"

"보고도 모르겠어? 지금 바쁘니까 할 말 있으면 나중에 해."

"매번 남의 가게에서 농땡이 피우지 말라고. 너한테 줄 음식이라고는 쌀 한 톨도 없어!"

아저씨는 그렇게 말하더니 내 눈앞에서 남은 도시락을 입안에 털어 넣었다!

"인마! 내 귀중한 에너지원을……!"

"헛소리 하지 마. 이건 내 도시락이야. 그리고 아가씨. 이런 양아치와 사이좋게 지내다간 인생을 낭비할 거라고. 앞으로는 더스트와 가까이 지내지 마.”

아저씨는 보는 내가 소름이 다 돋을 만큼 상냥한 표정을 짓더니 융융의 어깨에 손을 얹었다. ……어이, 성희롱하지 마.

“거, 걱정해주셔서 고마워요. 하지만 저기, 일단, 명목상으로는 친구라서요.”

“더스트…… 전부터 너는 쓰레기라고 생각했지만 이렇게 비열한 짓까지 한 거냐…….”

아저씨는 떨리는 손가락으로 나를 가리키더니 차갑기 그지없는 눈빛으로 나를 쳐다보았다. 완전히 오해한 것 같네.

“어이, 착각하지 마. 이 녀석이 외톨이에 쓸쓸해 보이니까, 친구가 되어줬을 뿐이라고!”

“아가씨. 이 녀석은 쓰레기의 견본 같은 녀석이야. 근처에 있기만 해도 자기도 모르는 사이에 더스트균에 옮아서 정신이 문드러질 거야.”

“좋았어~. 아저씨, 밖으로 나와. 그 썩어빠진 근성을 뜯어고쳐주마!”

“내가 썩어빠졌다면, 너는 완전히 썩어문드러져서 흙으로 돌아갔어야 할 걸?”

내가 아저씨와 이마를 맞대고 서로를 노려보자 융융이 끼어들면서 우리를 떼어놓으려 했다.

“정말! 그쯤 하세요!”

"목숨 건졌구나, 아저씨. 이 녀석의 얼굴을 봐서 오늘은 이쯤만 하고 참겠어."

"그건 내가 할 말이야. 빨리 꺼져! 아가씨가 혼자 온다면 환영할게."

아저씨는 빨리 사라지라는 듯이 손을 내저었고 나는 가운데 손가락을 세운 주먹을 내밀었다. 그리고 융융이 내 팔을 잡아끌어서 나는 투덜거리며 잡화점을 나섰다.

대로를 따라 나아가다 문득 뒤편을 돌아보니 융융의 볼이 다람쥐의 볼처럼 부풀어 있었다. 음식이라도 입안에 숨겨둔 걸까?

"하아, 더스트 씨는 왜 매번 문제를 일으키는 거죠?!"

"일으키는 게 아냐. 멋대로 소동이 일어날 뿐이라고."

"자각을 못한다니 완전 말기네요……."

균이나 말기 같은 소리를 멋대로 늘어놓네. 나한테 협력하고 있는 게 아니라면 따끔한 맛을 톡톡히 보여줬을 거야.

아~. 그러고 보니 얘는 어린애지. 몸매는 괜찮지만 나는 카즈마와 다르게 로리콤이 아니거든.

"저기, 방금 무례한 생각을 하지 않았나요?"

"신경 쓰지 마. 그런데 아까까지 무슨 이야기를 했었지?"

"그러니까, 다크니스 씨에 관해 새롭게 안 건 없나요? 조사를 했었잖아요?"

"아, 그거 말이구나. 카즈마를 뜯어먹느라 정신이 없어서,

깜빡했어."

"또 카즈마 씨에게서 얻어먹은 건가요……."

"그 녀석은 칭찬에 약하거든. 지갑이 두둑할 때는 잘 사줘. 역시 돈 씀씀이가 헤픈 친구를 둬야 한다니깐."

"이제 태클을 걸 기력도 없어요. 더스트 씨를 믿으면 안 된다는 걸 이제 똑똑히 깨달았네요."

한숨 푹푹 쉬며 고개 숙이지 마. 네가 그러면 내가 인간 말종 같잖아. 사소한 일은 신경 쓰지 말고, 좀 더 대범하게 살라고.

"흠, 악감정을 얻을 타이밍을 놓친 건가?"

"어, 나리. 볼일은 다 본 거야?"

오늘도 남들 눈길을 끄는 복장을 하고 있네.

턱시도와 흰색 장갑이 잘 어울리지만 가면을 쓰고 있으니 수상하다고. 게다가 오늘은 핑크색 앞치마까지 걸쳤네.

원래라면 기이한 눈길로 쳐다봐야겠지만 이 마을 사람들은 저런 옷차림에 익숙해졌기에 아무도 신경 쓰지 않았다.

"바닐식 살인광선으로 노릇노릇하게 구워줬으니 괜찮을 거다."

"전혀 괜찮지 않을 것 같은데……."

"그 정도로 죽는다면, 이 몸이 이렇게 고생하지도 않겠지."

그러고 보니 마도구점의 점주는 미인이지만 얼간이인 것 같던데. 바닐 나리가 번 돈을 낭비하는데 있어서는 탁월한 재주가 있는 것 같아. 대악마인 나리도 고생이 많네.

셋이서 별것 아닌 이야기를 나누며 걷다 보니 어느새 뒷골목에 도착했다.

이런 장소는 시비가 붙은 양아치를 두들겨 패기 딱 좋고, 버려진 쓰레기 안에서 쓸 만한 걸 건질 때도 있기 때문에 자주 지나다닌다. 그러다보니 무의식적으로 여기에 오고만 걸까.

"헉! 저를 뒷골목으로 데려와서 무슨 짓을 하려는 거죠? 설마 친구가 됐다고, 억지로 제 몸을 탐하려는 건가요?! 저는 그렇게 쉬운 애가 아니에요!"

융융은 겁먹은 표정을 짓더니 양손으로 자신의 몸을 꼭 끌어안았다.

"헛소리 하지 마. 색기라고는 눈곱만큼도 없는 망할 꼬맹이한테는 관심 없다고!"

"앗~! 망할 꼬맹이라고 했죠?! 저는 메구밍보다 발육이 좋다고요! 방금 한 말 취소해요!"

"진짜 성가신 꼬맹이네! 나리도 뭐라고 말 좀 해봐!"

내가 그렇게 말을 돌리자, 바닐 나리는 슬며시 고개를 갸웃거리면서 턱에 손을 댄 채 생각에 잠겨 있었다.

그는 손뼉을 치더니 몇 번이나 고개를 끄덕인 후에 입을 열었다.

"흠. 연애 관련으로 친구보다 뒤쳐지고 있어 초조한 소녀여. 그대의 친구는 요즘 꽤 진도를 나갔지."

"거, 거짓말이죠?! 어, 대체 어디까지 진도를 나간 건데요?!"

"나리, 정말이야?! 카즈마 자식, 나보다 앞서 나가려는 거냐?!"

나와 융융이 따지듯이 그렇게 외치자 나리는 씨익 웃으며 입가에 미소를 머금었다.

이 흐름은―.

"악감정, 실로 맛있구나. 걱정할 필요 없다. 중요한 순간에 겁쟁이가 되는 그 남자는 간단히 선을 넘지 못할 테니까 말이다."

"다, 다행이에요~. 키, 키스라도 했다면 분명 자랑했을 거예요."

"너, 키스라니……."

"장난삼아 그런 소리를 한 거라면 비난을 당해야겠지만 진심으로 저런 소리를 했다는 게 믿기지 않는군."

"어, 어? 제가 무슨 이상한 소리라도 했나요?"

"꼬맹이는 무시하고, 그 녀석들이 얼마나 가까워졌는지나―."

"이, 이놈들, 이게 무슨 짓이냐?!"

갑자기 뒷골목에 여성의 비명소리가 울려 퍼졌다.

아니 비명이라기보다 욕설에 가까웠다. 그것은 젊은 여성의 목소리였다.

"방금 그 목소리는 저쪽에서 들렸어요!"

"알았어!"

나는 목소리가 들린 곳을 향해 망설임 없이 몸을 날렸다. 등 뒤에서 바닐 나리와 융융이 따라오고 있었다.

"의외네요. 더스트 씨가 한순간도 주저하지 않고 도우러 가다니 말이에요."

"음. 성가신 일은 무시할 거라고 생각했는데 말이지."

"너희가 나를 어떻게 생각하는지는 다음에 차분히 이야기하기로 하고, 이런 상황에서는 도우러 가는 게 당연하지 않아? 장소를 보라고. 양아치 아니면 치한이 범죄를 저지르고 있는 게 틀림없어. 도와주면 여자한테 사례를 받을 수 있을 거고, 잘하면 헌팅을 할 수도 있을 거라고. 그리고 박살을 낸 양아치들한테서 금품을 걷으면 완전 일거양득 아냐?"

"우, 우와아……."

"악마에게 있어 정말 바람직한, 그야말로 이상적인 양아치 군."

우리는 뒷골목 모퉁이에 숨어서 그 너머를 몰래 쳐다보았다.

복면을 쓴 일당이 여자 한 명을 포위하고 있었다. 단검을 든 녀석이 두 명, 창을 든 녀석이 한 명 있었다. 포위를 당한 여자는 무기와 갑옷을 장비하지 않았으며, 겁먹은 표정으로…… 겁먹은…… 어이, 기뻐하고 있잖아. 완전 좋아죽으려고 하는데?

……왜 다크니스가 이런 장소에 있는 거지?

"도, 도와줘야……."

"쉿, 일단 상황을 지켜보자."

"도와주러 나서는 건 눈치 없는 짓이지. 이 몸은 지켜보도록 하마."

나는 뒤따라온 융융의 입을 손으로 막았다.

상대방의 숫자가 너무 많았다. 그리고 여자 쪽도 다치지 않은 것 같으니 허둥지둥 나설 필요는 없을 것이다.

바닐 나리라면 저 정도 숫자는 간단히 쓸어버릴 수 있지만 싸울 생각이 없어 보이네. 대악마인 바닐 나리는 기분파니까, 너무 믿었다간 따끔한 맛을 볼지도 몰라.

아무도 우리를 눈치채지 못한 것 같으니 귀만 쫑긋 세운 채 상황을 지켜보기로 했다.

"이게 무슨 짓이냐!"

"당신이 라라티나 님이죠?"

"내가 누구인지 알면서도 감히 이런 짓을 하는 것이냐?! 대체 목적이 뭐냐?!"

"그건 당신의 아버님에게 물어보시죠. ……무사히 아버님과 재회하고 싶다면, 순순히 따라오는 편이 좋을 겁니다."

이거, 아무래도 내 예상보다 상황이 심각한 것 같은걸. 다크니스가 더스티네스 가문의 영애라는 것을 알고 이런 짓을 벌인 걸 보면 권력다툼 혹은 몸값을 노리는 납치극일 가능성이 커.

"……귀찮게 됐네."

"어, 방금 뭐라고 했어요?"

아차, 무심코 본심을 털어놨는걸. 귀족들의 트러블에는 가능하면 얽히고 싶지 않지만 그렇다고 못 본 척할 수도 없지.

"나를 잡아서 뭘 어쩌려는 것이냐!"

"후후훗, 그건 당신에게 달려 있습니다."

"설마 아버지를 협박할 재료인 나에게는 해를 입히지 않겠다고 하면서, 내 옷을 찢어발기는 과정을 사진으로 찍을 생각인 것이냐?!"

"……예?"

"그리고 알몸이나 다름없는 꼴이 된 내 목에 동아줄을 걸어서 도망치지 못하게 한 다음, 짐승처럼 질질 끌고 다니며 액셀 마을 안을 돌아다닐 생각인 건 아니겠지?! 정말 음탕한 발상이구나!"

"……어?"

복면을 써서 얼굴이 보이지 않는데도, 저 녀석들이 동요한 게 느껴져. 불쌍하네. 어쩌면 좋을지 모르겠다는 듯이 허둥대고 있잖아.

설마 자신들이 끌고 가려던 영애가 이런 인간일 줄은 꿈에도 생각 못 했겠지.

"저기, 진짜로 돕는 편이 나을까요?"

"글……쎄."

"요즘 복근이 신경 쓰이기 시작한 크루세이더 계집에게서는 기쁨의 감정만 느껴지는구나."

나와 윤융은 당황했다. 게다가 바닐 나리의 말이 사실이라면, 돕기 위해 나서는 건 쓸데없는 참견에 지나지 않을 거야⋯⋯.

하지만 당사자의 성적 취향은 제쳐놓고 위험한 상황인 것은 틀림없었다.

유괴사건을 못 본 척했다간 큰 소동이 벌어질 것이다. 게다가 카즈마에게는 자주 얻어먹었다. 그러니 이런 상황을 그냥 못 본 척 넘어갈 수는⋯⋯ 없다.

"이렇게 더러운 뒷골목에서, 정체불명의 남자들에게 유린당하고 마는 것이냐! 하악하악⋯⋯ 하지만 기사로서, 간단히 굴복할 수는 없다!"

후반부 대사에서는 설득력이 눈곱만큼도 느껴지지 않았다.

눈동자는 기대로 가득 차 있었으며, 금방이라도 침을 흘릴 것처럼 입가를 히죽거리고 있는 다크니스를 보니⋯⋯ 도와줄 마음이 싹 가셨다.

복면을 쓴 녀석들도 어쩌면 좋을지 감이 오지 않는 것 같았다. 궁지에 몰린 쪽이 두 팔을 펼치고 전진하자 복면을 쓴 이들이 뒷걸음질 쳤다.

이것도 일진일퇴의 공방이라고 할 수 있으려나?

그냥 내버려둬도 될 것 같은 느낌이 들지만 다크니스에게 멋진 모습을 보여주겠다는 당초의 목적이 문뜩 생각나고 말았다.

"자, 뭐하는 것이냐! 너희는 이것밖에 안 되는 거냐?! 연약한 여자가 무방비한 상태로 눈앞에 있으니 덮치는 게 예의이지 않느냐! 악당의 자존심을 보여 봐라!"

대체 누가 연약한 여자라는 거냐…….

"어이, 저 녀석, 진짜로 귀족 영애 맞아?"

"사진과 똑같이 생기기는 했는데……. 그냥 비슷하게 생긴 사람일지도 몰라……."

복면을 쓴 자들은 의심에 사로잡혔다. 하지만 그들은 다크니스의 변태스러움을 얕보고 있었다. 저딴 녀석과 어울려 주는 건 정신 나간 짓이다.

"무기도 없는 여자에게 겁먹은 것이냐?! 설마 내가 진짜로 저항을 하지 않는지 확인하기 위해 옷을 직접 하나하나 벗길 생각인 것이냐?! 상의부터 벗길 것이냐?! 아니면 신발부터냐?!"

그런 짓을 한다면 좀 더 구경을 한 다음에 도와줘야겠네.

"아, 그런 일에는 흥미가 없거든요."

"철지난 과일 같은 당신 몸에는 흥미가 없어요."

"동감이에요."

저 녀석들, 갑자기 냉정해졌네.

흥분에 사로잡혀 있던 다크니스도 상대의 태도를 보고 당황했는지 더는 망상을 늘어놓지 않았다.

서로가 서로를 응시하는 가운데 묘한 분위기가 흐르고 있었다.

"그냥 돌아가도 될 것 같지 않아?"

"흠. 아무래도 더는 재미있는 상황이 벌어질 것 같지 않군. 저 남자들한테서는 미묘한 악감정이 느껴진다. 이건······ 불쾌함인가."

"으음, 그래도 여성이 위기에 처해 있잖아요. 유괴를 당하게 둘 수는 없다고요."

맞아······. 특수 플레이라면 그냥 눈감아줘도 되겠지만 유괴는 두고 볼 수 없어. 지금 기습을 하면 두 명 정도는 제압할 수 있겠지?

"내가 나설 테니까, 혹시 위험해 보이면 도와줘."

"아, 예. 하지만······ 제가 마법으로 쓸어버리는 편이 좋지 않을까요?"

"그래서는 내가 다크니스에게 생색을 낼 수가 없잖아. 내가 진짜로 위험해 보일 때까지는 그냥 가만히 보고만 있어. 나리는 어떻게 할래?"

"아까도 말했다시피 그냥 지켜보도록 하지."

내 예상대로 나리는 나서지 않으려는 것 같았다.

나는 복면을 쓴 자들이 자신에게 다가오는 다크니스에게 정신이 팔려있는 틈에 그대로 몸을 날린 후, 등을 보이고 있는 두 명을 검집에 꽂힌 검을 휘둘러서 쓰러뜨렸다.

"앗, 이 자식! 어느 틈에……!"

"너는…… 더스트구나!"

"여어, 도와주러 왔어."

"……나중에 도와줘도 됐는데……."

나는 놀란 듯한 그 두 사람을 향해 손을 흔들었다. 다크니스가 중얼거린 말이 들렸지만 예상했던 바이기에 그냥 무시하고 넘어갔다.

복면을 쓴 자는 다크니스를 무시하더니 창으로 나를 겨눴다.

장창이네. 좁은 골목에서는 너무 길어서 방해가 된다고 생각하기 쉽지만 찌르기를 주로 사용한다면 피할 공간이 없기 때문에 상대의 접근을 차단할 수 있다. ……창잡이라면 보통 그렇게 생각하겠지.

"방해를 한다면, 이 창으로 찔러버리겠다!"

창을 쥔 자세가 좋은 걸 보면 실력에 꽤 자신이 있어 보이네.

나는 검집에 꽂힌 검을 어깨에 걸친 채, 그 자를 향해 다가갔다.

"죽고 싶은가 보구나! 하아아아앗!"

나는 그 자가 기합을 토하며 내지른 창끝을 검집으로 쳐냈다.

유감인걸. 네 무기가 창이 아니었다면 나를 해치울 가능성이 조금은 있었을 텐데 말이야!

복면 때문에 표정이 보이지 않지만 아무래도 너무 놀라서 그대로 굳어버린 것 같았다. 나는 그런 상대의 미간을 향해―.

"두목!"

뒤편에서 바람을 가르는 소리가 들린 순간, 나는 옆으로 몸을 날렸다.

내 옆구리를 스친 화살이 지면에 꽂혔다.

고개를 돌려보니 다른 통로에서 복면을 쓴 자가 세 명이나 나타났다!

"잘 왔다! 너희도 이 녀석을 공격해!"

"이거 큰일 났네. 괜히 정의감을 발휘하는 게 아니었어."

이 숫자와 정면대결을 펼치는 건 힘들 거야. 확 도망치고 싶지만 협공을 당하는 상황이라 도주로가 없어.

게다가 기분 탓일지도 모르지만 어딘가에서 살기가 어린 시선이 느껴졌다. 실력이 좋은 동료가 더 있는 걸까…….

융융에게 도와달라고 할까? 그러면 모든 공을 그 녀석이 차지할 텐데…….

"폼 잡으며 나타났는데, 유감이겠는걸."

복면을 쓴 저 자는 환한 미소를 짓고 있겠지. 저 짜증나는 목소리만 들어도 기뻐하고 있는 표정이 상상이 되는걸.

자, 어떻게 할까. 이 상황에서 기지를 발휘해 내 주가를 높일까?

"휴우~. 어이, 꽁지 빠지게 도망치면 그냥 봐줄 수도 있거든?"

"흥, 아직도 상황 파악이 안 됐나 보군. 네가 기습을 해서 쓰러뜨린 녀석들도 슬슬…… 이제 그만 일어나!"

"크윽, 이 자식이……."

쓰러져 있던 두 녀석도 부활했다. 6대 1은 좀 불리한 정도 가 아니라, 이기는 것 자체가 무리다.

나는 모퉁이에서 고개를 내민 융융을 향해 도와달라는 눈짓을 보냈지만, 그녀는 느긋하게 손이나 흔들며 응원하고 있었다.

저 녀석, 진짜 눈치가 없네! 저렇게 분위기 파악을 못하니 까 친구가 없는 거 아냐?!

젠장! 나리도, 꼬맹이도 도움이 안 된다면 자력으로 어찌 할 수밖에 없다.

"됐다. 너만이라도 도망쳐라! 전부터 이 대사를 읊어보고 싶었지. 음, 괜찮구나!"

다크니스, 기뻐하고 있을 때 초를 쳐서 미안한데 말이야. 도망치는 것도 무리인 것 같아. 그렇다면 이 상황에서 할 일 은 하나뿐이라고!

"내가 누구인지 알아? 마왕군 간부를 쓰러뜨리고, 그 디 스트로이어 파괴에도 공헌한…… 카즈마라고!"

나는 허세를 부렸다! 카즈마, 미안하지만 네 이름 좀 빌리자.

"두목. 실은 마왕군 간부 중 한 명인 듈라한, 베르디아를 해치운 모험가가 있다는 이야기를 들은 적이 있습니다."

그들은 술렁거리기 시작했다. 역시 이 녀석들은 이 마을 사람이 아니구나. 양아치들 사이에 얼굴이 널리 알려져 있는 나를 보고도 별 반응을 보이지 않는 걸 보고 외부인일 거라고 생각했어.

그렇다면 카즈마의 무용담을 이용해서 허세를 부리면—.

"잠깐만. 아까 라라티나 양이 저 남자를 더스트라고 불렀던 것 같은데?"

"……잘못 들은 거 아냐?"

"아니 똑똑히 들었다."

아차아아앗! 그러고 보니 다크니스가 내 이름을 입에 담았었지. 젠장, 사고 쳤네!

"방금 한 말은 거짓말이에요~."

"그런 말이 먹힐 줄 알았냐? 빨리 해치워버려."

아무래도 진짜 위험한 것 같았다. 도망칠 길은, 도망칠 방법은 없는 거냐?!

"저기예요! 경찰 아저씨, 저쪽에 괴한이 있어요!"

"뭐, 괴한?!"

뒷골목에 여자애와 경찰관의 목소리가 울려 퍼지자, 내 눈앞에 있는 녀석들이 뒤를 돌아보았다.

하늘이 도왔나! 방금 그건 융융의 목소리야. 그 녀석이 마법으로 나를 돕는 것보다, 이러는 편이 나의 활약이 돋보일

게 틀림없어. 융융 녀석, 꽤 하잖아.

융융은 뒷골목으로 뛰어 들어왔고 그녀의 뒤편에는 경찰이 세 명이나 있었다.

"쳇, 후퇴해라! 빨리 튀자!"

뒷골목의 샛길로 도망친 저 놈들은 경찰들에게 맡기기로 할까. 괜히 위험을 감수할 필요는 없잖아.

아까 느꼈던 위험한 시선이 이제 안 느껴지니 긴장을 풀어도 될 거야.

"푸하~. 지쳤어~. 익숙하지 않은 짓거리는 할 게 못 된다니깐."

"더스트. 좀 더 방치해줬으면 더 좋았겠지만 아무튼 덕분에 살았다. 고맙다. 카즈마와 얼간이 짓만 하고 다니나 했더니 의외로 괜찮은 구석도 있구나."

"의외라는 말은 좀 너무하지 않아? 아무튼, 별것 아니니까 고마워할 필요 없어."

이 녀석, 귀족이면서도 정중히 고개를 숙이며 고맙다는 말을 하잖아. 다른 귀족들도 이 녀석을 본받았으면 좋겠네.

"더스트 씨, 괜찮으세요?!"

융융이 전력으로 뛰어왔다. 타이밍은 좀 아슬아슬했지만 그래도 고맙다는 말은 해둘까.

"네가 경찰을 불러와준 덕분에 살았어."

"아, 그건 거짓말이에요. 경찰은 안 불렀어요."

"뭐? 네 뒤편에 경찰이 세 명이나 있는데?"

경찰 제복을 입은 세 사람이 융융의 뒤편에 나란히 서 있었다. 딱 봐도 경찰관이 틀림없었다.

"아, 저 사람들은 바닐 씨예요."

"경찰관으로 변신한 이 몸이지."

한가운데에 있는 경찰관이 바닐 나리의 목소리로 그렇게 말했다. 그럼 다른 두 사람은 뭐지?

바닐 씨를 쏙 빼닮은 저 두 녀석은 대체 누구냐고.

"그리고 이것은 이 몸이 탈피한 껍질이다. 손발에 가느다란 봉이 연결되어 있어서, 이렇게 똑같은 움직임을 취할 수 있는 거지."

한가운데의 경찰로 변한 나리가 손을 들자 양옆에 있는 두 경찰 또한 마찬가지로 손을 들었다. ……재주가 좋네.

"아무튼 나리 덕분에 살았어."

"그대처럼 악감정을 이끌어내는데 탁월한 재능을 지닌 인간이 죽으면 이 몸도 곤란하거든."

"헤헷, 그렇게 칭찬하면 부끄럽다고."

"칭찬…… 아닌 것 같은데……."

나는 고개를 갸웃거리는 융융을 무시하면서 아까 전의 녀석들이 도망친 방향을 쳐다보았다.

골목의 그림자에 누군가가 숨어있는 기적은 느껴지지 않았다. 불길한 시선 또한 사라졌다.

이걸로 이 일은 해결된 걸까. 하아~, 괜히 힘만 뺐네. 아, 그래도 도와줬으니 사례를 받을 수 있으려나?

"어이, 다크니스. 내가 구해줬으니까—."

"더스트 씨와 사귈 생각은 없으세요?!"

내 눈앞에 있는 다크니스가 입을 쩍 벌렸다.

아마 나도 똑같은 표정을 짓고 있을 것이다. ······이 망할 꼬맹이가 대체 무슨 소리를 한 거야?

"유, 융융, 그게 무슨 소리지? 게다가 바닐은 왜 여기 있는 것이지?"

다크니스는 변신을 푼 바닐을 보더니 눈을 치켜떴다.

"사실 더스트 씨는 예전부터 다크니스 씨를 좋아했어요. 방금도 고백을 할 기회를 엿보, 우연히 아까 전 상황을 목격하고 나선 거예요."

어이, 어이, 어이, 어어어어어이?! 이 녀석, 내가 아직도 다크니스를 헌팅할 속셈이라고 착각하고 있는 거 아냐?! 자, 잠깐만 더는 이 녀석과 얽히고 싶지 않다고······.

"그래······. 나를 그런 눈길로 쳐다보고 있었던 것이냐."

인마, 몸을 배배 꼬면서 부끄러워하지 마! 그리고 이쪽을 힐끔힐끔 쳐다보지 말라고.

망할 꼬맹이도 해냈다는 듯한 표정을 지으며 엄지를 치켜들지 마!

"마, 마음은 고맙다만 나는 신경 쓰이는······ 아, 아니다!

카즈마 녀석들이 걱정이라서 말이다. 내가 없으면, 그 녀석들이 사고를 칠 게 뻔하지. 그러니 지금은 연애 같은 걸 할 겨를이 없다."

나는 왜 고백을 하지도 않았는데 차이고 있는 거냐고…….

"다음에 또 기회가 있을 거예요! 자, 힘내요!"

어이, 그만해. 위로하지 마. 진짜로 내가 차인 것 같잖아!

너도 미안하다는 눈길로 나를 쳐다보지 마! 그러지 말라고!

"그리고 말이다. 여성에게서 인기를 얻고 싶다면, 평소 행실을 좀……."

왜 나는 변태한테 이런 조언을 들어야 하는 건데…….

"맞아요. 겉모습을 신경 쓰고, 돈 씀씀이가 헤픈 점만 고치면……."

융융마저 멋대로 폭주하면서 이런 소리를 늘어놓았다.

"푸하하하하하! 이렇게 우스꽝스러운 상황이 벌어질 줄이야!"

"나리, 너무 기뻐하는 거 아냐?!"

아―! 진짜 뚜껑 열리겠네!

"헛소리 하지 마! 너처럼 복근이 끝내주는 우락부락 근육 변태 따위를 내가 좋아할 것 같아?! 너도 연애 이야기할 친구도 없으면서, 연애 조언 같은 거 하지 말라고! 결국 전부 책에 나온 이야기를 늘어놨을 뿐이잖아!"

불만을 폭발시켰더니 마음이 좀 편해졌다. 아아~, 역시

스트레스를 쌓아두면 안 된다니깐. 이 녀석들도 내 분노에 압도당했는지 위축된 채 입을 다물었다.

"어이, 다시 한 번 말해봐라. 누가 복근이 있다고……."

"연애…… 친구……."

"자, 잠깐만 내 말이 좀 심했어. 진정해. 진정하라고. 주워 든 단검은 내려놓는 게 어때? 마을 안에서 마법을 쓰는 건 금지되어 있잖아? 그리고 사람은 누구나 말실수를 하거든? 그러니 대화를 통해 평화적으로—."

"죽여 버리겠다!"

"여, 연애 이야기를 할 친구는 있거든요?!"

"정말 맛있는 악감정이로군!"

그 후 나는, 울상을 짓고 지팡이와 무기를 휘둘러대는 두 사람에게서 한나절 동안 필사적으로 도망 다녀야만 했다.

제5장

저 몽마와 적대세력

1

"잘 들어. 그저 노출도만 늘린다고 좋은 건 아냐. 중요한 건 수줍음이라고."

"수줍음이라고요? 하지만 남자는 알몸을 좋아하지 않나요?"

"분명 알몸을 싫어하는 남자는 없어. 하지만 거기까지 이르는 과정이 중요한 거야. 게다가 숨겨진 부분이 있으면 기대감도 상승하고, 흥분 또한 상승시키는 에로의 스파이스로 작용하지. 벗을 때도 상대방의 애간장을 태우는 걸 잊지 마. 직접 벗는 게 아니라, 상대방에게 벗기게 하는 것도 좋은 방법일 거야."

"그렇군요! 한 수 배웠어요!"

로리 서큐버스는 내 조언에 열심히 귀를 기울이면서 메모까지 했다.

열의를 불태우는 것은 좋다. 아직 에로틱한 연출에 미숙한 부분이 눈에 띄지만 내가 지도를 해주면 언젠가 초일류 서큐버스가 될 것이다.

"너희 둘 다 적당히 좀 하라고……. 남의 가게 앞에서 음담패설을 떠들어대지 말란 말이다!"

잡화점 아저씨가 삶은 문어처럼 얼굴이 새빨개진 상태에서 고함을 질렀다. 이 아저씨는 여전히 속이 좁네.

"어쩔 수 없잖아. 지금은 그 가게에 들어갈 수가 없거든."

"폐를 끼쳐 죄송해요."

이런 아저씨에게 고개를 숙일 필요는 없는데 말이야. 로리서큐버스는 예의가 빠르다니깐.

"어이, 더스트. 이번에는 다른 애를 속여먹는 거냐. 아가씨, 이런 쓰레기와 사귀면 안 돼. 동전 하나까지 다 털어먹는 것만으로 모자라 아가씨의 골수까지 쪽쪽 빨아먹을 거라고."

"어이, 매번 나를 나쁜 놈 취급하는데. 이 녀석과 나는 상부상조하는 관계라고! 아~, 마음에 상처 입었어~. 말도 안되는 중상모략을 당했더니 내 섬세한 하트가 박살나버릴 것만 같아!"

"흥, 박살나고 나면 칼날이 잔뜩 달린 강철 심장이 튀어나오는 거 아냐?"

"두 분은 참 사이가 좋네요."

""하나도 좋지 않거든?!""

나와 아저씨의 목소리가 하모니를 이뤘다.

아저씨가 매일같이 하품이나 하면서 가게를 지키고 있다는 걸 알고 있거든? 실은 말동무가 생겨서 기쁘잖아. 아저씨 주제에 츤데레냐?

"하아, 말도 안 되는 소리 하지 말라고. 나는 가게에 틀어박힐 거니까, 너희도 빨리 돌아가."

아저씨가 사라졌다. 방해꾼이 없어지니 개운한걸.

"아저씨가 없어졌으니 마침 잘 됐어. 너한테 물어볼 게 있는데, 왜 요 며칠 동안 가게 문을 열지 않은 거야?"

어찌된 영문인지 서큐버스 가게는 최근 며칠 동안 휴업 상태였다. 덕분에 나를 비롯한 남성 모험가들은 욕구불만으로 폭발할 상황이었다.

"그게 말이죠……. 이렇게 됐으니 더스트 씨라도 괜찮으니까, 어떻게 좀 해주지 않겠어요? 사례는 톡톡히 할게요."

"호오? 성가신 일이라도 벌어진 거야? 그럼 나만 믿어. 양아치들과 얽힌 문제라면 나한테 맡겨. 내가 그 녀석들 사이에서는 얼굴이 꽤 알려져 있거든."

"그게 말이죠. 실은 양아치보다 훨씬 성가신 단체가 엮인 일인데……."

로리 서큐버스는 거기까지 말한 후 입을 꾹 다물고 나를 지그시 쳐다보았다.

이야기를 더 들었다간 돌이킬 수 없는데 그래도 괜찮겠냐고 묻는 듯한 표정이었다.

나를 얕보지 말라고. 이 더스트 님은 웬만한 녀석들 상대로는 겁먹지 않는단 말이야.

"얼마든지 말해보라고. 어떤 녀석들이 상대인지는 모르겠지만 이 더스트 님에게 전부 맡겨!"

"그렇게까지 말씀하시니 이야기 드릴게요. 그 단체는 여성만으로 구성된 무시무시한 조직…… 『여성의 혼기를 지키는 모임』이에요!"

"……뭐?"

나는 전혀 예상 못한 이름을 듣고 얼빠진 목소리로 대답했다.

여성의…… 혼기를 지키는 모임? 혼기라면 그거지? 결혼에 적합한 연령 말이야.

"여성의 혼기를 지키는 모임? 그런 단체와 서큐버스의 가게가 무슨 상관인데?"

"엄청 상관있어요. 이 액셀 마을의 모험가는 독신 비율이 높다는 건 알고 계신가요? 그뿐만 아니라 커플 숫자도 적어요."

"그렇구나……. 듣고 보니 내 주위에 있는 모험가 중에 기혼자나 애인이 있는 녀석은 거의 없네."

나와 같은 파티인 테일러, 키스, 린은 독신이다. 내 주위에 있는 녀석들도 누군가와 사귄다는 이야기를 들은 적이 한 번도 없다.

모험가는 원래 다 그런 거라고 생각했는데, 그러고 보니 나이 꽤나 먹은 중년 모험가들도 하나같이 독신이잖아…….

"뭐, 독신이 많다는 건 이해했어. 그런데 그것과 서큐버스

가게가 무슨 상관인 거야?"

"저기 말이죠. 액셀에는 수많은 풋내기 모험가들이 머물고 있어요. 그리고 남성 모험가 중 많은 이들이 저희 가게를 이용하죠. 가게는 적절한 금액과 남성의 정기를 받아요. 이용객은 꿈속에서 이상적인 성 생활을 경험하면서 성적 욕구를 해소하고요."

"응. 그래. 나도 자주 신세지고 있지."

"이용해 주셔서 감사해요. 그리고 대부분의 남성 모험가는 성욕이 해소됐기 때문에, 저기…… 남성은 성적 욕구가 해소되면 여성에게 관심을 보이지 않잖아요? 그 결과, 적극적으로 애인이나 반려자를 찾는 사람이 줄고 말아요. 남성은 저희 가게에서 성욕을 발산할 수 있지만 여성들은 그럴 곳이 없죠. 애인도 없고, 결혼적령기를 지났는데도 독신이라 불만이 쌓인 끝에…… 그런 여성들이 모여서 몰래 설립한 게 바로 여성의 혼기를 지키는 모임이에요."

"그런 조직이 존재한다는 건 이 마을의 뒷사정에 훤한 나도 처음 들어."

"저희 가게가 남성 모험가들에게만 알려져 있듯, 그 조직도 혼기가 임박하거나 놓친 독신 여성만이 아는 비밀 조직 같아요."

우리가 서큐버스 가게를 극비로 삼고 있듯이 여성들도 남자들에게 그 조직을 숨기고 있는 건가. 액셀 마을은 진짜 무시무시한 곳인걸.

"그 여성의 혼기를 지키는 모임이 저희 가게가 수상하다는 정보를 입수한 건지, 변장한 관계자가 가게 주위에서 어슬렁거리기 시작했어요."

"성가신 녀석들에게 걸리고 말았네."

"예. 하지만 저희 가게는 손님 여러분에게 앙케트만 부탁할 뿐인 일반적인 카페로 가장하고 있죠. 딱히 수상한 점은 없기 때문에 지금까지 잘 숨겨왔지만…… 내일, 경찰이 가게를 사찰하기로 해서 현재 한창 대책을 짜고 있어요."

"어이, 장난이 아니잖아. 그 단체가 경찰에 찌르기라도 한 거야?"

내가 그렇게 묻자 로리 서큐버스는 인상을 찡그렸다.

내 말에 긍정한 건지 부정한 건지 모르겠네.

"저희도 처음에는 그렇게 생각해서 우두머리를 회유하기로 했어요."

"서큐버스에게 유혹을 당한다면 경찰관이라도 바로 넘어올 수밖에 없겠지. 괜찮은 생각인걸."

이 가게를 봐주면 다음에 할인이라도 해주겠다고 말하면 바로 태도를 바꾸겠지. 나라면 주저 없이 그 제안을 받아들일 거라고.

"그게 말이죠……. 지휘를 하고 있는 사람이 여성 검찰관인 데다, 여성의 혼기를 지키는 모임의 회장인 것 같아요."

"진짜야……?"

"진짜예요. 서큐버스는 상대가 여성이라도 매혹의 힘으로 지배할 수 있지만 경찰 관계자에 여성의 혼기를 지키는 모임의 회장이 느닷없이 태도를 바꾼다면 수상하잖아요? 게다가 이 타이밍에 말이에요. 회원 중에는 프리스트도 있는 것 같으니 매혹을 풀어버릴지도 모르고요."

에리스 교도, 아쿠시즈 교도는 악마라면 질색을 한다. 만일 들킨다면 서큐버스 가게를 박살내려할 게 뻔하다.

"그 회장은 어떤 녀석인데?"

"그 사람의 이름은…… 세나예요."

응? ……아는 녀석이잖아. 검은색 장발에 가슴이 크고 성격이 매몰찬 검찰관이야.

카즈마의 재판 때 나를 양아치라 불렀던 그 마음에 안 드는 여자네.

"그렇다면 우두머리를 회유하는 건 무리겠네. 하지만 사찰을 당하더라도 딱히 문제될 건 없지 않아? 수상한 건 없으니까 말이야."

"그게 말이죠. 세나 검찰관은 아마…… 거짓말을 간파하는 마도구를 가지고 있을 거예요. 그걸 쓴다면……."

"그 망할 마도구 말이구나! 내 말은 눈곱만큼도 믿지 않을 뿐만 아니라, 경찰이 나를 취조할 때는 꼭 가지고 오는 마도구잖아! 딸랑딸랑 시끄럽게 울려댄다니깐. ……아무튼, 큰

일인걸."

"예······. 그래서 지푸라기라도 잡는 심정으로 더스트 씨에게 묘안이 없나 물어보는 거예요."

가게를 조사당하더라도 전혀 문제될 것은 없을 거야. 앙케트 용지는 처분해야겠지만 꿈을 조종했을 뿐이니 물적 증거는 없겠지.

가장 큰 문제는······ 그 마도구다. 얼간이 경찰들은 그 마도구의 판정을 철석같이 믿거든. 그걸 조작할 방법이 있으면 좋겠는데 말이야.

"만약 일이 잘 풀린다면 사례를 할 거지?"

신세를 지고 있기는 하지만 자선사업을 할 생각은 추호도 없거든.

"그런 소리를 할 줄 알았어요. 으음, 가게를 일주일간 무료로 이용하게 해드리면 어때요?"

"좋아, 나만 믿으라고!"

2

미리 철저하게 협의를 마친 후, 나는 당일에 손님으로서 가게에 와있었다.

사찰을 한다는 정보는 경찰 내부에서 흘러나온 것이지만 그걸 흘린 사람은 전직 모험가에 지금도 서큐버스 가게를 애용하고 있는 녀석이다. 경찰은 사전에 사찰을 한다는 사실이 알려졌을 거라고는 꿈에도 생각하지 못할 것이다.

이 가게는 오늘 하루만 남성의 푸념과 고민을 듣고 상담상대가 되어주거나 점을 쳐주는 가게로 위장하기로 했다. 겉보기에는 카페지만 몰래 점을 쳐준다는 설정인 것이다.

거짓말을 할 때의 요령은 거짓 속에 진실을 섞는 것이다. 그러면 거짓말이 들통나지 않는다. 꿈을 조작하는 부분을 점으로 바꿔치기해서 신빙성을 자아내자는 작전이다.

서큐버스들은 평범한 웨이트리스 복장을 하고 평범한 점원처럼 행동했다.

그리고 손님이 나쁘면 수상쩍어할 테니 로리 서큐버스가 미리 단골 중에 한 명을 뽑아서 나와 조금 떨어진 자리에 앉혀뒀다. ……그런데, 저 녀석은 대체 누구지?

고급스러운 옷을 입은 건 그렇다 쳐도, 신경 쓰이는 것은 바로 머리에 쓴― 투구다. 얼굴과 머리 전체를 감싸는 투구가 엄청난 위화감을 자아내고 있었다.

"어이, 저 녀석은 뭐야?"

나는 맞은편에 웨이트리스 복장으로 앉아있는 로리 서큐버스에게 귓속말로 물어보았다.

"단골 중 한 분이에요. 더스트 씨가 짠 작전에 꼭 필요한 분이죠. 사실 저 분은 귀족이라서 얼굴이 들통나면 안 돼요."

"아무리 얼굴을 숨기더라도 좀 눈에 덜 띄는 방법도 있잖

아. 게다가 저 투구…… 내가 잡화점에 팔아치웠던 것과 비슷하게 생겼네."

"흔한 디자인 아닌가요? 제 눈에는 무기점에서 흔히 볼 수 있는 투구 같아 보이는데요."

내가 옛날에 쓰고 다녔던 투구는 딱히 독창적인 디자인도 아니었다. 그러니 신경 쓰지 않아도 되려나. 하지만 얼굴을 가리고 싶더라도 왜 투구를 쓴 거지? 눈에 너무 띄잖아.

"아까 작전에 꼭 필요한 사람이라고 했지? 저 투구 쓴 자식은 그걸 어찌 할 수 있는 걸 가지고 있는 거야?"

"예. 거짓말을 간파하는 마도구의 판정을 어긋나게 하거나 뒤집을 수 있는 마도구를 가지고 있어요. 흔치 않은 고급 마도구 같아요. 귀족 사이에서는 엄청 인기가 있대요."

"하아~, 더럽네. 역시 귀족 님인걸. 그걸로 악행이 들통나지 않도록 숨기는 거냐."

충분히 있을 수 있는 일이다. 귀족 녀석들한테도 그 마도구는 성가실 테니까. 빠져나갈 구멍을 준비해두는 게 당연했다.

"그런 소리 마세요. 이번에 저희 작전에 쾌히 협력해주시기로 한 분이란 말이에요."

"하긴, 귀족 중에는 마음에 안 드는 녀석이 많지만 내 작전을 도와준다면 이야기가 달라지지."

"협력해주시니까 다른 꿍꿍이가 있더라도 신경 쓸 필요는 없어요. 예, 신경 써선 안 돼요."

로리 서큐버스는 신경 쓰지 말라는 말을 강조했다. 그러면 괜히 꿍꿍이가 없는지 의심하게 되잖아.

"……어, 뭐야?"

시선이 느껴져서 고개를 돌려보니 투구 자식이 내가 신경 쓰이는지 뚫어져라 쳐다보고 있었다. ……표정이 보이지 않으니 기분 나쁜걸.

하지만…… 눈은 보이지 않는데, 왜 시선에서는 내 등골을 오싹하게 만드는 느낌이 감도는 거지? 나한테 협력할 가치가 있는지 없는지 가늠하고 있는 건가?

"다들 준비는 됐지? 경찰이 왔어!"

실내로 뛰어 들어온 서큐버스가 그렇게 말하자, 다들 맡은 자리로 향했다.

오늘 방침은 전원에게 알려줬다. 이제부터 우리는 경찰을 잘 속여야만 하는 것이다.

3

"경찰입니다! 움직이지 마세요!"

문을 힘차게 열면서 뛰어 들어온 이는 눈매가 날카로운 여성 경찰관, 세나였다.

그 뒤를 이어 안으로 밀려들어온 경찰관도 하나같이 여자였다. ……여성 경찰관도 하나같이 상태가 이상하지 않아? 귀기가 어려 있다고나 할까, 눈에 핏발이 섰다고.

"……경찰관 중에도 여성의 혼기를 지키는 모임에 속한 회원이 몇 명 있는 것 같아요."

로리 서큐버스가 주위에 들리지 않도록 작은 목소리로 속삭인 말을 듣고 납득했다. 세나와 마찬가지로 절박한 녀석들인 것 같네. 서큐버스들은 당황한 척하면서도 순순히 그들의 말에…… 따르는 척 했다. 연기력이 상당한걸. 역시 서큐버스는 연기에 재능이 있는 것 같아.

경찰관 중에는 가슴이 거대하고 모자를 깊이 눌러쓴 여자도 있는데…… 얼굴은 보이지 않지만 왠지 신경 쓰였다. 다른 이들보다 진지하게 가게 안을 수색하고 있었다. 왠지 눈에 익은 것 같은데……?

"증거는 아직 못 찾은 겁니까?!"

어이, 세나가 조바심을 내고 있잖아. 아무래도 여기가 위법 퇴폐업소라 생각한 것 같은데, 아쉽게 됐는걸. 너희 생각이 맞기는 하지만 증거가 될 만한 건 없다고.

"이상해요! 모험가 여러분이 여기를 이용하는 건 틀림없단 말이에요."

"루…… 어험, 그 정보는 사실인가요?"

"예. 남성 모험가 분들이 숨기고 있는 가게가 이곳이 틀림없어요. 길드 안에서도 화제가 됐으니까요. 비밀을 엄수해야

하는 이유라도 있는지 자세한 이야기는 캐내지 못했지만요."

가슴이 커다란 경찰관과 세나가 이야기를 나누고 있었다.

들자하니 저 경찰관은 모험가 길드의 내부사정에 대해 해박한 것 같은걸? 여성의 혼기를 지키는 모임이 길드에도 영향력을 행사할 수 있는 줄은 몰랐어.

자, 슬슬 말을 걸어서 반응을 살펴볼까.

"어이~, 우리는 돌아가도 돼?"

"아, 여러분은 참고인이니…… 앗, 당신은! 행실 불량으로 몇 번이나 체포됐던 양아치 모험가, 더스트!"

"어, 더스트 씨?!"

검찰관에게 양아치 소리를 들을 줄이야. 세나의 발언을 듣고 화가 났지만 그것보다 저 경찰관이 나를 이름으로 부른 게 더 신경 쓰이네. 목소리도 왠지 귀에 익는데…….

"일부러 소개까지 해줘서 참 고맙네!"

"이 가게에는 왜 온 거죠?"

어이쿠, 바로 본론에 들어가네. 자, 그럼 나도 본격적으로 시작해볼까.

"아~, 여기는 남자의 고민을 들어주는 가게거든. 푸념도 웃으면서 들어주는 데다, 여자 관점에서 조언도 해주기 때문에 꽤 도움이 된다고."

"당신도 고민을 하는군요……."

"어이, 하고 싶은 말이 뭔데?"

"아무것도 아닙니다……. 그것보다, 진짜로 그게 목적인가요? 점원을 신문하고 안 겁니다만 이곳은 카페이면서 점도 봐준다면서요? 그게 사실인가요?"

말을 전혀 돌리지 않는걸. 조바심이 났을 뿐만 아니라 필사적인 것 같네.

"응. 맞아. 여기 누님들은 포용력이 있거든. 그래서 말이 잘 통해. 내 주변에는 드센 여자밖에 없거든. 여기서는 마음이 편안하다니깐. 애교 넘치는 여자는 정말 최고야."

"커억."

"으윽."

세나, 그리고 세나의 옆에 있는 여성 경찰관이 동시에 충격을 받은 듯한 반응을 보였다.

"그런데, 너희는 이 가게가 뭐하는 곳이라고 생각한 건데?"

"그, 그게 말이죠. 대외적으로는 카페로 위장했지만 실은 수상한 퇴폐 영업을 한다는 정보를 입수했습니다. 남성 모험가가 이용하는 비밀스러운 가게라고 들었습니다만……."

"그야 사나운 모험가들이 여자한테 푸념을 늘어놓고, 점을 봐달라고 한다는 걸 여자한테 어떻게 말하냐고. 비밀로 하는 게 당연하잖아."

"그, 그랬군요. 이 마을의 모험가가 여성에게 탐욕적이지 않은 건 이 가게에서 고민을 털어놓으며 마음의 평안을 얻기 때문인 건가요. ……그랬던 거군요……."

팔짱을 끼며 신음을 흘리는걸. 이대로 잘 풀리면 순순히 물러날 것 같아. 그 마도구 대책도 세워졌지만 그냥 돌아가 주는 게 가장 낫긴 해.

"딱히 수상한 구석은 없잖아? 그럼 빨리 철수하지 그래? 영업 방해로 고소당할지도 모른다고."

"예. 아무래도 저희 쪽에서 실수를 한 것 같군요. 그럼 점장에게 사과를 하고 돌아가기로—."

어, 성공했나. 아무래도 그 수단은 쓰지 않아도 되겠네.

"기다려주세요, 세나 씨. 더스트 씨가 여성에게 자기 약점을 털어놓는다는 건 말도 안 돼요. 상대의 약점을 찾아서 협박을 한다면 몰라도요. 아무리 생각해도 수상해요."

이 녀석, 나에 대해 잘 아는 것 같잖아. 어디 사는 누구인지 모르겠지만 멋대로 떠들지 말라고. 확 그 큼지막한 가슴을 주물러 버릴 거야.

"확실히 평소 행실을 생각하면 고민을 하기도 전에 먼저 몸이 반응할 인간이야. 게다가 인생을 멋대로 사는 남자한테 고민 같은 게 있을 리도 없어……."

"흐음, 완전 멋대로 지껄이는걸. 홋, 그렇게 의심만 해대니까 남자한테 인기가 없는 거 아냐?"

나를 바보 취급한 이 녀석들을 비웃으며 도발하는 발언을 입에 담자…… 공간이 일그러지는 듯한 느낌이 들었다.

뭐, 뭐야……. 모든 여성 경찰관이 나를 죽일 듯 쳐다보고 있잖아. 설마…… 이 녀석들 전부 다 여성의 혼기를 지키는 모임 소속인 거야?!

제대로 사고를 치고 말았다. 강렬한 살기를 느끼고 등에서 샘솟은 땀 때문에 옷이 푹 젖었다. 이 상황은 좋지 않다. 이 분위기를 불식시킬 회심의 한 마디로 분위기를 바꾸지 못 한다면 내 신변이 위험해질지도 모른다.

"아~, 그래도 세나처럼 예쁘고 몸매가 끝내주면 이성한테 인기가 많을 거야. 미안해. 무례한 소리를 했네. 사과할게. 용서해줘."

이럴 때는 괜히 말을 돌리지 말고 솔직하게 사과하는 편이 낫다고, 잡화점에서 팔던 『여자를 속이는 테크닉 100선』에 적혀 있었다.

"그, 그렇지 않아. 그런 입 발린 소리에 내가 넘어갈 것 같아?"

세나는 입으로는 그렇게 말했지만 꽤 기분이 좋아 보였다.

세나는 화가 많이 풀린 것 같았다. 하지만 다른 녀석들의 눈빛은 더욱 날카로워졌다. 아무래도 이 자리에 있는 이들 전원이 납득할 만한 이유를 입에 담을 수밖에 없을 것 같았다.

"액셀 마을에는 미인이 많지. 여기 있는 경찰관들도 하나같이 미인이잖아. 당신들이 취조를 해준다면 매일같이 잡혀가고 싶을 정도야."

몇 명은 내 말에 혹한 것 같지만 그래도 대부분은 미심쩍은 눈길로 쳐다보고 있었다. 역시 평범한 여자들은 그렇게 쉽지가 않네. 하지만 그 정도는 예상했다고.

"맞아. 여기서만 하는 이야기인데 말이야……. 남자 모험가 중에는 독신이 많은 것 같지 않아? 이렇게 미인이 많은데, 여자들에게 적극적인 남자가 적잖아."

"실은 우리도 전부터 그렇게 생각했어."

이 이야기에는 다들 흥미가 있는지, 세나만이 아니라 다른 여성 경찰관들도 몰려왔다. 그녀들은 반원을 그리듯 서서 나를 주목하고 있었다.

예상했던 상황과는 좀 다르지만 작전을 실행에 옮기도록 할까.

"여기서만 하는 이야기인데 말이지……. 이 마을의 모험가 중에는 게이가 많아."

"게이……라면, 남성 동성애자를 말하는 거지?"

"그래. 남성 모험가들만의 비밀인데 말이야. 액셀 마을은 게이 집합소야. 그래서 그쪽 취향인 남자들만 모여들지. 그래서 여자에게 흥미가 없는 녀석이 많은 거야."

"윽……."

숨을 삼키는 소리가 들렸다. 자신들이 인기가 없는 이유가 그것이라면 납득이 된다는 자존심, 그리고 말도 안 된다는 상식이 힘겨루기를 펼치고 있는 것 같았다.

좀 더 밀어붙여보기로 할까.

"잘 생각해봐. 너희 같은 미인이 잔뜩 있는 마을이라면, 남자들도 적극적으로 헌팅을 해야 정상이잖아. 한 번 상식적으로 생각해보라고."

"지, 진짜로 이 마을에 게이…… 즉, 도, 동성애자가 많다는 거야? 남자들이 뒤엉켜서 농밀한 시간을 보낸다는 거네?!"

"아앗, 세나 씨, 진정해요. 비정상적인 취미가 탄로 나겠어요! 전에도 그 취미가 들통나서 맞선에 실패했잖아요!"

세나가 나에게 접근하자 한 여성 경찰관이 끼어들어서 그녀를 필사적으로 말렸다.

세나는 아직 미심쩍어 하는 것 같네. 동요한 건지 호흡이 거칠어졌고 볼이 빨개진 게 신경 쓰이는걸.

비정상적인 취미라는 건 또 무슨 소리지? ……뭐, 나와는 딱히 상관없는 일일 테니 아무래도 상관없지만 말이야.

자, 이제부터 내 실력을 발휘해볼까.

"응. 맞아. 잘 생각해보라고. 너도 잘 아는 그 카즈마도 예쁜 애들에게 둘러싸여 있는데, 전혀 건드리지를 않잖아? 이상하다고 생각한 적 없어?"

"듣고 보니 확실히 그래. 사토 씨는 카오물이나 카레기라고 불리지만, 세 명이나 되는 여성과 함께 살고 있는데도 그런 소문을 들은 적이 없어. 설마 사토 씨가 그쪽……. 수일까? 아니면 공—"

"본성이 드러나고 있잖아요. 세나 씨 좀 숨겨요."

세나의 중얼거림, 그리고 귓속말을 하는 글래머 경관의 목소리는 들리지 않았다. 그래도 두 사람은 서로를 쳐다보며 생각에 잠겨 있었다.

세나는 자신의 생각이 옳은지를 확인하고 싶은 건지, 가슴이 큰 경찰관을 쳐다보고 고개를 살며시 끄덕였다. 그러자 상대방 또한 마주 고개를 끄덕였다.

"으음, 카즈마 씨는 동료 분들과 그렇고 그런 사이는 아닌 것 같았어요. 요즘 들어 카즈마 씨가 다른 사람들의 보호자 같은 입장이죠."

카즈마가 왜 건드리지 않는 건지, 나는 자─알 안다. 그 녀석들은 하나같이 외모만 괜찮고 내용물에 문제가 많은 것이다. 상당한 괴짜나 사디스트, 부자, 성인 같은 녀석들만 그 세 사람과 잘 지낼 수 있을 것이다. 아니면…… 카즈마라든가 말이다.

카즈마는 얼간이니까 앞으로도 그 녀석들을 건드리지 못할 거야.

세나는 그 세 여자의 본성을 알 리 없기에 내 말에 납득할 것 같았다. 그럼 좀 억지로라도 밀어붙여볼까.

"몇 번이나 말했다시피, 너희 같은 미인을 쳐다보지 않는 것만 봐도 이 마을 모험가들이 비정상이라는 건 이해가 될 걸?"

"그, 그럴까?"

세나는 약간 부끄러워하면서 손가락으로 머리카락을 만지

작거렸다. 로리 서큐버스 정도는 아니지만 이 녀석도 꽤 쉬운 여자네. 세나가 이성에게 인기가 없는 이유라면 충분히 이해가 됐다. 가슴은 박력이 넘치고 매력적이지만 혈기왕성한 모험가를 잡아들이는 일이 많은 검찰관이자, 이렇게 성격이 엄격해서야 아무도 다가가지 않을 것이다.

"그래! 나 같은 녀석은 너 같은 미인을 보면 흥분되어서 중요 부위 쪽에 큰일에 나거든. 확 이 자리에서 바지를 벗어 보여줄까?"

"그, 그러지 마! 공연음란죄로 체포할 거야! 그, 그래. 그게 진실이라면, 이 가게의 손님에게 거짓말을 간파하는 마도구 앞에서 증언해달라고 요청하겠어! 그래서 거짓말이 아니라는 게 증명된다면, 그대로 철수하는 거야."

좋았어. 그 말을 기다리고 있었다고…….

다른 경찰관도 세나의 판단에 동의하는지 고개를 끄덕였다.

"단골 몇 명을 조사해서 그 중에 동성애자가 있다면 믿어도……."

"저기, 검찰관 님. 한 말씀 드려도 될까요?"

바로 그때, 로리 서큐버스가 이야기에 끼어들었다.

몸을 쑥 내민 로리 서큐버스의 엉덩이가 눈앞에 있었지만 이 녀석은 가슴뿐만 아니라 엉덩이도 빈약한데다 얼굴이 앳되어서 전혀 흥분되지 않았다.

"이 가게의 종업원인가. 왜 그러지?"

"으음, 그렇다면 말이죠. 마침 이 가게에 계신 저 손님을 조사해보시지 않겠어요?"

로리 서큐버스는 내 뒤편을 힐끔힐끔 쳐다보면서 귓속말을 했다.

그녀의 시선은 투구 자식을 향하고 있었다. 여기까지는 작전 대로다. 자, 이제 세나가 걸려들기만 하면 되는데 말이야.

"흐음, 저 사람 말이구나. 점원 말이 사실이라면 증인일 자격이 충분하겠어. 좋아. 마도구는 어디에 있지?"

"가게 앞에 세워둔 마차 안에 있어요."

"마도구를 가지고 올 테니 잠시만 기다려."

세나는 내 대답을 듣지도 않고 가게 밖으로 뛰쳐나갔다. 그 뒤를 몇 명이 따라갔고 남은 경찰관은 우리가 도망치는 걸 경계하는 건지, 가게 입구에서 우리를 감시하고 있었다.

"어찌어찌 궤도 수정에 성공했네. 이제 저 투구 자식에게 달려 있어."

"아마 괜찮을 거예요. 자, 이쪽으로 오세요."

로리 서큐버스가 손짓을 하자, 투구 자식은 비틀거리면서 이쪽으로 걸어왔다. 하아하아, 하고 호흡이 거칠었다. 호흡이 힘들면 투구를 벗으면 될 텐데……

투구 자식은 내 옆에 앉더니 나를 향해 손을 내밀었다. 악수를 하자는 걸까?

"사내자식과 악수해봤자 기분만 나쁘겠지만 이번만은 별

개야. 협력해줘서 고마워."

나는 그 손을 힘차게 움켜쥐었다.

옆에 있으니 숨소리가 더 신경 쓰였다. 아까보다 더 호흡이 거칠어진 것 같은데 말이야.

"어이, 정체가 들통날까봐 이러는 건 알지만 그렇게 숨쉬기 힘들면 투구를 벗는 게 어때?"

투구 자식은 격렬하게 고개를 저으면서 한사코 투구를 벗지 않았다.

이상한 녀석이지만 지금은 귀중한 협력자이니 함부로 대할 수 없다. 귀족이 증인이라면 권위에 약한 검찰관도 납득할 테니까 말이다.

"아무튼 잘 부탁해."

투구 자식은 고개를 끄덕였다. 의외로 좋은 녀석이려나.

"어이, 이제 손 좀 놔. 놓으라고."

그런데 이 녀석은 왜 내 손을 놓지 않는 걸까.

땀으로 범벅이 되어 있어서 기분 나빴다. 게다가 손가락 끝을 꼼지락거리는 탓에 간지러웠다.

"어이, 이제 그만 손을 놓으란 말이야."

4

어찌어찌 손을 떼어내는 사이, 세나가 돌아왔다.

"자, 그럼 신문을 해볼까."

세나는 힘차게 마도구를 내려놓았다. 짜증나는 경험이 몸에 배어 있어서 그런지, 이 마도구를 보기만 해도 몸이 긴장됐다.

"으음, 저기…… 뭐라고 부르면 되죠?"

"투구라고 불러주십시오."

투구 안에서 분명치 않은 목소리가 흘러나왔다. 젊은 남자 같지만 잘 모르겠다.

"그, 그럼 투구 씨, 그리고 더스트 씨도 대답해 주시죠."

"알았습니다."

"미리 말해두겠는데, 나는 여자를 좋아한다고."

세나가 오기 전에 당사자에게서 들은 이야기에 따르면, 투구 자식이 가지고 있는 마도구는 범죄 행위를 숨기고 싶어하는 귀족들 사이에서 은밀하게 거래되는 금단의 마도구라고 한다.

그것은 소유자의 발언만을 반전시킬 수 있다고 한다. 즉, 내가 하는 말에는 거짓말을 꿰뚫어보는 마도구가 정상적으로 반응할 것이다.

편리한 마도구도 다 있네. 제대로 된 녀석도 있지만 대부분의 귀족은 쓰레기거든. 그런 걸 이 녀석이 가지고 있는 것도 이상하지는 않아.

"그럼 질문을 하겠습니다. 솔직하게 답해 주세요. 당신은 여자를 좋아하나요?"

"그래."

마도구는 울리지 않았다. 그럴 만도 했다. 진실을 말했으니까.

"그럼 투구 씨에게 같은 질문을 드리겠습니다. 당신은 여자를 좋아하나요?"

"아뇨."

마도구는 반응하지 않았다. 이 자식이 여자를 좋아하지 않는다고 마도구는 판단한 것이다.

이 녀석이 가진 마도구는 진짜로 효과가 있는 걸까. 그렇다면 투구 자식이 어떤 거짓말을 한들 들통나지 않을 것이다.

"확인을 위해 더스트 씨는 제가 지금 드리는 질문에 「예」라고 답해주세요. 당신은 남자를 좋아하나요?"

"예."

벨이 딸랑거렸다. 마도구는 내가 남자를 좋아하지 않는다고 판단했다.

"확인했습니다. 그럼 두 분에게 또 질문을 드릴 테니 솔직하게 대답해 주세요. 당신은 남자를 좋아하나요?"

"농담하지 말라고."

"예."

나와 투구 자식의 말에 마도구는…… 반응하지 않았다.

나는 투구 자식이 대답을 할 때마다 나를 매번 쳐다보는 것이 신경 쓰였다. 걱정하지 말라고. 네 거짓말은 들통 안 나.

"저는 이해가 안 되는군요. 예. 눈곱만큼도 이해가 안 됩니다만 남성의 어떤 면을 좋아하는 거죠?"

구체적인 질문을 던지는 건가. 검찰관이라 이런 상황에서의 신문에 익숙한 건지, 성가신 부분을 절묘하게 노리며 질문을 던졌다.

신문하는 사람 치고 세나의 목소리가 달아올라 있는 점이 신경이 쓰이는걸.

아무튼 이 상황에서 대충 답하면 거짓말을 하는 게 티가 날 거야. 투구 자식이 잘 둘러대기를 빌 수밖에 없나.

내가 투구 자식을 힐끔 쳐다본 순간, 그가 숨을 크게 들이마시는 소리가 들렸다.

"오해하지는 말아줬으면 합니다만 남성을 좋아한다고 해서 누구나 다 좋아하는 건 아닙니다. 남성을 좋아한다기보다, 어쩌다보니 제가 좋아하는 사람이 남성인 거죠. 남성을 상대로 성적 흥분을 느낄 뿐입니다! ……이 마음이 상대방에게 전해지는 일은 평생 없을지도 모르죠. 하지만 그래도 상대방을 좋아하게 된 이 마음만은 멈출 수가 없어요! 그가 모험가로서 목숨이 위험한 일에 임하며 흘린 땀으로 범벅이 된 옷을 보고 흥분을 주체하지 못한 나머지…… 땀에 젖은 그 옷의 냄새를 너무 맡고 싶어 미칠 것만 같았죠! 하지만 그럴 용기가 없어서, 멀찍이서 뒷모습을 지켜볼 수밖에 없는 그 안타까움 때문에, 몇 번이나 베개를 눈물로 적시고 말았습니다! 언젠가, 그가 입어주기를 바라며 구입한 빨간색 란제리를 그라고 생각하고, 꼭 안고 잠든 적도 있습니다! 아쿠시즈교는 동성애도 허용한다는 말을 듣고, 입교를 한 후로 매일같이 기도를—.”

“오호라. 그야말로 성별마저 초월한 순애보군요. 의심해서 죄송합니다.”

세나는 투구 자식의 열변을 솔직하게 받아들인 건지 진심으로 사죄했다.

사실 나는 완전히 질렸지만 세나는 옆에서 보고 있는 내가 다 기분 나쁠 정도로 순순히 이해했다.

아무튼 진짜 변태인 게 아닐까 싶을 정도로 박진감 넘치는 연기였다. 아마 배우를 지망하는 도련님일 것이다.

귀족 삼남 정도 되면 자유롭게 자신이 살아갈 길을 정할 수 있다. 실제로 모험가가 된 전직 귀족도 있다.

그 후에도 남자를 진짜로 좋아하는지 확인하기 위한 질문을 받았지만 투구 자식의 거짓말은 들통나지 않았다.

“진짜인 것 같군요. 하지만 이 마도구는 예전에도 수상한 반응을 보인 적이 있어요……. 그러니 철썩 같이 믿을 수는 없어요. 그러니 진짜로 남자를 좋아한다면 그 증거를 보여주세요. 이건 꼭 필요한 절차예요. 결코 내가 보고 싶어서 그러는 게 아닙니다.”

왜 변명을 하는 건데?

"하아, 무슨 소리를 하는 거야? 증거는 무슨. 나는 여자를 좋아하지만 이 녀석이 남자를 좋아한다는 건 입증됐잖아. 뭐, 이렇게 어깨동무라도 하면 납득할 거야?"

내가 투구 자식과 어깨동무를 하자 세나는 도끼눈으로 우리 쪽을 쳐다보았다. 의심에 찬 눈길이네. ……어라, 아쉽다는 듯 혀를 찼어. 그리고 투구 자식의 숨소리도 엄청 시끄럽네.

좀 더 그럴듯하게 행동해야 할까? 젠장, 남자 따위와 이러고 싶지 않지만 비상사태니 어쩔 수 없어. 타협하자고.

"……미안해. 기분 나쁘겠지만 참아. 나중에 술 한 잔 살 테니까, 게이처럼 보이게 내 몸을 만지작거려."

나는 세나에게 들리지 않도록 낮은 목소리로 투구 자식을 향해 말했다.

아까 박진감 넘치는 연기를 선보였던 이 녀석이 진짜 게이처럼 행동한다면 누구든 믿을 것이다.

투구 자식에게는 미안하지만 서큐버스 가게가 망하는 것을 막기 위해서는 이 방법뿐이다.

"바라던 바입니다……."

응……? 이 녀석, 방금…… 이상한 소리를 하지 않았어? 아마 투구 때문에 잘못 들은 거겠지?

투구 자식의 손이 내 가슴 언저리에 닿더니 손가락 끝이

미끄러지듯 움직였다.

으그으으으으윽, 소름이 돋지만 참아야만 해. 투구 자식도 게이처럼 보이도록 박진감 넘치게 연기하고 있잖아. 그러니 나도 참아야만 한다고…….

"어, 어이! 거기는 안 돼! 어이, 왜 손을 내 옷 안에 집어넣는 거야?! 하지 마아아아아아앗!"

"하악하악, 괜찮잖아요. 잠시만 만질게요! 끄트머리만 만질게요! 머리 부분을 쓰담쓰담하기만 할게요!"

"대체 어디의 머리 부분을 만지려는 건데?!"

이 녀석, 꽤 힘이 세잖아. 연기 자체는 완벽하지만 이러면 안 된다고! 이상한 취향에 눈뜨기라도 하면 어쩔 건데!

"어이, 세나! 시뻘게진 얼굴로 이쪽 쳐다보지 마! 빨리 말리기나 해! 어, 잠깐, 경찰 아저씨! 경찰 아저씨이이이잇!!"

"아, 알았습니다. 이게 연기일 리가 없죠. 더는 방해하지 않을 테니, 딴 곳에서 진도를 더 빼십시오."

세나 일행은 그제야 투구 자식을 나한테서 떼어놓았다.

"으, 응. 이해했다니 됐어."

"……쳇."

투구 자식은 혀를 차면서 아쉬운 듯 손을 치웠다. ……귀족이라고 들었지만 영 수상했다. 저기, 혹시 진짜로 그쪽 취향인 건…… 에이, 그럴 리가 없어…….

귀족과 왕족은 연기를 못해선 이 세상에서 살아남을 수

없다. 투구 자식은 그런 쪽으로 재능이 있는 것뿐이다……
그냥 그렇게 생각하자.

"그럼 마지막으로…… 이 마을 남성들 중에는 동성애자가 많냐는 게 사실입니까?"

세나는 태연한 표정으로 그런 질문을 던졌다. 그래, 나와 이 녀석만으로는 증거로서 불충분하다.

하지만 이 질문에는 내가 아니라 투구 자식이 대답하면 된다. 거짓말을 간파하는 마도구의 판정을 뒤집는 마도구를 가진 이 녀석이라면, 대답할 수 있을 것이다.

"들었지? 대답해주라고."

"…………."

어이, 입 다물지 말고 빨리 대답해. 네 마도구의 성능에 문제가 없다는 건 이미 증명됐잖아.

"아~, 혹시 투구가 방해되어서 질문이 안 들렸던 것 아닐까요?"

로리 서큐버스가 우리 사이에 쏙 끼어들어 그렇게 말했다.

도움의 손길을 주려고 그런 걸지도 모르지만 어차피 투구 자식이 솔직하게 대답하면 해결되는 문제다. 혹시, 진짜로 질문이 들리지 않았던 걸까?

"게이가 많냐고 물었죠? 어리석은 질문이군요. 제 옆에 있는 더스트 씨도 마음 한편으로는 남자를 매력적으로 느끼며, 그런 관계가 되는 것도 나쁘지 않을 거라 생각할 겁니다! 아까 마도구가 반응하지 않은 건, 데스트 씨가 진정한 자기 자신을 깨닫지 못했기 때문이죠! 예, 틀림없어요!"

어이, 나를 끌어들이지 말라고!

딱 잘라 부정하고 싶지만 지금은 참을 수밖에 없다.

투구 자식의 역설에도 마도구는 전혀 반응을 보이지 않았다. 저 녀석이 가지고 있다는 마도구는 진짜 성능이 끝내주네.

마치 진심을 말하고 있기 때문에 거짓말로 판정되지 않은 것만 같잖아. ……에이, 그럴 리가 없어.

"마도구는…… 반응을 하지 않는군요. 아무래도 진짜로 이 마을 남성들 중에는 그런 취향을 지닌 분이 많은 것 같습니다. ……빨리 알았다면 다양한 커플링을 즐겼을 텐데……."

"방금 이상한 소리를 하지 않았어?"

"기분 탓 아닐까요? 아무튼, 데스트 씨도 그쪽 취향인 줄은 몰랐습니다. 남녀를 가리지 않는다니 정말 악랄하군요."

크으으윽! 부정하고 싶어! 하지만 내가 괜히 입을 놀렸다간 지금까지 한 고생이 전부 수포로 돌아가. 참아! 참으라고, 데스트! 서큐버스 가게 일주일 무료 이용이 걸려 있다고!

나는 발끈할 뻔 했지만 어찌어찌 참았다. 머리를 식혀야겠어. 나는 공기와 함께 말을 삼켰다.

좋아. 진정됐어. 이건 연기야. 내가 투구 자식의 명연기를 망칠 수는 없다고.

하지만…… 한 소리 해주지 않았다간 열불이 터져 미쳐버릴 거라고!

"그럼 마도구는 마차에 가져다 놓으세요. 여러분, 폐를 끼쳐 죄송합니다."

부하가 거짓말을 간파하는 마도구를 옮기는 것을 확인한 후 나는 한숨을 내쉬었다.

이제 거짓말을 하더라도 간파당하지 않을 것이다.

"하아~, 거짓 정보에 휘둘린 걸로 모자라 평범한 손님을 얼간이 취급하다니 말이야. 이게 윗사람들이 할 짓이야? 이 가게도 사찰을 당했다는 게 널리 알려지면 손님이 확 줄겠지~."

"저기, 죄송합니다. 명백하게 저희 쪽의 잘못입니다."

허리를 직각으로 굽히면서 고개를 숙이는 걸 보면 진심으로 반성하고 있는 것 같지만…… 이 정도로는 화가 풀리지 않는다고. 경찰서에서 몇 번이나 신세를 졌으니 이 기회에 듬뿍 답례를 해줘야지.

"사과한다고 무슨 일이든 용서받을 수 있다면, 경찰 같은 건 이 세상에 필요 없을걸? 이렇게 누명이 늘어나는 거구나. 세상 참 무섭네."

"정말 죄송합니다! 사찰 결과, 미심쩍은 구석은 전혀 없었다고 상층부에 보고하겠습니다! 부디 용서해 주십시오!"

"키야~, 입으로는 뭐라고 못 떠들겠냐고. 이럴 때는 성의를 보여야 하지 않겠어? 영업방해와 앞으로의 이익 감소를 메워줄…… 이해하지?"

이 상황에서 직접적으로 돈을 내놓으라고 말하는 건 협박 테크닉으로서는 바닥 수준이다. 상대방이 무슨 말을 하는 것인지 눈치채도록 하면서도, 여차할 때 자신은 그런 걸 요구한 적 없다고 주장할 수 있는 상황을 만드는 것이다.

이렇게 해두면 고소를 당했을 때 죄가 경감된다.

"우와…… 역시, 더스트 씨는 대단하네요."

감탄하면서 나와 거리를 두지 말라고, 로리 서큐버스. 악마라면 이런 나를 본보기로 삼으란 말이야.

"경찰이 쳐들어온 걸 보고 위축된 건지, 몇 명은 이 가게를 관둔다더라고."

"어, 아무도 그런 소리—."

나는 괜한 소리를 늘어놓으려 하는 로리 서큐버스의 엉덩이를 슬며시 때려서 입을 다물게 만들었다.

노려보지 말라고. 이 정도 장난도 못 받아주다니 진짜 쩨쩨하네. 빨래판 같은 엉덩이를 일부러 만져줬는데 말이야.

"그, 그런 일이…… 어떻게 사과드리면 좋을지……."

세나는 진지하기 그지없었다. 자기 직무에 충실한 건 좋지만 융통성이 없는 것 같았다. 책임감이 강하다는 점을 이용하면, 재미있는 일을 벌일 수도 있을 것 같았다.

돈을 뜯어낼까도 했지만 세나는 고지식하니 쉽지 않을 것이다. 그렇다면 다른 무언가로…… 가게에 사과하게 한다…… 세나가 난처해 할 만한 일…… 그렇다면…… 좋아,

모든 이들이 해피해질 수 있는 방법이 생각났어.

"맞아. 네가 이 가게의 일을 한 번 도와보는 건 어때?"

"어, 제가 말인가요?! 검찰관은 부업을 하면 안 됩니다만……."

"비밀로 하면 돼. 임금도 받지 않으면 되잖아. 게다가 어디까지나 자선 활동이라고. 그 뿐만 아니라 너한테 있어서도 나쁜 제안은 아닐걸? 여기 점원은 포용력이 있어서 남성들에게 사랑받아. 그런 가게에서 일한다면……."

나는 말을 멈추며 상대방의 반응을 살폈다.

세나와 가슴이 큰 경찰관은 몸을 쑥 내밀며 내 말에 귀를 기울였다.

신경이 쓰이겠지~. 저런 조직에도 들어갈 정도잖아. 흥미가 없을 리 없어.

나는 일부러 뜸을 들이면서 상대를 최대한 애태웠다.

"남자에게…… 인기를 얻는 요령을 배울 수 있겠지."

"인기……."

오오, 눈이 완전히 욕망에 물들어버렸는걸.

이거, 내 생각보다 더 재미있는 일이 벌어질지도 모르겠어.

5

내일 일을 서큐버스들과 상의한 후, 나는 딱히 할 일이 없어서 마을 안을 돌아다녔다.

돈이 없어서 굶고 사는 이 상황을 타파하려면 동료 혹은 친구에게 의지할 수밖에 없다.

하지만 아침에 그런 일이 있었으니 동료들에게 기대는 것은 무리다. 그렇다면 친구인 카즈마에게 의지해야겠지만 오늘은 모습이 보이지 않았다.

"배고프네. 잡화점 아저씨나 뜯어먹을까, 아니면 양아치를 두들겨 패고 돈을 뜯을까……. 아, 어디선가 좋은 냄새가 나는걸."

앞으로의 방침을 고민하고 있을 때, 근처에 있던 빵집에서 흘러나온 식욕을 돋우는 향긋한 냄새 때문에 무심코 걸음을 멈췄다.

갓 구운 빵 냄새는 진짜 무시무시하네. 빈속일 때 저 냄새를 맡으니 참을 수가 없어.

그 냄새에 이끌려 빵집을 향해 걸어간 나는 이 가게의 커다란 창문에 찰싹 들러붙었다.

선반에 놓여 있는 맛있어 보이는 빵이 내 위장에 뛰어들 순간만 기다리고 있는 것처럼 보였다.

빵 귀퉁이라면 공짜로 주지 않을까? 하지만 빵 귀퉁이보다는 갓 구운 빵을 먹고 싶네.

"저 바게트를 확 물어뜯고 싶어. 진짜 맛있어 보이지만 돈이 없잖아. 즉, 무전취식을 하라는 신의 계시일까?"

"그랬다간 신에게 흠씬 두들겨 맞을걸? 뭐하나 했더니 또 경찰 신세를 질 셈이야?"

그 말을 듣고 등 뒤를 돌아보니 떡하니 서 있는 린의 모습이 눈에 들어왔다.

여관방에 틀어박혀 있는 줄 알았는데…….

"뭐하는 거야?"

"그건 내가 할 말이야. 영업방해로 고소당하기 전에 빨리 거기서 떨어지는 게 어때?"

가게 안에 있던 손님과 점원이 미심쩍은 눈으로 유리 너머에 있는 나를 쳐다보고 있긴 하네.

아무래도 빨리 유리에서 떨어지는 편이 신상에 좋을 것 같아.

"설마……. 너도 빵 귀퉁이를 노리는 거냐?! 그건 전부 내 거라고!"

"아니거든? 하아…… 어쩔 수 없네. 저 바게트가 먹고 싶어? 정 힘든 상황이면, 빵값 정도는 빌려줄 수도 있어."

"뭐야. 무슨 꿍꿍이인 건데?"

"툭하면 돈을 빌려달라고 난리를 치면서, 내가 빌려준다고 하면 의심부터 하는구나. 그냥 선의의 마음으로—."

"아, 더스트 씨!"

큰 목소리로 내 이름을 부르면서 뛰어온 녀석은 바로 로리 서큐버스였다.

방금 회의를 마쳤는데, 무슨 일로 나를 찾는 걸까?

"아까 나눈 이야기 관련으로…… 아, 혹시 제가 방해했나요?"

로리 서큐버스는 나와 린을 번갈아 쳐다보면서 고개를 갸웃거렸다.

린은 미간을 찌푸리고 로리 서큐버스를……. 어, 노려보는 것 같네?

"더스트. 이 애는 누구야?"

"아, 그게 말이지."

서큐버스라는 건 말해줄 수 없잖아. 그냥 대충 둘러대는 편이 좋을 것 같네.

"말할 수 없는 이유가 있는 거면 말 안 해도 돼. 어차피 너 따위한테는 아무 관심 없거든."

왜 갑자기 언짢아하는 거지. 로리 서큐버스를 의심하는 걸까?

"어, 어이. 빵 살 돈은 빌려준다고 안 했어?"

"아, 빵이라면 제가 사드릴게요. 더스트 씨한테는 신세를 지고 있으니까요."

린은 로리 서큐버스를 힐끔 쳐다보더니 아무 말 없이 빠른 걸음으로 돌아갔다.

왜 저러는 거야? 진짜 알다가도 모를 녀석이라니깐.

다음 날, 비번인 세나가 가게에 왔다. ……그것까지는 좋았지만—.

"여기가 카즈마가 말한 가게냐! 말다툼 끝에 돕겠다고 말하기는 했다만…… 딱히 수상한 가게는 아니구나."

—다크니스가 함께 나타난 것이다.

이 녀석이 나타난 이유는 얼추 짐작이 됐다. 어젯밤, 카즈마에게 술을 얻어 마시다가 취기에 세나 일을 이야기했던 것이다.

그러자 카즈마도 재미있어 하면서 「다크니스도 거기서 일하게 만들자」 같은 소리를 했고, 그 결과 이런 사태가 벌어진 것이다.

"라라티나 씨는 그냥 돌아가는 편이……."

"그 이름으로 부르지 마라. 그냥 다크니스라고 불러다오. 카즈마의 도발에 넘어가서 이런 곳에 오게 됐다만 이곳의 점원은 남자들에게 인기가 많다고 들었다. 여기서 일을 하는 건 나 자신의 단련에도 큰 도움이 되겠지. 평소에 나보고 겉모습은 봐줄만하지만 내용물이 변태라고 떠들어대던 카즈마의 마음을 콩닥거리게 만들기 위해서라도, 그 테크닉을 익히고 말겠다!"

쓸데없이 의욕이 넘치네. 성가신 녀석이지만 카즈마의 일행 중에서는 비교적 제어하기 쉬운 녀석이긴 해. ……그렇지?

게다가 다크니스라면 이 일에 적임일지도 모른다.

"세나 씨, 그리고…… 다크니스 씨. 제가 오늘 두 분의 지도를 맡게 되었어요. 잘 부탁드릴게요."

눈가만 가리는 가면을 쓴 로리 서큐버스가 고개를 숙였다.

오늘은 가면을 쓰고 접대를 하는 날이라는 거짓말을 했고 다른 이들 또한 가면을 썼다. 그래서 세나 또한 얼굴을 가리니 자신이 검찰관이라는 게 들통나지 않을 것이다.

"잘 부탁해요."

"신세 좀 지겠다. ……그런데, 어디서 만난 적이 있지 않느냐?"

다크니스는 가면을 쓴 로리 서큐버스의 얼굴을 뚫어져라 쳐다보았다.

그러고 보니 저 두 사람은 카즈마가 사는 저택에서 마주친 적이 있다고 했지. 가면 덕분에 로리 서큐버스는 자기 정체를 숨길 수 있겠는걸.

"아, 아뇨. 기분 탓 아닐까요? 그것보다, 우선 일의 내용부터 설명 드릴게요. 여기서는 손님의 그 어떤 고민을 들더라도 부정을 하지 말고 맞장구를 쳐주세요. 그리고 넌지시 앞으로의 방침을 알려주거나, 조언을 해주면 돼요."

"아하, 그런 업무를 하는 거군요."

"어렵겠는걸."

세나는 메모를 하면서 몇 번이나 고개를 끄덕였다. 다크니스는 단순히 감탄만 한 것 같지만 말이다.

"그럼 이쪽에 있는 대기실로 가서, 의상으로 갈아입어주세요."

"그냥 여기서 갈아입어도 된다고."

"더스트 씨, 일을 성가시게 만들지 말고 그냥 입 다물고 계세요."

요즘 들어 할 말 다하는 걸. 로리 서큐버스에게는 다음에 내 위대함을 가르쳐줄 필요가 있겠어. 이 일이 끝나고 나면 설교를 해야지.

문 너머로 사라지는 두 사람의 엉덩이를 보니 몸매 하나는 진짜 끝내줬다. 하지만 성격이 좀⋯⋯.

"자, 잠깐만 있어봐라! 이건 속옷이지 않느냐!"

"위, 위에 걸칠 걸 주세요! 미, 밀지 마세요!"

문 너머에서 비명에 가까운 목소리가 들렸다. 크큭, 둘 다 당황한 것 같은걸.

그 두 사람이 입어야 할 오늘 의상은 여러모로 특별했다. 뭐, 이 가게 점원에게는 평소 복장이지만 말이다.

쾅, 하는 큰 소리가 나면서 활짝 열린 문을 통해 튀어나온 이들은 바로 서큐버스 복장을 한 세나와 다크니스였다.

"괜찮네!"

가슴과 하반신을 겨우겨우 가리는 조그마한 천은 속옷 같아 보였다. 두 사람이 그걸 필사적으로 손으로 가리니 더 에로틱해 보이네.

다른 서큐버스들은 이 옷차림에 익숙하기 때문에 전혀 부끄러워하지 않았지만 세나와 다크니스는 얼굴을 새빨갛게 붉힌 채 수치심에 사로잡혀 있었다. ……끝내주네.

"이런 파렴치한 복장으로 남들 앞에 설 수는 없어요!"

"이렇게 선정적인 복장으로 굶주린 짐승 같은 남자들에게 내던져지는 것이냐! ……그야말로 포상, 아니 굴욕이구나!"

세나는 가슴을 감싼 천 밖으로 흘러나온 가슴을 팔로 가렸지만 팔로 누른 바람에 더욱 부각된 가슴은 매우 요염했다.

옆에 있는 변태는 평소와 마찬가지로 말과 행동이 따로 놀고 있지만…….

"걱정하지 마세요. 오늘은 단골손님만 불렀거든요. 그리고 여기서는 터치가 금지니까 안심하세요."

"그런 걱정을 하는 게 아닙니다만……."

"……그래……. 터치는 금지인 것이냐……."

다크니스 씨는 아쉬워하는 것 같네. 그렇게 터치를 원한다면 내가 듬뿍……. 아니 관둬야지. 다크니스와는 더 이상 얽히고 싶지 않은 데다, 카즈마의 동료를 건드리는 것도 내키지 않아.

로리 서큐버스는 자세한 설명을 다른 서큐버스에게 맡긴 후 나에게 다가왔다.

"더스트 씨. 손님은 수배해뒀나요?"

로리 서큐버스는 내 귀에 입을 대더니 세나에게 들리지 않도록 낮은 목소리로 말했다.

"응. 내 지인들에게만 연락을 해뒀어. 다른 손님이 오지 못하도록, 모험가들에게도 손을 써뒀지."

아무것도 모르는 손님이 오면 바로 들키니까 말이야. 오늘 오는 녀석들은 전부 자초지종을 안다고. 전원에게 점술가와 상담을 하러 왔다는 설정에 따라달라고 지시를 해뒀지.

"고마워요. 오늘만 잘 넘기면 되겠네요. 내일이나 모레부터는 정상 영업을 할 수 있으면 좋겠어요."

"남자들도 거의 한계거든. 여기가 정상 영업을 해주지 않으면 여러모로 곤란해."

"폐를 끼쳐 죄송해요."

설명이 끝났는지, 세나와 다크니스는 벽 쪽에 나란히 서 있었다. 세나는 고개를 숙인 채 앙케트 용지로 가슴을 가리고 있었고, 다크니스도 부끄러움을 타고 있는 것 같지만…… 입가에 미소를 머금고 있네.

가게가 영업을 시작하자마자 손님이 몰려들었으나 전부 다 아는 얼굴이었다.

손님들은 자리로 이동하면서 나에게 눈짓을 보냈다. 자, 다크니스와 세나는 누구를 담당하려나.

다크니스는 모히칸 헤어스타일에 험악한 아저씨를 담당했다. 모험가 길드에서 자주 보는 아저씨지만 누군가와 파티도 짜지 않는 데다 뭘 하는지 알 수 없는 남자다. 저 모히칸, 대체 정체가 뭘까?

그리고 오늘의 메인인 세나는……. 서큐버스가 접객을 하라는 지시를 내렸지만 아직 용기가 나지 않는 것 같았다. 걸음을 내디뎠다가 다시 물러서기만 반복하고 있었다.

계속 관찰했는데 한 시간 가량 계속 저러고 있네. 가만히 뒀다간 가게 영업이 끝날 때까지 저러고 있겠는걸.

하지만 부끄러워하면서도, 가게에 온 남성들을 열심히 관찰하고 있잖아. 접객태도를 배우려고 저러는 걸까? 뭐, 성실한 세나답네.

어쩔 수 없지. 내가 나서야겠어.

"어이, 세나를 불러줘. 그 녀석보고 내 접객을 하라고 해."

"어, 그건 좀 너무하지 않나요?"

"외톨이인 세나를 내가 상대해주겠다는 거잖아. 고마워한다면 몰라도, 비난받을 이유는 없다고."

"그, 런, 가요. 그럼 부를게요."

로리 서큐버스는 내키지 않는지 걸음이 무거웠다. 세나는 로리 서큐버스의 말을 듣고 나를 쳐다보더니 노골적으로 인상을 찡그렸다. 그리고 잠시 동안 말씨름을 했지만…….

몇 분 동안 버티던 세나는 로리 서큐버스에게 끌려오듯 내 자리에 왔다.

눈썹을 찌푸린 세나는 미간을 찡그리고 있었다. 접객업을 하면서 그런 표정을 지으면 안 된다고…….

"무슨 일이죠?"

"세나 씨, 미소를 지어야죠. 제가 옆에 있을 테니까, 안심하세요."

"도와주러 와놓고 멀뚱멀뚱 서 있기만 하면 뻘쭘하잖아? 그래서 내가 친절한 마음으로 불러준 거야. 고마워하라고."

"그런가요……. 감사합니다. 하아~."

세나는 고개를 돌리면서 한숨을 내쉬었다. 손님 앞에서 정말 뻔뻔하네.

뭐, 좋아. 나는 지금 기분이 좋거든. 자, 그럼 세나를 어떻게 가지고 놀까?

"그럼 내 고민을 듣고 조언을 해줘."

"좋습니다. 제가 조언을 해드릴 수 있는 내용이라면, 대답해드리죠."

점원인데도 거만한걸. 가면 너머의 날카로운 눈으로 나를 지그시 쳐다보니…… 신문을 당하고 있는 느낌이 들잖아.

"우선 경범죄를 저질렀을 때 죄가 성립되지 않는 방법을 가르쳐줘."

"그런 걸 어떻게 가르쳐줘요! 좀 제대로 살란 말이에요!"

검찰관인 세나라면 충분히 답할 수 있는 질문일 텐데 말이다.

"쳇, 쪼잔하네. 그럼 어떻게 가슴을 그 만큼이나 키운 건지 가르쳐줘. 우리 파티의 린이나 저기 있는 로리는 가슴이 너무 작아서 내가 다 안타까울 정도거든. 방법을 가르쳐주면 기뻐할 것 같아. 나중에 루나한테도 물어볼 생각이야."

"괜한 참견 하지 말아줄래요?!"

나는 친절을 베푸는 마음으로 한 말인데 로리 서큐버스는 볼을 부풀리며 화를 냈다.

"검찰관인 내 앞에서 성희롱을 하다니 배짱 한 번 좋네."

"무슨 소리를 하는 거야. 너는 지금 이 가게의 점원에 불과하다고. 손님 접대를 성실히 해주지 않겠어요~? 빨~리~, 상담 상대가 되어달라고요~. 범죄자의 비밀을 폭로하는, 그 탁월한 화술을 발휘해보라고요~."

의자에 엉덩이를 살짝 걸치면서 테이블에 다리를 올린 내가 졸린 듯 눈가를 비비며 그렇게 말하자, 세나의 관자놀이에 혈관이 튀어나왔다.

"이 자식, 다음에 잡히면 두고 보자."

"예, 많이 두고 보세용~."

그 정도 협박에는 이미 익숙하다. 좀 더 센스 있는 발언은 못하는 걸려나.

"두 분 다 진정하세요. 오늘은 손님과 점원이니까 다투지 마세요. 다른 사람들이 이쪽을 쳐다보잖아요."

"구경거리가 아니니까 힐끔힐끔 쳐다보지 말라고!"

"네놈은 상대와 장소를 가리지 않고 시비를 걸지 좀 마……."

"아무한테나 그러는 건 아냐. 상대가 절대 이길 수 없는 녀석이라면 무릎 꿇고 신발이라도 핥을 거야!"

"이 사람, 진짜 쓰레기 같은 소리를 당당하게 하네요……."

"너무 쓰레기 같아서 어이가 없을 정도야."

놀랄 것까지는 없잖아. 이게 처세술이라는 거라고.

한치 앞도 볼 수 없는 모험가 생활을 하다보면 처세술이 뛰어난 녀석이 최후의 승리자가 된다.

"더스트 씨도 좀 제대로 된 걸 상담해주세요. 세나 씨는 오늘 처음 이 일을 하는 거니까, 알기 쉽고 간단한 걸로 부탁드릴게요."

하지만 말이야. 나는 여자와 상담할 게 없다고. 고민, 걱정거리…….

"맞아. 돈 좀 벌고 싶은데, 좋은 방법이 없을까?"

"땀 흘리며 열심히 일하면 되겠지. 하지만 돈이 없다는 게 무슨 소리지? 모험가들은 일전의 디스트로이어 토벌 상금을 받았잖아. 그 돈이면 한동안 돈 걱정은 안 해도 될 텐데……."

"그거 말이구나. 그런 푼돈은 도박과 술로 다 써버렸어. 오히려 빚을 졌지."

"왜 자랑하는 투로 그런 소리를 하는 거죠?"

"…………."

침묵으로 답하지 말라고. 거금을 벌 수 있을 줄 알았는데, 대부분 카즈마 일행한테 들어갔단 말이야.

하지만 딱히 부럽지는 않아. 그런 거액의 빚을 지고 싶진 않거든. 카즈마도 운이 없네. 마왕군 간부와 싸우면서 진

빚에 이어 또 빚이 추가됐잖아.

그것만으로도 인생을 포기하고 싶을 텐데, 외모만 봐줄만 한 3인조까지 돌봐야한다고.

볼을 붉힌 채 「보지 마라~, 그런 엉큼한 눈길로 쳐다보지 말란 말이다~」 같은 소리를 하며 싫은 척 하고 있는 다크니스를 보니 진심으로 카즈마를 동정하게 됐다.

뭐, 빚을 다 갚았다는 말을 듣고 깜짝 놀랐지만 말이야.

"혹시 빚이 너무 커져서 유괴나 상해사건을 일으킨 건 아 니겠지?"

"그런 흉흉한 소리 하지 말라고. 그 정도로 인생을 포기하 지는 않았단 말이야. 유괴 같은 건 두 번 다시 안 할 거야."

사기나 공갈 같은 거라면 몰라도, 그런 짓을 할 리가 없잖아.

"두 번 다시……?"

"너, 너……."

겁먹은 표정으로 뒷걸음질 치지 마.

유괴라는 단어를 듣고 무심코 과거에 있었던 일을 떠올린 바람에 말실수를 하고 말았다. 그때는 나도 젊었다니깐. 그 렇게 먼 옛날 일도 아니지만…….

"어이. 왜 그런 눈으로 쳐다보는 건데? 나처럼 성실한 사 람이 그런 짓을 할 리가 없잖아."

세나만이 아니라 로리 서큐버스까지 미심쩍은 눈길로 나 를 쳐다보고 있었다.

"방금 네놈이 한 말은 일단 제쳐두기로 하고, 나도 말이 심했어. 미안해. 증거도 없는데 의심했네. 네놈은 경범죄는 저질러도 흉악한 범죄와는 거리가 멀지. ……그래. 그렇다면 이야기를 해줘도 문제는 되지 않을 거야. 네놈은 양아치나 건달들과 친분이 있지? 그럼 소문은 들은 적이 있을 거야. 요즘 들어, 다른 마을에서 온 묘한 범죄자 집단이 이 마을에 잠복하고 있는 것 같아."

세나가 심각한 표정을 짓고 그런 말을 했지만 나는 처음 듣는 이야기였다.

요즘 들어 보거나 들은 범죄행위 중에도 딱히 유별난 건 없다고.

"단순한 소문 아냐? 요즘에 일어난 범죄라면……. 잡화점 아저씨의 가게에 강도가 들어왔는데, 나 때문에 설치한 함정이 작동해서 전원 격퇴했대."

"으, 음?"

"그리고 내가 전에 빌린 돈을 이제 와서 갚으라면서 쳐들어온 사채업자 녀석들과 한 판 뜨기도 했지."

"그 이야기라면, 어디선가……."

"그리고 다크니스가 뒷골목에서 유괴당할 뻔하다가 기뻐한 일 정도밖에 생각이 안 나."

"그 정도면 큰일 아냐?! 그 유괴범은 어떻게 됐지?!"

"으음, 사라져버렸어. 자세한 이야기는 다크니스한테 들어."

"그게 좋겠지. 나중에 자세한 이야기를 들어보기로 할까."

범죄자 집단이라. 이 마을에서 범죄를 저지르는 건 무모한 짓일 텐데. 풋내기 모험가의 마을로 알려져 있지만 실력이 괜찮은 녀석들이 있거든…….

게다가 이 마을 주민들도 웬만한 일로는 꿈쩍도 안 하는 괴짜들이라고. 내가 엄청난 범죄를 벌일 거면 이 마을에서는 절대 안 할 거야.

"그건 그렇고, 하나 물어볼 게 있어. 이 마을 모험가들은 진짜로 남자를 좋아하는 거야?"

"어이, 또 그 이야기야? 이미 끝난 이야기잖아."

"이건 개인적 취미취향을 떠나 순수한 의문이야. 진짜로 여자에게 흥미가 없고, 남자를 좋아하는 녀석이…… 저렇게, 엉큼한 표정으로 여성을 쳐다볼까?"

세나의 말을 들은 순간, 내 등에서 땀이 줄줄 흘러나왔다.

주위에 있는 녀석들을 쳐다보니, 한심하기 그지없는 표정으로 서큐버스들의 가슴과 엉덩이를 쳐다보고 있었다.

아…… 아차아아아앗! 멤버 선정을 실수했어! 여기 있는 건 하나같이 여자에 환장한 놈들이잖아!

어떻게 하지?! 이런 상황에서 어떤 변명을 하든 통하지 않을 거야.

"더스트. 한 번 더 묻겠어. 진짜로 이 마을 남자들 대부분은 여성에게 흥미가 없는 동성애자인 거지?"

가면 너머의 눈이 진지하기 그지없었다. 이 상황에서 기사 회생의 해답을 생각해내자고! 포기하지 마! 아직 방법이 있을 거야!

"거짓말을 간파하는 마도구를 또 가지고 올 수도 있어. 이 번에는 단둘이 있는 자리에서…… 말이지."

"세나 검찰관. 나를 얕보지 말아줄래? 잘못했습니다!"

나는 의자에서 벌떡 점프한 후 그대로 바닥에 착지하면서 이마를 바닥에 비벼댔다. 점핑 오체투지를 실행한 것이다. 이렇게 되면 손이 발이 되도록 빌 수밖에 없어!

"그럼 자초지종을 들어보도록 할까?"

아, 완전 취조라도 당하는 분위기네.

6

손님 역할을 맡은 녀석들과 다크니스를 돌려보낸 후 나와 서큐버스들은 무릎을 꿇었다. 물론 세나는 제외다.

"설마 마을에 잠복한 서큐버스가 몰래 경영하는 가게가 있을 줄이야……. 그래서 여러 상사들이 어제 사찰을 막으려 한 거구나. 동성애는 거짓말이었어……."

경찰 관련 인물 중에는 모험가 출신이 많거든…….

세나는 팔짱을 낀 채 신음을 흘리고 있었다. 뜻밖의 사태인지라 뇌가 이 상황을 받아들이지 못하고 있는 것 같았다.

"그래도 이해해주셨으면 해요. 남성 모험가와 서큐버스는 상부상조 관계예요. 또한 그 덕분에 이곳은 남성에 의한 범죄가 다른 마을에 비해서 적죠."

이 가게의 주인이기도 한 섹시한 서큐버스가 그렇게 말하자 세나는 인상을 찡그렸다.

모험가가 많은 마을에서는 보통 범죄율도 높다. 마물과 싸우는 게 일인 모험가 중에는 거친 이들이 많으니 당연했다.

하지만 이 서큐버스들에게 적당히 정기를 빨린 그들은 욕망이 줄어들었다. 검찰관인 세나는 이 자리에 있는 그 누구보다도 그 점을 실감하고 있을 것이다.

"하지만 악마인 서큐버스를 눈감아줄 수는……. 이대로 있다간 여성의 결혼률이 더 떨어질 거예요."

역시 순순히 납득하지는 않으려나 보네. 하지만 이런 반응을 보일 거라는 건 예상했었다고…….

내가 이 가게의 주인인 서큐버스에게 귓속말을 하자 그녀는 표정이 밝아지면서 고개를 끄덕였다.

"그럼 거래를 하지 않겠어요?"

"제가 악마와 거래를 할 것 같나요? 어이가 없군요."

코웃음을 치나 본데, 이 말을 듣고도 그럴 수 있으면 좋겠네.

"만약 눈감아주신다면…… 세나 님의 취향인 남성의 꿈에 밤마다 세나 님을 나타나게 해서 당신에게 반하게 해드릴 수도 있어요. 그 외에도 다양한 상황의 꿈을 제공해드릴 수도 있죠. 세나 님이 마음속에 품고 계신, 남에게 이야기 못할 소망을 꿈에서 이루는 것도—."

"조, 좀 더 자세하게 이야기해보세요!"

눈에 보이지 않을 속도로 서큐버스에게 다가간 세나는 상대방의 손을 감싸 쥐었다.

"이걸로 사태가 해결됐다고 생각해도 될까요?"

로리 서큐버스는 고개를 갸웃거리면서 나를 쳐다보았고 나는 씨익 웃었다.

"그래. 너도 고생했어. 무사히 다시 영업을 시작할 수 있게 되어서 다행이네."

"예. 이제 안심해도 될 것 같아요. 전부 더스트 씨 덕분이에요. 정말 고마워요."

"그럼 일주일 무료 쪽도 잘 부탁해."

"예. 그럼 오늘부터 딱 일주일 동안이에요. 악마니까 계약은 꼭 지켜요."

"응. 기대할게. 이걸로 일주일 동안 그쪽 걱정은 안 해도 되겠네. 이제 잘 곳과 먹을 것만 확보하면 살 수 있겠는걸."

고맙다는 말을 들을 뿐만 아니라 이득도 보게 되니 정말 끝내주는걸.

원만하게 해결되어서 다행이야. 이제 나도 마음 편히 오늘 밤의 꿈을 만끽할 수 있겠어.

"참, 더스트 씨. 드릴 이야기가 있어요."

세나는 서큐버스와 이야기를 마치더니 나를 향해 걸어왔다.

"또 왜 그러는데? 이 가게 문제는 해결된 거 아냐?"

"예. 그렇습니다. 하지만 아까 사채업자에게 돈을 갚지 않았을 뿐만 아니라 폭력을 휘둘렀다고 자백했죠? 실은 얼마 전에 사채업자로부터 같은 내용의 신고를 받았습니다. 그래서 당신을 찾아가 이야기를 들을 생각이었죠."

세나는 환한 미소를 지으면서 내 어깨를 꼭 움켜잡았다.

"자, 잠깐만 있어봐."

"그럴 수는 없죠. 당신은 아까 탁월한 화술을 발휘해보라고 저에게 말했죠? 좋아요. 2주 정도 구류할 테니 그동안 마음껏 맛보게 해주겠어요. 잘 곳과 먹을 것이 확보됐으니 참 좋겠네요."

아, 젠장. 이 녀석, 의외로 힘이 세잖아! 손가락이 어깨에 파고들더니 떨어지지가 않아!

내가 했던 말 때문에 앙심을 품고 있는 거냐.

"어이, 쳐다보고 있지만 말고 도와줘!"

내가 옆에서 멍하니 보고 있는 로리 서큐버스를 향해 그렇게 말했다. 그러자 로리 서큐버스는 나와 세나를 쳐다본 뒤 나를 향해 미소를 지었다. 그리고 내 귀에 입을 대며 귓속말을 했다.

"유치장 신세를 지게 됐다면, 저희가 찾아뵐 수 없겠네요. 악마가 다가가지 못하게 하는 장치가 있거든요……. 게다가 더스트 씨가 가게에 와서 꿈의 내용을 알려주셔야……. 앗, 그러고 보니 이미 계약을 맺었군요."

계약이라는 건 답례를 말하는 거 아니지? 그렇지? 왜 의미심장한 미소를 짓는 건데?

"어, 어이, 설마…… 약속했던 일주일 무료가……."

"예, 무효예요. 불가능한 상황이니 어쩔 수 없으니까요. 악마에게 있어 계약은 절대적인 것이니까 이제 와서 취소할 수도 없어요."

"어, 어이, 그럼 나는 자원봉사나 한 거야?! 농담이지?! 어, 어이, 웃지 말고 나 좀 쳐다보라고! 저기, 세나 님, 구류는 일주일 후에 하면 안 될까요? 응? 부탁이니까 사람 말 좀 들어! 이 악마들아!"

"어이~, 밥 안 줄 거야~?! 오늘은 풀코스로 달라고!"

나는 제2의 집이 되어가고 있는 유치장 감옥에서 얇은 모포만 덮고 드러누운 채, 간수를 향해 그렇게 말했다.

"시끄러워! 방금 점심을 먹었잖아. 네가 무슨 노인네냐?! 툭하면 밥 타령하게!"

"그럼 디저트 가져와. 얼마 전에 대로변에 새로 카페가 생겼잖아? 거기 디저트면 돼."

대답 대신 양동이가 철창에 부딪치는 소리가 들려왔다. 간수 자식이 던진 것이겠지. 억울하게 유치장에 갇히고 이

저 어리석은 자에게도 각광을! 멋지도다. 명조연

틀이 지났다. 적어도 일주일은 더 이 감옥에 갇혀 있어야 하는 것 같았다.

"돈이 없으니 유치장 생활도 나쁘지는 않지만 그래도 일주일 무료를 날린 건 아깝네. 연락도 못하고 끌려왔는데, 그 녀석들은 괜찮을까? 린은 또 화났겠지?"

언뜻 보기에는 얌전해보이지만 그 녀석은 꽤 과격하거든. 전에도 설교 도중에 다짜고짜 마법을 날렸다고. ……미리 변명이라도 생각해둬야겠다.

"어이, 더스트! 사식이다!"

이미 낯이 익은 간수가 철창 틈으로 내민 것은 새하얀 종이에 쌓여있는 길쭉한 물체였다. 종이를 벗겨보니 그것은 아직 온기가 남아있는 바게트였다.

누가 넣어준 사식인지는 뻔했다. 아마 불평불만을 늘어놓으면서 샀을 거야.

"그 빵가게의 바게트 같네. ……잘 먹을게."

나는 이 자리에 없는, 토마토를 좋아하는 동료를 향해 고맙다고 말했다.

어느 귀족의 보물

"좋은 아침입니다. 오늘도 날씨가 좋군요."

저는 베갯머리에 있는 사진을 향해 미소를 지었어요.

그 사진에는 신출내기 모험가를 험악한 표정으로 협박하고 있는 더스트 씨가 찍혀 있어요.

언제 봐도 멋진 얼굴이에요. 잠복에 특화된 도적 분에게 의뢰해서 찍은 최고의 사진이죠. 제 보물 중 하나예요.

"오늘은 정말 기분 좋게 잠에서 깨어났군요. 서큐버스 씨들 덕분이에요."

우연히 안 그 가게를 통해 원하는 꿈을 꾸는 것뿐인데도, 매일같이 충실한 밤을 보내고 있어요. 정말 고맙군요.

현실에서는 있을 수 없는, 더스트 씨와의 달콤한 한 때……. 이 꿈 덕분에 오늘도 열심히 살 수 있을 것 같아요.

악마인 서큐버스 씨들의 힘을 빌리는 건 아쿠시즈 교도가 해선 안 될 행위지만 여신님이라면 저의 이 순수한 마음을 이해해주실 거라고 믿어요.

옷을 갈아입고 아침 식사를 마친 후 평소처럼 마을에 나가봤어요.

이 시간이면 더스트 씨는 술에 취해서 곯아떨어져 있거나, 아침부터 여는 도박장에 있을 거예요. 아침에 창가에 놓여있던 보고서에 따르면 어젯밤에는 카즈마라는 풋내기 모험가와 술을 마셨다고 하니 아직 자고 있겠죠.

카즈마라면, 여성을 세 명이나 데리고 다니는 모험가죠. 하렘을 꾸렸으면서 더스트 씨까지 노리다니…… 저는 멀찍이서 쳐다보거나, 몰래 찍은 사진과 일상 보고를 받는 것밖에 못하는데…….

꿈에서만 만날 수 있는 더스트 씨와 술을 마시고, 어깨동무를 하며 함께 웃는다니…….

"부러워!"

여자라면 몰라도, 저 이외의 남자가 더스트 씨의 곁에 있는 건 참을 수 없어요!

아, 이 정도 일로 흐트러지면 안 되죠. 안 그대로 저와 더스트 씨 사이에는 거대한 벽이 있으니까요. 좀 더 마음을 편하게 먹고 차분하게 행동해야만 해요.

휴우……. 언젠가는 실제로 더스트 씨와 이야기를 나누고, 나란히 앉아서 어깨동무를 하는 날이 올까요.

산책 삼아 여러 가게를 돌면서 다양한 도구를 살펴보기로 했어요. 골동품 중에는 때때로 괜찮은 물건이 있기도 하죠.

이 목걸이는 거짓말을 뒤집는 마도구라며 팔고 있지만 딱 봐도 가짜군요. 귀족 사이에서 요즘 유행한다는데, 너무 섭

게 속는 거 아닌가요.

하지만 싸고 디자인도 나쁘지 않으니 사두는 것도 괜찮겠죠.

"자, 보고 가십시오! 최근에 매입한 고성능 투구를 싸게 팔고 있습니다!"

방금 그 말은 더스트 씨와 자주 러브러브하는 잡화점 주인이 한 말이군요. 항상 저한테 과시라도 하듯 더스트 씨와 알콩달콩…… 어? 가게 앞에 인기상품이라며 진열되어 있는 저 투구는…… 설마?!

"실례하겠습니다."

"어서 오십시오. 아, 귀족 님이시군요. 무슨 일이시죠?"

이 머리카락과 눈은 귀족의 증표이니 바로 알아본 것 같군요. 더스트 씨를 지켜볼 때도 정체가 들통나지 않도록 조심해야겠네요. 앞으로는 변장이라도 하는 편이 좋겠어요.

"이 투구 말입니다만……."

"아, 이거 말이군요. 안목이 좋으시군요! 중고입니다만 꽤 성능이 좋은 투구죠. 볼 줄 아는 분이라면 얼마나 좋은 물건인지 바로 눈치챌 겁니다."

확실히 질이 좋지만 중요한 점은 그게 아니에요. 이 형태, 이 빛깔, 혹시 예전에 더스트 씨가 쓰던 그 투구인 것 같은데…….

"어떤 경위로 입수한 투구인지 가르쳐주시겠습니까?"

"아, 항상 저희 가게에 폐만 끼치는 양아치 모험가가 있는데요. 그 녀석한테서 비싼 값에 사들인 겁니다."

이건…… 틀림없어요! 감사합니다, 아쿠아 님! 아쿠시즈교에 입교해서 매일 같이 기도를 드리길 정말 잘했어요. 여신님, 감사드리옵니다!

마검을 구입했다는 보고를 받았지만 투구를 판 줄은 몰랐어요. 나중에 도적 분에게 다음부터는 세세하게 보고하라는 지시를 내려야겠어요.

"이걸 사고 싶군요."

"아, 구입하실 겁니까? 그럼 포장해드릴 테니 잠시만 기다려 주세요."

"아뇨. 그냥 들고 가겠습니다."

지금은 1분 1초가 아쉬워요. 더스트 씨가 썼던 투구를 한시라도 빨리, 빨리……!

"그, 그래요? 구매 감사합니다."

"받으시죠. 잔돈은 됐습니다."

잔돈을 받는 것도 귀찮아요. 조급한 마음에 가로채듯 투구를 낚아챘어요. 가게 주인은 놀란 표정을 지었지만 지금은 남을 신경 쓸 때가 아니죠.

저는 투구를 안아든 채 서둘러 뒷골목에 들어갔어요.

주위에는…… 아무도 없군요.

이, 이, 이게, 더스트 씨가, 써, 썼던, 머리카락과 피부와 입술이 닿았던 투구우우우웃!

"스으으으으으읍! 이게 더스트 씨의 체취! 쇠 냄새에 섞인

희미한 땀 냄새, 이게, 이게에에에에엣!"

한 모금 들이켰을 뿐인데, 그대로 천국에 가버릴 뻔 했어요. 하지만 아직 그러면 안 돼요. 이제부터가 중요하니까요. 그럼 해볼까요. 진짜로 해보자고요!

저는 투구를 양손으로 든 후 하늘을 향해 치켜들었어요.

아아, 저는 이제부터 더스트 씨와 하나가 될 거예요……. 착용!

"저는 지금 더스트 씨에게 감싸여 있어요! 너무 행복해요. 아, 아, 아, 아, 아아아앗! 안쪽을 마구 핥아도 되겠죠?! 이제 제것이니까요오옷!"

이제 한시도 떨어지지 않겠어요! 앞으로는 외출할 때마다 꼭 이 투구를 쓸 거예요!

마음 같아서는 집에서도 쓰고 지내고 싶지만 부모님이 반대하시겠죠.

이 날, 제 보물이 하나 더 늘어났어요.

종장 저 과거를 넘어서

1

"그래서 따끔한 맛을 봤다고."

단골 밥집에서 손짓 발짓을 섞어 2주 전에 있었던 일을, 세세한 부분은 얼버무리며 동료들에게 이야기했지만 반응이 떨떠름했다.

나를 지그시 쳐다보기만 할 뿐, 내가 입을 뗀 후로 아무 말도 하지 않았다.

"게다가 감옥에 집어넣더라고. 무보수로 일한 걸로 모자라. 그런 일까지 겪었단 말이야."

나는 이야기를 마쳤지만 린과 테일러, 그리고 키스도 아무런 반응을 보이지 않았다. 마치 내가 이 자리에 없는 것처럼 말이다.

"날벌레 소리가 참 심하네. 그것보다 키스, 언제 출발할 거야?"

"거 되게 시끄럽네. 아무튼 10분 후에는 가야할 걸? 슬슬 올 때가 됐어."

"그는 성실하니까 말이지. 약속시간을 지킬 거야."

그들은 나를 완전히 무시하고 이야기를 이어갔다. 2주 동안 연락이 안 되었던 건 미안하지만 이번 일은 불의의 사고 같은 거잖아. 너무 화내지 말라고……

린이 내가 감옥에 갇힌 걸 아는 것 같아서 마음을 놓았는데, 아무래도 생각이 물렀던 것 같았다.

"무시당하면 엄청 상처받는다고! 내 이야기가 안 들린다고 했지? 확 이 자리에서 음담패설을 늘어놓을 거야! ……저기, 의뢰는 또 무슨 소리야?"

내 질문에 아무도 답하지 않았다. 이, 이 자식들……

"흐음, 내가 보이지 않는다니 어쩔 수 없네. 즉, 내가 무슨 짓을 해도 괜찮다는 거지? 그럼 우선 그 빈약한 가슴을─."

푹, 하는 소리가 들리더니 테이블 위에 올려놨던 내 손 옆에─ 단검이 꽂혔다.

그 단검을 꽂은 사람은 당연히 린이다. 그녀는 벌레라도 보는 시선으로 나를 쳐다봤다.

게다가 그 단검은 마구간에서 내가 린을 건드리려고 했을 때, 내 거시기를 자르려고 했던 바로 그 단검이잖아.

"어, 어이, 잘못했어. 봐달라고, 린."

나는 테이블에 이마를 비비며 사과했지만 그 녀석의 대답은 「돈이 없으면 그 애한테 빌리지 그래?」였다.

"여러분, 오래 기다리셨죠?! 어, 이 분은……"

상큼한 미소를 지으면서 나타난 이는 처음 보는 남자였다.

가죽갑옷을 걸쳤고 장검을 등에 맨 것을 보면 전사 계열 같았다.

"이 녀석은 밥벌레니까 신경 쓰지 마. 오늘 잘 부탁해."

"너만 믿겠어."

"너무 부담을 가지지 말고, 지시에 따르기만 하면 돼."

"예! 잘 부탁드립니다!"

왜 이 녀석과 친하게 지내는 거지. 어수룩해 보이는 남자를 마치 동료처럼……. 잠깐만 설마—.

"어이, 혹시 이 녀석……."

"이 사람은 2주 동안 종적을 감췄던 너를 대신해 함께 파티를 짜기로 한 사람이야."

왜 불길한 예감은 항상 들어맞는 걸까.

2

"젠장, 진짜로 2주 동안 감옥에 처박아둘 줄은 몰랐어. 하아, 서큐버스한테서 사례도 못 받았다고. 무일푼 정도가 아니라 아예 마이너스 상태네. 완전 손해만 봤잖아."

나는 창가의 특등석에 앉아서 한숨을 내쉬었다.

"이 세상에는 편하게 돈 버는 녀석도 있는데 말이야. 한편으로 나처럼 열심히 일을 해도 가난에서 벗어나지 못하는 녀석도 있다니깐. 진짜 세상은 불공평해. 빌어먹을."

내 푸념이 가게 전체에 울려 퍼졌지만 아무도 대답하지 않았다.

이곳에는 바닐 나리와 융융도 있는데 말이다.

나리는 가게 정리를 하느라 바빴지만, 융융은 내 맞은편에 앉아서 트럼프 카드로 타워를 만들고 있었다.

아까부터 나를 계속 쳐다보는 게 같이 트럼프를 하자는 소리를 꺼낼 기회를 노리는 것 같았는데, 계속 무시한 바람에 삐친 것 같았다.

"아~, 불행해. 이렇게 재수 없는 남자에게 슬며시 돈을 빌려주거나 밥을 사주는 상냥한 친구가 어디 없으려나?"

"친구라는 말에 제가 또 혹할 거라고 생각하지 마세요."

"아무것도 안 살 거라면 빨리 가게에서 나가라. 이 몸은 무능 점주가 사들인 불량품 재고를 처리해야만 한단 말이다."

"나리도, 망할 꼬맹이도 나한테 좀 상냥하게 대해 달라고."

바닐 나리는 계속 청소를 했고 융융은 트럼프 타워의 꼭대기를 만들고 있었다.

동료들이 나를 버리고 모험을 하러 가버렸다고. 누가 내 상대 좀 해줘.

"자기를 망할 꼬맹이라고 부르는 사람을 누가 상냥히 대하겠냐고요."

나는 그 말을 듣고 짜증이 난 나머지 테이블의 가장자리를 잡고 흔들어댔다.

"하, 하지 마세요! 이건 트럼프 카드를 두 통이나 써서 만든 대작이란 말이에요!"

"어쩔 수 없지. 같이 놀아주겠어. 트럼프를 무너뜨려도 되지? 내가 선공을 할게."

"꺄앗~! 이러니까 더스트 씨는 여자한테 인기가 없는 거예요!"

내가 책상을 잡으면서 저항하는 융융을 놀리고 있을 때, 바닐 나리가 힘차게 상자를 테이블 위에 내려놓았다.

"아아아앗! 방금 충격 때문에 타워가……?!"

"어, 있었구나. 외톨이의 궁극에 이른 자여. 공짜로 마도구를 하나 줄 테니 저 계집을 데리고 가게에서 나가라. 양아치 모험가여."

"어, 공짜로 주는 거야? 고마워. 병과 아쿠시즈 교단 입교서 말고는 뭐든 감사히 받겠어."

나는 테이블 위에 놓인 조그마한 상자를 뚫어져라 쳐다봤지만 이게 무엇인지는 감이 오지 않았다.

"나리, 이 상자는 어떤 마도구야?"

"모험 중에 발생하는 화장실 문제를 해결해주는 획기적인 마도구다. 상자를 열기만 하면 완성되는, 마법으로 압축해둔 간이 화장실이지. 그리고 수세식에 소음 기능도 완비되어 있다. 여성도 마음 놓고 쓸 수 있는 멋진 녀석이야."

"어, 괜찮은 거네! 돌려달라고 해도 안 줄 거야!"

무슨 생각인지는 모르겠지만 이건 돈이 될 것이다. 린은 물론이고, 여자 모험가는 야외에서의 화장실 문제 때문에 힘들어할 때가 많거든…….

"그런 쪼잔한 소리를 할 생각은 없다. 그런데 그 마도구에는 문제가 있지. 볼일 보는 소리를 감추기 위한 소리가 너무 커. 마물이 몰려올 정도로 말이야. 그리고 물을 생성하는 건 좋지만 제어가 안 되기 때문에 사방이 물 범벅이 된다고 하는 옵션까지 딸려있지."

"불량품이잖아……. 역시 필요 없어."

"흠. 반품을 받아주지 않는 물건을 떠넘길 생각이었는데……. 그럼 이건 어떻지?"

나리는 간이 화장실을 회수하더니 그 대신 커다란 공을 테이블 위에 뒀다.

투명한 공이고 중심부에서는 때때로 파지직하며 빛을 뿜었다.

"나리, 이건 뭔데?"

"강력한 번개 공격을 봉인해둔 공이다. 흉악한 마물도 기절할 정도의 위력이지."

"확실히 강한 마력이 느껴져요."

충격에서 벗어난 융융이 그 공을 쳐다보며 감탄을 터뜨렸다. 홍마족이 저런 말을 하는 걸 보면 위력 하나는 틀림이 없을 것이다. 하지만…… 나는 불길한 예감이 들었다.

"결점은 뭐야?"

"흠, 웬일로 신중하군. 문제점은 양손으로 움켜쥐지 않으면 발동이 되지 않고, 발동된 번개는 앞쪽이 아니라 아래쪽으로 발사된다는 거지."

"자폭만 가능하다는 거잖아……. 나리, 이것도 사양할래."

나는 그 공을 나리에게 돌려주면서 땅이 꺼져라 한숨을 내쉬었다.

"역시 필요 없는 것이냐. 장사 재능이 썩어문드러진 점주가 사들인 쓸모없는 물건들을 조금이라도 처분하고 싶었는데 말이다. 뜻대로 안 되는군. 뭐, 좋다. 필요하면 언제든지 찾아와라. 무료로 주지."

언제나 자신만만하고 남을 놀려대기만 하는 나리를 이렇게 의기소침하게 만들다니 점주도 대단한걸.

"나리, 그것보다 내 말 좀 들어봐! 동료들이 나를 무시하더니 임시로 고용한 녀석과 함께 모험을 하러 갔어. 믿겨져?"

"드디어 너한테 정나미가 떨어진 것 같군. 자업자득이지. 인간으로서 지당한 판단을 내린 거다."

"맞아요. 솔직히 말해 지금까지 용케 참은 거라고 생각해요."

나리와 융융까지 동료들 편을 드는 거냐.

"동료는 생사고락을 함께 하는 존재잖아. 내가 빚을 지면 함께 갚아주고, 친구가 떼돈을 벌면 나한테 한 턱 쏴야 하는 거 아냐? 그게 인간의 도리라는 거라고.”

“그대만 득을 보는 건가. 악마인 이 몸이 한 마디 하자면, 그대는 인간으로서의 윤리관이 결여된 것 같군.”

“더스트 씨가 인간의 도리를 따지다니……. 메구밍이 오늘은 폭렬마법을 쓰지 않겠다고 선언하는 것보다 설득력이 없네요. 동료는 매—우 소중한 존재란 말이에요!”

둘 다 내 편을 들지 않을 뿐만 아니라, 융융은 나한테 잔소리까지 했다.

린과 테일러도 나를 볼 때마다 설교만 해댔다. 진짜 하나같이 꽉 막힌 녀석들이라니깐.

융통성 없고 고지식한 녀석들은 고생만 바가지로 하게 되고, 인생을 살면서 손해만 본단 말이다…….

“왜 갑자기 입을 다무는 거지? 그런 가라앉은 표정 같은 건 그대에게 어울리지 않아.”

“앗, 웬일로 진지한 표정을 짓고 있네요.”

“관심 꺼. 쳇, 기분이 울적해졌어. 나 돌아갈래.”

또 옛날 생각이 났다. 더 추궁을 당하기 전에 돌아갈까.

나는 자리에서 일어나 입구 쪽으로 향했다.

“과거와 결별한 양아치 모험가여. 내다보는 악마인 이 몸께서 조언을 하나 해주지. 결코 방심을 하지 말도록.”

“으, 응. 무슨 소리인지는 모르겠지만 충고 고마워, 나리.”

나는 등 뒤에서 들려온 바닐 나리의 말에 대답하면서 마도구점을 나섰다.

"나리는 전부 다 알고 있는 걸까? 전부 떨쳐냈다고 생각했는데 말이야……."

하아…… 이렇게 궁상떠는 것도 나한테 어울리지 않아.

과거보다 중요한 건 현재다. 오늘 하루를 어떻게 살아남을지부터 생각하자.

"돈을 벌수밖에 없나."

그렇다면 모험가 길드에 가서 적당한 의뢰가 없는지 찾아볼 수밖에 없겠지.

"귀찮네."

2주 동안 아무것도 하지 않아도 먹을 게 나오는 생활을 했더니 만사가 귀찮다.

뭐, 그런 소리나 할 때가 아니지. 일단 모험가 길드에 가보자.

"안~녕~."

내가 힘차게 문을 열어젖히자, 안에 있던 모든 이들이 나를 쳐다보았다.

모험가들은 깜짝 놀란 표정으로 나를 쳐다보았다.

"오오, 하나같이 인상이 더러운걸. 아무튼, 이 더스트 님께서 귀환했다고."

여기에도 오래간만에 왔네. 내가 성큼성큼 걸어서 길드 안으로 들어갔다.

친분이 있는 모험가들이 모여 있는 테이블 옆을 지나갈 때, 그 녀석들이 나누는 목소리가 희미하게 들렸다. 그래서 나는 걸음을 늦추며 귀를 쫑긋 세웠다.

"어이, 더스트가 무사하잖아."

"더스트가 이상한 병에 걸려서 입원했다고 말한 놈은 대체 누구야?"

"나는 검찰관인 세나한테 성희롱했다가 잡혀서, 1년 동안은 감옥에 처박혀 있을 거라고 들었어."

"어, 미츠루기 씨랑 시비가 붙어서 다른 마을로 도망간 거 아니었어? 네가 그렇게 말했잖아."

"그야 저 녀석이 2주나 조용히 지낼 리가 없잖아. 린한테 물어봤을 때도 그 이야기는 하기도 싫다, 같은 의미심장한 소리를 했다고."

나는 아예 걸음을 멈췄다.

이 녀석들, 그래서 나를 주목한 거냐!

"어이, 말도 안 되는 소리 지껄이지 말라고! 나는 멀쩡하단 말이야!"

내가 길드 전체에 울려 퍼질 듯한 목소리로 그렇게 외치자, 길드 안에 정적이 흘렀다.

"흥, 고함 좀 질렀다고 겁먹을 거면 남의 험담을 하지 말란 말이야."

"아~, 젠장. 더스트 자식, 기운이 넘치잖아!"

"이 녀석이 안 보여서 한동안 길드가 평화로웠는데!"

"나는 한 달 동안 더스트가 나타나지 않을 거라는데 만에리스를 걸었다고! 빌어먹을!"

다음 순간, 비명과 독설이 들려왔다.

"이 자식들, 나 가지고 내기를 한 거냐! 미리 말하라고! 그러면 나도 꼈을 거 아냐!"

"더스트 씨가 오니 활기가 도네요. 오래간만이에요."

이 길드의 직원인 루나가 쓴웃음을 지으면서 나에게 말을 걸었다.

오늘도 풍만하기 그지없는 그녀의 심벌이 눈에 들어왔다. 내 시선은 무의식적으로 그쪽을 향했다.

"여어, 잘 출렁대며 지냈어?"

"길드 출입을 금지당하고 싶나 보죠?"

오늘도 영업 스마일을 지으며 비수 같은 발언을 토해내는걸.

모험가들을 매일같이 상대하는 만큼, 웬만한 일로는 전혀 동요하지 않는 것 같았다.

"내가 출입 금지를 당하면 길드도 손해가 막심할 거라고."

"글쎄요? 더스트 씨가 2주가량 얼씬도 안 했지만 길드는 무사히 영업을 계속해왔는데 말이죠."

어이쿠, 오늘은 평소보다 말에 가시가 돋쳐 있잖아. 미소를 짓고 있지만 예전보다 박력이 있어. 루나를 화나게 할 만한 짓은 한 적이 없는데 말이야.

"그, 그랬구나. 그, 그것보다, 적당한 의뢰는 없을까?"

오늘은 괜한 소리하지 말고 그냥 본론으로 들어가는 편이 좋을 것 같았다. 여자가 얼마나 무서운 존재인지는 요즘 들어 질리도록 실감했으니까.

"으음, 초봄이라 있기는 한데…… 테일러 씨 일행은 임시 멤버를 고용해서 이미 출발했는데요?"

루나는 볼에 손가락을 대면서 고개를 갸웃거렸다. 이제 그런 귀여운 척이 어울리는 나이가 아니라고. ……그런 말이 입 밖으로 튀어나올 뻔 했지만 나는 참았다.

또 괜한 소리를 했다간 길드 출입 금지 정도가 아니라, 모험가 카드를 몰수당할지도 모른다.

"솔로로 하는 건 어려울걸요? 요즘은 솔로로 활약하고 있는 아크 위저드 분이 계신데……."

"외톨이 마법사라, 신기한 녀석도 다 있네. 그래도 카즈마네 폭렬걸 같은 애라면 나한테는 무리라고."

"확실히 평범한 마법사는 보통 전위에게 보호를 받으며 후방에서 마법을 쏘죠."

마법사가 솔로로 활동한다는 건 그만큼 실력이 좋다는 걸까. 어떤 녀석인지 궁금하긴 한데…… 응? 외톨이 마법사……. 한 명 짐작 가는 녀석이 있긴 해.

좀 신경이 쓰이지만 지금은 돈이 더 중요하다고. 남의 일을 신경 쓸 때가 아니란 말이야.

"양배추 수확은 아직 멀었으니 자이언트 토드 퇴치 정도가 있습니다만……. 마을 인근에서 동면중이던 자이언트 토드는 이 마을 부근에서 심야에 발사된 폭렬마법의 영향으로 잠에서 깨어났으니 이 근처에는 아마 남은 녀석이 없을 거예요. 실제로 퇴치 의뢰로 들어오지 않았고요."

"그리고 보니…… 카즈마가 나와 함께 감옥에서 지낼 때, 한밤중에 밖에서 폭렬마법을 쓴 멍청이가 있었다며?"

꽤 난리가 났던 것 같은데 나는 깊이 잠든 바람에 기억이 나지 않았다.

그 사건의 범인은 금세 밝혀졌다. ……아니 밝혀졌다기보다 그런 짓을 할 녀석은 딱 한 명뿐이다.

그럴 만도 했다. 이 마을에서 폭렬마법을 쓸 수 있는 건 카즈마네 폭렬걸과 마도구점 가난뱅이 점주뿐이다. 그리고 그런 비상식적인 짓을 누가 할지는 생각해볼 필요도 없다.

"그러니 지금 남아있는 건 마을 안에서의 잡일, 혹은 먼 곳까지 나가야하는 일거리뿐이에요. 하지만 더스트 씨에게는…… 저기, 잡일은 좀…… 맡길 수 없을 것 같네요."

루나는 몸을 웅크리더니 나와 시선을 마주하지 않은 채 손가락을 꼼지락거렸다. ……뭔가 숨기고 있는 것 같네.

"평소 같으면 그런 시답잖은 일은 안 하겠지만 지금은 찬밥 더운밥 따질 때가 아니거든. 가능한 한 편한 일을 시켜

준다면 즐겁게 할게."

"그 중에서도 편한 일거리를 찾는 건가요……. 더스트 씨는 일을 고를 형편이 아니에요. 그러니까…… 그냥 솔직하게 말씀드리는 편이 좋겠네요. 의뢰자 여러분들은 하나같이, 더스트 씨에게는 자기 일을 맡기지 말아달라고 요청을 해왔어요."

"아앙~? 그게 무슨 소리야?"

"솔직하게 말씀드리자면, 더스트 씨의 평소 행실 때문이에요. 마을에서 사고만 쳐대니 다들 당신을 경계하는 거죠."

"어이, 트집 잡지 말라고. 내가 대체 뭘 했는데?"

술에 취해서 소동을 일으킨 게 좀 과장된 것 같았다.

누구나 그런 실수 정도는 하잖아? 그런 바보 같은 소문을 퍼뜨린 녀석을 찾아내서, 내 상처 입은 마음을 위로해줄 술값이라도 뜯어내야겠는걸.

"뭘 했냐고요……? 더스트 씨 앞으로 들어온 항의 내용을 정리해둔 자료를 읽어드리죠. 여탕 훔쳐보기, 상습적인 무전취식, 경찰관 폭행, 기물파손, 사기, 폭행, 끈질긴 헌팅……. 더 있는데 듣고 싶으신가요?"

"오늘은 그쯤 해두라고~!"

이곳에 더 있어봤자 좋을 게 없다고 판단한 나는 서둘러 모험가 길드를 나섰다.

하지만 길드에서 의뢰를 받지 못한다면 진짜로 곤란했다.

린 녀석들이 나를 내버려두고 모험을 간 바람에 이렇게 된 거라고! 그 녀석, 돌아오면 두고 보자. 보수를 받은 그 녀석들을 마구 뜯어먹어야지!

"하아~, 배고파 미치겠네."

아까부터 배에서 꼬르륵~ 하는 소리가 계속 흘러나왔다.

공짜로 밥을 얻어먹거나 돈을 빌리지 않았다간, 오늘은 어찌어찌 버틸 수 있을지 몰라도 내일은 위험할 것이다.

"돈이라. ……그러고 보니 친구 중에 돈 걱정 안 하는 녀석이 한 명 있긴 하지."

얼마 전까지는 나를 능가하는 빚 대왕이어서 빈곤한 생활을 했지만, 마왕군 간부를 토벌한 상금 덕분에 잘 먹고 잘 사는 녀석이 말이야!

"카즈마나 뜯어먹어야지. 섹시한 복장을 한 괜찮은 여자들이 있는 음식점을 안다고 말하면 넙죽넙죽 따라올 게 틀림없어. 그리고 칭찬 좀 해주면…… 친구는 소중히 여겨야지~."

게다가 뜯어먹는데 실패한다면 카즈마 일행과 파티를 짜서 모험을 하러 가는 방법도 있다. 혼자서는 그 여자들을 제어할 수 없겠지만 그건 친구에게 맡기면 될 것이다.

그 3인조를 컨트롤할 수 있는 건 카즈마뿐이니까 말이다.

물론 나도 얻어먹기만 할 생각은 없다. 그 녀석이 곤란할 때는 도와줄 거고, 거금을 손에 넣으면 곱절로 갚을 생각이다. 그런 돈이 언제 생길지는 기약이 없지만 말이지.

"카즈마 녀석, 요즘 잘나간단 말이야. 어느새 손에 넣은 저택에서 미인과 동거하고 있잖아. 딴 녀석이 그러면 미치고 환장할 정도로 부럽겠지만 그 세 사람과 한 지붕 아래에서 사는 건…… 좀 그렇기는 해."

애주가에 연회라면 좋아죽는 아쿠시즈교 아크 프리스트.

쓸 줄 아는 마법이 폭렬마법 뿐인 아크 위저드.

공격을 명중시키지 못하는 마조히스트 크루세이더.

……역시, 부럽지 않아.

"어, 드디어 도착했네. 여전히 멋진 저택인걸. 어이, 카즈마! 있냐~?!"

나는 집 앞에서 카즈마를 불렀지만 아무도 나와 보지 않았다. 세 번 정도 더 고함을 질렀지만 아무 소리도 들리지 않았다. 아무도 없는 걸까?

"진짜로 없나 보네. 으음, 어떻게 하지?"

믿었던 카즈마가 집에 없자 상황이 골치 아파졌다.

이렇게 되면 린 일행을 찾아가서 고개를 숙일 수밖에 없나? 그렇게 큰 소리를 쳐놓고 이제 와서 애걸복걸하는 건 좀 그런데……. 나한테도 자존심이라는 게 있거든.

돈과 자존심을 저울에 올려보니…… 결국 돈 쪽으로 크게 기울었다.

"어쩔 수 없지. 돌아가서 사과하자."

나도 약간 잘못을 하긴 했잖아. 남자답게 사과해야지.

엄청 먼 곳까지 간 게 아니라면 카즈마나 동료는 내일이면 돌아올 것이다. 오늘만 잘 곳과 먹을 것을 구할 수 있으면 좋겠네.

　돈을 뜯어낼 양아치가 없나 싶어서 뒷골목을 돌아다녔지만 하필이면 이런 날에는 그런 녀석들이 보이지 않았다.

　"오늘은 진짜 운이 없네. 애초에 이 마을은 치안 상태가 너무 좋아."

　액셀 마을은 다른 곳에 비해 꽤 평화로웠다. 상인 중에도 바닐 나리나 잡화점 아저씨처럼 의욕이 넘치고 드센 사람이 많다. 주민들 또한 다른 마을에 비해 괴짜가 많다.

　모험가도 개성파가 많아서…… 진짜 심심할 틈이 없는 마을이라니깐.

　"이 마을에 오기를 잘했어."

　이런 한심할 일로 사이가 틀어지는 건 좋지 않아. 이제라도 쫓아가서, 사과하고 합류할까?

　그렇게 생각한 내가 동료들이 어디에 갔는지 물어보기 위해 길드로 향하려고 할 때, 등 뒤에서 나를 부르는 목소리가 들렸다.

　"더스트 씨~, 무슨 일이에요?"

　로리 서큐버스가 마을 여성 같은 복장으로 뒷골목 모퉁이에서 고개를 쑥 내밀었다.

　생각에 잠겨있는 사이, 내 두 발은 무심결에 서큐버스 가게 쪽으로 향한 것 같았다.

"아~, 혹시 일주일 무료가 날아간 것 때문에 항의라도 하러 온 거예요? 악마는 계약을 존중하니까, 그 어떤 이유가 있더라도 한 번 맺은 계약은 취소하거나 변경할 수 없어요."

그때는 2주나 감옥에 처박히게 될 거라고는 생각도 못 했거든. 이제 와서 일주일 무료로 해달라는 소리를 할 생각은 없…… 하고 싶네.

하지만 악마에게 계약은 절대적이다. 그냥 순순히 이 상황을 받아들일 수밖에 없을 것 같다.

"그런 쪼잔한 소리를 할 생각은 없어."

게다가 지금은 다른 동료들을 찾으러 가야 한다고. 나 같은 녀석과 파티를 짜주는 동료란 말이야. 그 무엇보다 우선하는 게 당연하지 않아? 과거보다 현재가 중요하다고.

"그런가요. 욕망의 화신인 더스트 씨답지 않네요. ……무슨 일 있나요?"

"아무 일 없어. 나는 지금 바쁘거든? 볼일이 없으면 이만 가보겠어."

서두르지 않았다간 린 일행과 더 거리가 벌어지고 말 거야.

"그런가요. 그럼 용건만 말씀드릴게요. 전에 도와주신 데 대한 답례를 못 했잖아요? 그게 좀 죄송해서요. 그래서 오늘 하루만 가게를 휴업하기로 했어요. 그리고 저희 전원이 더스트 씨 한 명만 접대하기로 한 거죠. 하지만 바쁘시다면……"

"누가 바쁘다고 말했는데?"

"예? 방금 더스트 씨가 자기 입으로……."

"네가 잘못 들은 거야. 자, 자세한 이야기를 빨리 해달라고!"

린 일행이 신경 쓰이기는 하지만 사과라면 그 녀석들이 돌아온 후에 해도 돼. 목숨이 오락가락하는 일도 아니잖아. 그러니 지금은 이쪽을 우선할래!

"하지만 괜찮겠어요? 서두르시는 것 같던데요."

"신경 쓰지 마. 나도 전혀 신경 쓰지 않으니까."

이런 기회는 두 번 다시 찾아오지 않을 거야. 절대 놓칠 수 없어.

동료들도 분명 이해해주겠지. 나는 이해해줄 거라고 믿어…….

"그럼 오늘 밤에 가게에 와주세요. 맛있는 음식도 준비해둘 테니 저녁은 드시지 말고 오세요."

"알았어. 기대할게."

방금까지는 최악의 상황에 처해있었지만 오늘은 최고의 하루가 될 것 같았다.

이것으로 식사 걱정도 할 필요가 없을 것 같네. 이제 밤이 될 때까지 기다리기만 하면 되려나. 서큐버스들의 접대가 벌써부터 기대되어서 미치겠다.

역시 한밤의 서비스도 포함되어 있겠지? 꿈도 최고지만 현실에서도 그렇게 요염한 누님들에게 둘러싸인다면…….

크으으읏! 빨리 밤이 되면 좋겠어.

"그래서…… 겠지?"

어라, 어딘가에서 지저분한 사내자식의 목소리가 들리지 않았어?

주위를 둘러보니 눈에 익지 않은 장소였다. 망상에 사로잡힌 채 뒷골목 깊숙한 곳까지 들어온 것 같았다.

"예……. 한 것 같습니다."

이번에는 아까와 다른 남자의 목소리가 들렸다. 이 모퉁이 너머에서 들려오는 것 같네.

마침 밤까지 시간을 때우려던 참이었으니 심심풀이 삼아 몰래 살펴보도록 할까. 나는 오늘 운이 좋거든. 어쩌면 한 몫 거머쥘 수 있을지도 모른다.

나는 발소리를 죽인 채 모퉁이로 다가갔다. 그리고 나는 직접 쳐다보는 게 아니라, 검을 들어서 날 부분으로 상대의 모습을 비춰봤다.

수상쩍은 인상의 남자 두 명이 눈에 들어왔다. 인상을 보아하니 제대로 된 녀석은 아닌 것 같네. 범죄자 냄새가 풀풀 나.

"그건 그렇고, 이 마을은 대체 어떻게 되어먹은 거야. 풋내기 모험가들이 모이는 마을이라며?"

"저도 그렇게 들었는데 말입죠. 하나같이 쉽지 않은 녀석들이라서 뜻대로 안 되는네요."

"그 녀석들, 진짜로 풋내기 맞아?"

서큐버스 가게 덕분에 중견 모험가도 이 마을에 남아 있거든. 이 마을을 못 떠나는 그 심정은 충분히 이해가 돼.

그런데, 이 목소리는 전에도 들은 적이 있는 것 같은데 말이야.

"유괴도 실패했잖아. 설마 귀족 영애가 그런 인간일 줄은 몰랐어……. 돈 때문에 어쩔 수 없이 납치하려고 했는데……."

"방해꾼이 나타났었죠. 타깃이 그런 인간만 아니었다면 의욕이 좀 났을 겁니다. 진짜 그 외모는 최악이라니까요."

어이, 잠깐만 있어봐. 이 녀석들은 다크니스를 납치하려고 했던 기특한 녀석들이잖아.

그러고 보니 세나도 말했었지. 범죄자 집단이 액셀 마을에 들어왔으니 어쩌니 하고 말이야.

아무래도 끼어들지 않는 편이 좋겠는걸. 저 자식들은 내 얼굴을 알잖아. 평소 같으면 동료들과 함께 아지트에 쳐들어가서 돈 될 만한 것은 다 챙겼겠지만 지금은 나 혼자 뿐이다.

게다가 오늘 밤에는 매우 중요한 일정이 잡혀 있거든. 그냥 못 본 척…… 할 수는 없지. 경찰에라도 알려둘까.

내가 소리를 내지 않으면서 이 자리를 벗어나려고 한 순간―.

"린이라고 했지? 그 녀석이 숨어든 파티에 있는 그 로리한 여자 말이야."

저 자식들이 방금 뭐라고 했지? 내가 잘못 들은 게 아니라면, 린을 언급한 것 같은데 말이야.

"예. 그 귀여운 얼굴의 여자는 이름이 린이죠. 소속된 파티의 멤버는 남자 둘에 여자 하나입니다. 동료가 한 명 부족해서, 간단히 들어간 것 같습니다."

"그 녀석, 순해빠지게 생긴 덕분에 남들에게 쉽게 신용을 얻어서 일이 편하다니깐. 남자들은 기절시키고 돈이 될 만한 건 다 훔쳐. 남자는 난폭하게 다뤄도 되지만 여자는 상냥하게 대해. 정중하게 대하고 절대 울리지 말란 말이야. 그런 로리한 여자애는 그 만큼 귀중하거든."

"좀 더 젊은 편이 좋지만 실제 연령보다 어려 보인다는 것도 끝내주죠."

"육체적으로도 어린 편이 좋지만 너무 욕심을 낼 수도 없지. 차라리 수백 년 살았는데도 몸은 어린 소녀라는 전개도 좋은데 말이야."

"로리 할망구 말인가요. 그건 좀 그런데요. 역시 정신과 육체에 앳된 느낌이 공존해야 로리라고 할 수 있지 않을까요?"

"그러니 너는 계속 말단인 거야. 로리에 대한 인식이 고정화되어 있는 거냐. 좀 더 관용적인 마음으로 로리를 받아들여. 갭모에라는 걸 모르는 거냐?"

"갭모에…… 그게 뭡니까? 마음속에 기분 좋게 스며드는 감미로운 말이네요."

후반부는 거의 들리지 않았지만 유괴라는 심각한 이야기는 하는 것치고는…… 좀 이상하지 않아?

린을 지나치게 칭찬하는 것 같다고나 할까, 범죄자답지 않은 상냥함이 엿보이잖아.

"단골의 의뢰가 아니라면 넘겨주고 싶지 않은데 말이지. 그래도 돈이 없으니 어쩔 수 없군."

"그렇습죠, 두목. 하다못해 귀족에게 넘겨줄 때까지라도 상냥하게 대해주죠. 그게 저희의 사명 같은 거니까요. 슬슬 예정 장소로 이동할까요. 동료들이 먼저 가 있지만 우리도 빨리 가서 기습을 할 준비를 해야 하니까요."

이걸로 틀림없나……. 봐줄 이유는 사라졌다.

테일러 녀석들도 바보라니깐. 선량하게 보이는 녀석일수록 신용하면 안 된다고 내가 평소에 그렇게 말했는데…….

발언 곳곳에 좀 이상한 부분이 있지만 틀림없이 유괴범이네. 동료의 안부가 걸려 있으니 봐줄 필요는 없겠지.

"그래. 늦으면 안 되겠지."

"어이~, 좀 기다려봐."

방금 두목이란 불린 녀석이 내 목소리를 듣고 돌아본 순간, 나는 그대로 그의 얼굴에 주먹을 꽂았다.

그리고 무슨 일이 일어난 것인지 이해하지 못한 탓에 굳어버린 다른 한 명의 사타구니를 곧장 걷어찼다.

"우윽!!"

기습을 당하면 누구나 이렇게 되는 법이지.

자, 입에 거품을 문 녀석은 내버려두고 나한테 맞고 뻗은 녀석을 묶어볼까. 끈이 없으니까 부하로 보이는 남자의 벨트로 묶어야겠어.

좋아. 이걸로 도망치지 못하겠지. 어차피 묶을 거면 여자를 묶는 게 기분이 좋겠지만……. 아무튼 자세한 이야기를 들어볼까.

"어이, 빨리 일어나."

내가 지면을 굴러다니고 있는 두목의 배를 가볍게 걷어차자, 그는 「허억」 하고 숨을 토하면서 기침을 했다.

"깨어나 보니 기분이 어때?"

"이게 무슨 짓이냐! ……진짜로 뭐하는 거야?!"

"보면 모르겠어? 돈이 될 만한 걸 빼앗는 거야."

부하라 그런지 지갑 안에 든 게 없네. 그 외에 돈이 될 만한 건 단검뿐인가. 캬~, 궁핍하네. 뭐, 이렇게 됐으니 옷도 다 벗겨서 가져가야지.

"옷까지 빼앗는 거냐……. 너무하네."

두목이 뭐라고 지껄이는 것 같지만 무시해야지.

챙길 걸 다 챙겼으니 이제 바닥에 굴러다니는 유리병도 깨둘까.

참, 신발도 벗겨줘야지. 이래두면 만일 도망치더라도 금방 잡을 수 있어. 뭐, 맨발로 깨진 유리 파편 위를 뛰는 녀석이 있다면 말이야.

"겨우 이것밖에 없는 거냐. 돈 좀 들고 다니라고. ……아니지. 너, 아까 하던 이야기를 자세하게 해봐."

"아까 하던 이야기? 무슨 말인지 모르겠는걸. 그리고 왜 그런 걸 듣고 싶어 하는 거지? 너는 상관없는 일이잖아."

시치미를 떼는 거냐. 성가시네.

입을 벌리게 만들 방법은 얼마든지 있지만 시간이 아까우니 서두르도록 할까.

"너희가 함정에 빠뜨리려는 녀석들이 유감스럽게도 내 파티 멤버 같아서 말이야. 그냥 두고 볼 수가 없다고."

"로리 토론이 아니라, 그쪽을 말한 거냐!"

두목의 낯빛이 변했다. 나를 정의감에 불타는 모험가 정도로 여긴 걸까. 하긴, 보통은 관계자라고 생각하지 않을 거야.

"자, 그럼 내 질문에 대답해주실까. 거짓말을 하거나, 시치미를 뗄 경우……."

"흥, 혹시 두들겨 패서라도 내가 입을 열게 만들겠다고 협박하려는 거냐? 모험가 님께서 저항하지 않는 상대에게 폭력을 휘두르지는 않겠지?"

"그런 야만스러운 짓을 왜 하냐고. 그래……. 알몸이 된 네 부하와 너를 가지고 재미있게 놀아볼까."

"뭐?"

내 발언이 꽤 뜻밖이었던 걸까. 입을 쩍 벌린 채 얼간이 같은 표정을 짓고 있었다.

"우선 기절한 이 녀석과 열렬한 키스를 시켜봐야지. 그 다음에는 다리를 쫙 벌린 이 녀석의 사타구니에 네 얼굴을—."

"어이, 그러지 마! 노, 농담하는 거지?"

"농담이 현실이 될지 말지는 네 대답에 달려 있어."

나는 폭력을 휘두르지 않고 교섭을 통한 평화적 해결을 도모했다.

그리고 만면에 미소를 지은 채 알몸인 저 녀석의 부하를 향해 천천히 걸어갔다.

그리고 그 녀석을 뒤편에서 안아들고 돌아오자, 울먹거리면서 고개를 격렬하게 젓고 있는 두목과 시선이 마주쳤다.

3

"뜨뜻미지근한 그게……. 뜨뜻미지근한 그게……."

"꽤 끈질겼지만 결국 그건 견뎌내지 못했군."

두목이 전부 실토하자, 나는 답례 삼아 알몸인 부하와 함께 돌돌 묶어 놨다.

이상한 취향에 눈뜨지 않기를 빌어주지.

하지만 유괴 같은 짓을 하는 범죄 집단이 액셀 마을에 있을 줄이야. 여기는 내가 휘어잡고 있는 마을이다. 딴 데서 온 놈들이 으스대게 둘 생각은 눈곱만큼도 없다고…….

"실수를 했는걸."

두목은 집합장소를 모르고, 남자의 중요한 부위를 걷어차인 부하만 거기가 어디인지 아는 것 같았다. 그 녀석은 완전히 기절해버렸는지 그 집합장소를 알아낼 수가 없었다.

이 근처에 서큐버스 가게가 있다는 걸 떠올린 나는 그곳에 잠시 들리기로 했다. 아직 약속 시간이 되지 않았지만 그래도 문을 열어젖혔다.

"죄송해요. 오늘은 임시 휴업……. 어, 더스트 씨. 무슨 일이에요? 아직 준비를 시작하지 않았는데요."

가게 안에는 로리 서큐버스뿐이었다.

"너라도 괜찮겠지. 뒷골목에 농밀하게 뒤엉킨 채 묶여있는 남자 두 명이 있다고 경찰한테 알려. 전에 다크니스를 습격했던 놈들이야. 나는 바쁘니까 뒷일을 부탁해."

"어, 한 건 하셨군요! 그런데 무슨 일 있는 거예요? 평소 같으면 더스트 씨가 직접 경찰서에 가서 으스댔을 거잖아요."

"시간이 없어. 아무튼, 부탁할게!"

"잠깐만 좀 자세히—."

나는 로리 서큐버스의 대답을 끝까지 듣지도 않고 다음 목적지로 향했다.

길드에 가서 동료들이 어디로 향했는지 알아내야 해.

하도 지나다녀서 익숙한 길을 전력으로 내달린 나는 숨을 고르지도 않고 그대로 길드에 뛰어들었다.

그리고 카운터에 있는 루나에게 뛰어갔다.

"빨리 돌아오셨네요. 같이 의뢰를 맡을 사람을 구했나요?"

"그런 걸 신경 쓸 때가 아냐. 린 녀석들이 맡은 의뢰가 뭔지나 가르쳐줘!"

지금은 쓸데없는 대화나 나누며 시간을 낭비할 때가 아니다. 빨리 장소를 알아내서 가보지 않았다간, 늦을지도 모른다.

"왜, 왜 그러세요? 좀 진정하세요."

"쓸데없는 소리 하지 말고, 빨리 가르쳐줘!"

"그, 그게 말이죠. 실은 린 양한테서 부탁을 받았어요. 더스트가 질투해서 방해하러 올지도 모르니까, 목적지를 알려주지 말아달라고……."

"그 바보! 쓸데없는 일에는 머리가 잘 돌아간다니깐. 비상사태니까 빨리 가르쳐줘! 부탁이야!"

나는 두 손바닥을 맞대면서 고개를 숙였으나 루나는 당황하기만 할 뿐 이야기해주지 않았다.

길드 측이 가장 중요시하는 것은 신뢰다. 그런 길드의 간판이라고 할 수 있는 접수처를 맡고 있는 루나의 입이 무거운 것도 이해한다. 하지만 지금은 이럴 때가 아니라고.

전부 다 밝힐 수밖에 없는 거냐.

"이유를 설명해 주세요. 아니면 저도 알려드릴 수 없어요."

"실은…… 내 동료들과 파티를 짠 녀석이 있잖아? 그 녀석은 이 마을에 흘러들어온 범죄자 집단의 일원이야."

"농담……이, 아닌 것 같군요. 자세히 이야기해주세요."

내 진지한 눈빛을 본 루나가 차분한 표정으로 나를 응시했다.

많은 모험가를 상대해온 루나는 내가 지금 진지하다는 사실을 순식간에 눈치챘다.

"잠깐만 있어봐. 그 이야기에는 나도 관심이 있어."

어찌된 영문인지 카운터 너머에서 나타난 세나가 안경을 손가락으로 고쳐 쓰면서 끼어들었다.

"세나가 왜 여기 있는 거야?"

"루나와 회합 관련으로 논의할 게 있어서 말이야. 지금 중요한 건 그게 아니지. 그 범죄자 집단이라면, 설마……."

"그래. 전에 거기서 이야기했었잖아."

"거기 말이구나……."

세나는 얼굴을 약간 붉혔다. 아무래도 서큐버스 가게에서 입었던 옷을 떠올린 것 같았다.

평소 같으면 놀렸겠지만 지금은 봐줘야겠다.

마침 잘 됐어. 묶어둔 녀석들에 대해서도 알려주는 편이 좋겠지. 그리고 세나가 있으면 내 이야기도 설득력이 있을 거야.

"하지만 이런데서 할 이야기는 아니지. 루나, 안쪽에 있는 방 중 하나만 빌려도 될까?"

"예. 괜찮아요. 그리고 저도 동석하겠어요."

루나의 말을 듣고 내가 안쪽으로 이동하려 한 순간, 뒤편에서 나를 부르는 목소리가 들려와서 고개를 돌려봤다.

"아, 여기 있네! 하아, 더스트 씨. 뒷골목이라고만 말하면 제가 어떻게 알아요. 정확하게 어디인지 가르쳐 주세요."

그러자 화가 났는지 미간을 찌푸린 로리 서큐버스가 눈에 들어왔다.

4

"일전에 다크니스 씨를 유괴하려고 했던 녀석들 중 한 명이 이번에는 더스트 씨의 동료들과 파티를 짜고 있는 거구나. 그리고 매복 장소로 유인해 습격을 해서 금품을 강탈하고, 린 양은 유괴해서 귀족에게 넘기기로 되어 있는 거네. 즉, 인신매매구나……."

세나는 내 설명을 간략하게 정리하듯 그렇게 말했다.

원래 의뢰인의 이야기를 듣는 이 좁은 방에는 나와 세나, 루나, 그리고 어찌된 영문인지 로리 서큐버스까지 있었다.

"그런 상황이라면 이야기가 달라지죠. 알았어요. 린 양 일행이 어디로 향했는지 알려드리죠. 이곳에서 도보로 한나절 이상 걸리는 장소예요. 키르의 던전 인근에 출몰한 고블린 무리의 토벌 의뢰가 들어왔거든요. 그 의뢰를 수행하러 간 거예요."

키르의 던전이라면 신출내기 모험가가 던전 탐색을 연습하기 위해 애용하는 장소구나. 나도 신세를 진 적이 있어.

그곳에 가려면 이 마을에서 산을 향해 한나절 정도 간 다음, 거기서 짐승길을 따라 산 안으로 들어가야 하잖아.

"오후에 출발했으니 밤에나 도착할 거야. 밤에 산에 들어가는 건 무모해. 그럼 노숙을 한 후 이른 아침에 고블린을 공격하겠지."

"그게 모험가의 정석이죠. 매뉴얼에도 그렇게 적혀 있어요."

루나가 말한 매뉴얼이란 길드에 비치되어 있는 초보자용 모험 안내서다. 초보자를 위한 조언과 설명이 세세하게 기재되어 있다.

모험가라면 한 번은 읽어보지만 나는 읽은 적이 없다.

"그렇다면, 한밤중에 더스트의 동료를 공격할 가능성이 가장 커. 파티에 숨어든 한패거리가 보초를 설 때 습격한다면……."

"식은 죽 먹기일 거야."

나는 세나가 입에 담지 못한 말을 대신 말했다. 이 추론은 틀림이 없을 것이다. 내가 그 자식들이라면 분명 그렇게 할 테니까 말이다.

"그 녀석들이 출발하고 꽤 시간이 흘렀어. 서둘러 쫓아가더라도 늦을지도 몰라."

"게다가 그 녀석들은 적어도 열 명 이상은 된다고 보고를 받았어. 혼자서 가는 건 무모해."

그런 건 세나가 말하지 않아도 알아. 게다가 그 녀석들 중 적어도 한 명은 상당한 실력자일 가능성이 커. 다크니스를 유괴하려고 했을 때 느꼈던 그 시선……. 그 정도의 살기를 뿜을 수 있는 녀석이라면 내 경험에 비춰볼 때 상당히 위험한 놈이야.

이렇게 되면 출세한 후에 갚겠다는 조건으로 모험가를 고용할 수밖에 없어. 비상사태인 만큼 길드 측에서도 협조해 줄 거야.

"루나. 지금 의뢰를 맡아줄 녀석은 있어?"

"그게 말이죠. 상금으로 겨울을 보낸 바람에 다들 주머니 사정이 좋지 않은 건지, 대부분의 모험가 분들이 모험을 하러……."

"최악이잖아. 하지만 남아있는 녀석이 있지 않아? 한가한 녀석이 몇 명 정도는 있을 것 같은데 말이야."

"저녁때가 되면 일을 마친 분들이 돌아오겠지만 말이에요."

그때까지 기다렸다간 이미 늦고 말 것이다.

아까 길드 안을 둘러봤지만 아쉽게도 융융은 보이지 않았다. 마법사로서의 실력만 본다면 수준급인 녀석인데 말이다.

"경찰 또한 불확실한 정보만 가지고 인원을 동원할 수는 없어. 미안해."

세나는 고개를 숙였다. 정말 성실한 여자다. 두목이 묵비권을 행사하고 있기 때문에 증거라고는 내 증언뿐이다. 게다가 나는 몇 번이나 경찰 신세를 진 녀석이다. 세나가 믿어주더라도 다른 녀석들은 믿어주지 않을 것이다.

"어쩔 수 없지. 나 혼자서 가야겠는걸. 일이 벌어지기 전에 합류하기만 한다면 어떻게든 될 거야. 하지만 그러려면 이동수단이 필요해. 말이나 마차가 있으면 좋겠는데 말이야."

이제부터 도보로 가서는 늦고 말 것이다.

게다가 거기는 승합마차의 루트도 아니다. ……최악의 경우에는 말을 훔쳐서라도 가야겠어. 이제 와서 내 범죄이력이 한두 개 더 늘어나는 것 정도는 아무것도 아니거든.

"잠깐만 기다려주세요. 어쩌면 도와줄지도 모르는 분이 있어요."

계속 침묵을 지키고 있던 로리 서큐버스가 손뼉을 치면서 힘차게 고개를 끄덕였다.

서큐버스의 지인이라면 상급 악마려나?

어쩌면 바닐 나리를 말하는 걸지도 모른다. 나리는 기분파지만 악마의 부탁이라면 들어줄려나. 그럼 일단 믿어보기로 할까.

바닐 나리에게 도움을 받는다고 생각하니 좀 불안하기도 하지만 지금은 수단과 방법을 가릴 때가 아니다. 이용할 수 있는 거라면 뭐든 이용해주겠어.

"그런데, 왜 이 녀석이 여기 있는 거냐고."

액셀 정문에서 기다려달라고 말한 나는 여행에 필요한 것들을 잡화점과 마도구점에서 구해서 배낭에 집어넣은 후, 그것을 매고 정문으로 향했다. 그런데 왜 도우미랍시고 이 녀석이 여기에 있는 거냐고.

마도구점에 들렀을 때, 로리 서큐버스가 나리와 이야기를 나누고 있었다. 그래서 나리에게 동행을 요청한 줄 알았더니 그렇지 않은 것 같았다.

"오래간만입니다, 더스트 씨."

투구 너머에서 들려오는 분명치 않은 목소리는 귀에 익었다.

아니 저 투구 자체 또한 눈에 익었다. 거짓말을 간파하는 마도구에 관한 일로 신세를 졌던 그 투구 자식이네.

"저기, 나는 싸움에 도움이 되는 사람이 필요하다고. 귀족 도련님한테는 볼일이 없단 말이야."

"걱정 마십시오. 어릴 적부터 기사가 되기 위해 수련을 해 왔으니까요. 창술이라면 꽤 자신이 있어요."

손에 쥔 창을 경쾌하게 휘두르는 모습을 보니 꽤 실력이 있어 보였다.

창이라. 창술이 특기인 귀족…….

"더스트 씨, 왜 그러세요?"

어이쿠, 코앞에서 내 얼굴을 들여다보지 말라고…….

성적 매력은 전혀 없지만 그래도 깜짝 놀란단 말이야.

"아무것도 아냐. 지금은 도와줄 사람이 한 명이라도 더 필요하거든."

여차할 때 이 녀석이 귀족이라는 걸 밝히면 인질로 잡기 위해서라도 투구 자식의 목숨을 빼앗지 않을지도 모른다.

"투구 씨는 더스트 씨가 핀치에 처했다는 걸 제가 알려주자마자, 동행하겠다고 바로 말씀하셨어요. 그뿐만 아니라 말도 바로 마련해 주셨다니까요."

"이 말 두 마리도 네가 마련한 거구나."

털에 윤기가 흐르고 근육도 균형 잡혀 있는 말이었다. 성격 또한 거칠지 않은 것 같았다. 사육이 잘 된 것 같네. 역시 귀족 님의 말이야.

"저희 가문에서 소유한 말입니다. 더스트 씨, 말을 타실 줄 아십니까? 혹시 못 탄다면 제 뒤편에 타셔도……."

"뭐, 대충 탈 줄 아니까 걱정하지 마."

말에 타는 건 오래간만이지만 몸이 승마술을 기억하고 있을 것이다.

"그런데 용케도 이 녀석과 연락을 취했네. 주소를 알고 있는 거야?"

"아~, 으음~, 우연히 근처에 계셔서 금방 찾았어요."

"예, 우연입니다."

우연이라면서, 왜 이 녀석들은 고개를 돌리는 거지?

혹시 찔리는 구석이라도 있는 걸까? 하긴, 귀족인데 서큐버스 가게를 애용하고 있잖아. 여탕이라도 훔쳐보려고 하다. 로리 서큐버스에게 걸린 걸지도 몰라.

"뭐, 들키지 않게 조심하라고."

내가 동정심을 담아 투구 자식의 어깨를 두드리자 투구 너머에서 묘한 시선이 느껴졌다.

하악하악 하고 거친 숨 또한 내쉬고 있었다.

"예! 들키지 않도록 조심하겠습니다!"

"으, 응."

여탕 훔쳐보는 것에 너무 의욕을 발휘하잖아. 격려해줬다고 흥분해서 나한테 얼굴을 내밀지 말라고. 그리고 하악~하악~ 소리도 시끄럽단 말이다.

"어이, 너는 왜 그런 표정으로 우리를 쳐다보는 건데?"

로리 서큐버스는 우리를 쳐다보며 「아차~」 같은 소리를 하더니 손으로 이마를 짚었다.

범죄 행위를 조장하는 듯한 발언을 했기 때문일까? 여탕을 훔쳐보는 건 남자의 덕목 같은 거잖아. ……뭐, 경찰 앞에서 이런 소리를 했다간 바로 잡혀가겠지만 말이야.

"쓸데없는 이야기는 그만하자. 이제 출발할 건데, 괜찮지?"

"예, 언제든 출발하시죠."

멋진 대답이잖아. 의욕도 넘치는 것 같은걸.

나는 말안장에 올라탔고 투구 자식도 말에 올라탔다.

"그럼 단골이신 두 분께서 무사히 돌아오시기를 빌고 있을게요."

로리 서큐버스는 배웅이라도 하듯 우리를 향해 손을 흔들었다.

단골이라는 단어를 빼먹지 않다니 장사수완이 좋은걸.

"응? 너도 같이 가야지."

나는 그렇게 말하면서 로리 서큐버스의 손을 잡은 후 대답도 듣지 않고 그대로 잡아당겼다.

그리고 내 앞에 억지로 앉힌 뒤 말을 출발시켰다.

"어, 제가…… 왜요오오오오오오?!"

그 녀석들은 어린 여자애에게 물러터진 것 같았거든. 너는 미끼 역할로 딱이란 말이야.

5

"바람이 참 기분 좋네요~. 아, 저쪽에 귀여운 새가 있어요!"

로리 서큐버스가 말 위에서 주위의 풍경을 즐기며 들뜬 목소리로 그렇게 말했다.

아까까지만 해도 투덜거렸지만 지금은 기분이 꽤 좋아 보였다.

"뿔이 달린 토끼가 참 귀여웠죠?! 걷는 모습도 귀여웠어요. 가게에서 키우고 싶네요."

"그건 일각(一角) 토끼야. 귀여운 척 하면서 슬며시 다가왔다가, 머리에 달린 뿔로 상대를 찔러죽이지."

"어……."

저래 봬도 몬스터야. 그것도 육식이지.

문뜩 시선이 느껴져서 고개를 돌려보니 뒤편에서 따라오고 있는 투구 자식과 시선이 마주쳤다. ……아니 마주친 것 같았다. 투구 때문에 얼굴이 보이지 않지만 아까부터 계속 시선이 느껴졌거든.

그러고 보니 용케도 이번에 나를 도와줄 결심을 했구나. 이제 와서 이런 생각을 하는 것도 좀 그렇지만 대체 왜지? 서큐버스 가게에서 한 번 만난 적이 있을 뿐인 상대에게 말을 빌려줄 뿐만 아니라, 범죄자 토벌에도 협력해주고 있잖아. 말이 안 된다고…….

처음 만났을 때부터 계속 시선이 느껴졌는데, 혹시 뭔가 이유가 있는 걸까?

나는 지금까지의 상황을 돌이켜보았다. ……아, 그래. 크으~, 몰랐네. 투구 자식은 로리 서큐버스에게 마음이 있는 거구나! 내가 이 녀석과 자주 함께 있으니까 질투하는 거 아냐?

나한테 협력을 해주는 것도, 자신이 반한 로리 서큐버스가 부탁을 했기 때문인 거야. 그렇게 생각하면 앞뒤가 맞기는 해.

그러고 보니 가게에서도 다른 서큐버스에게는 눈길조차 주지 않고 로리 서큐버스와 함께 있는 나만 쭉 쳐다봤잖아.

그래. 이제 납득이 되네.

"하긴, 일단은 서큐버스잖아."

"어, 방금 뭐라고 했어요?"

목소리도, 모습도 영락없는 꼬맹이지만 말이야. 남의 취향을 가지고 왈가왈부할 생각은 없지만 왜 이런 녀석을 좋아하는 건지 모르겠네.

"저기, 그렇게 뚫어져라 쳐다보니 부끄럽거든요?"

가게에서는 항상 반라 상태로 있으면서, 왜 지금은 부끄러워하는 건지 모르겠네.

지금은 피부가 거의 노출되지 않는 옷을 입고 있는데 말이다. 이 녀석이 부끄러워하는 기준을 모르겠어.

"더스트 씨. 길은 맞습니까?"

투구 자식이 옆으로 이동해서 나에게 말을 걸었다.

이럴 줄 알았다니깐. 로리 서큐버스와 이야기를 나누는 나를 질투해서 방해하러 온 거야.

나와 로리 서큐버스가 친밀한 사이처럼 보인 거겠지. 역시 이 녀석에게 반한 게 분명해.

지난번에도, 그리고 이번에도 신세를 지고 있잖아. 그러니 조금은 응원해주도록 할까.

"이대로 쭉 가면 돼. 아, 이쪽은 두 명이라 말이 지쳤을지도 모르겠는걸. 이 녀석을 네 쪽에 태우면 안 될까?"

"저는 그렇게 무겁지 않거든요?!"

여자는 나이와 체중 이야기에 민감하게 반응하기 때문에 성가시다니깐.

너한테 있어서도 소중한 단골인 투구 자식의 소망을 이뤄주려는 거라고. 과잉반응하지 말고 협력해.

"그녀를 말인가요⋯⋯. 가능하면 더스트 씨를⋯⋯."

"뭐? 안 들렸어."

바람 때문에 말이 들리지는 않았지만 내키지 않는 눈치였다. 기뻐할 줄 알았는데 말이야. 꽤 내성적이라서 주저하는 걸까.

앞으로도 좀 신경을 써줘야겠어. 돈이 들지 않는 일이라면 협력해줘야지. 그리고 좀 진전이 있다면 나한테 한 턱 쏠지도 모르잖아.

"욕망으로 가득 찬 시선이 느껴져요⋯⋯."

"신경 쓰지 마."

"엉큼하지만 저를 보고 발정이 난 건 아닌 듯한⋯⋯."

"신경 쓰지 마."

어라. 이 녀석, 약간 삐친 것 같네.

다른 동행자는 투구를 쓴 채 나를 주시하고 있어서 엄청 무서웠다. 단 한순간도 나한테서 눈을 떼지 않아.

분위기는 좋지 않지만 이대로 가면 몇 시간 안에 따라잡을 수 있을 것 같군.

적이 숨어있는 장소를 알아냈다면 좋겠지만 그 부하는 대답을 할 수 있는 상태가 아니었다.

좀 약하게 걷어찰 걸 그랬나. 만일 거기서 못쓰게 됐더라도 마법으로 고칠 수 있을 거야. ……치료비 정도는 내줘야겠네.

"합류가 최우선이죠? 만약 도중에 범죄자 집단과 마주치면 어떻게 할 거예요?"

"어이, 이상한 소리 하지 마. 그런 걸 플래그라고 한다고. 카즈마가 가르쳐준 건데 말이야. 그런 소리를 입에 담으면 꼭 실제로 일어난다더라고."

"그럴 리가 없어요. 그럼 여기서 우연히 그 사람들과 마주친다는 거예요? 에이, 설마요. 아하하하하."

로리 서큐버스는 뭐가 그렇게 웃긴지 웃음을 흘렸다.

그리고 우리가 즐거운 듯이 이야기를 나눌수록 투구 자식의 눈빛이 날카로워지잖아. ……대체 뭐가 어떻게 되고 있는 거야.

"하지만 같은 목적지를 향하고 있으니 그럴 가능성도 완전히 없지는 않을 겁니다."

투구 자식은 걱정이 많네. 그런 건 기우라고. 만에 하나 상대가 우리를 발견하더라도, 이제부터 내 동료들을 습격해야 하는데 일부러 우리를 공격할 짬이 있겠냐 말이야.

"그건 그렇지만 걱정할 필요는 없어. 우리를 습격하는 건 계획에 없을 테니까. 지금까지는 계획적으로 범죄행위를 해온 녀석들이잖아? 닥치는 대로 덮치고 보는 산적 같은 짓은 안 해. 뭐, 바보가 아니라면 말이야."

"더스트 씨. 방금 그 말은 플래그……."

내가 방금 설명해준 플래그를 벌써부터 써먹네. 뭐, 그런 일이 일어날 리가 없지만…….

"두 분. 플래그를 바보 취급해선 안 될 것 같군요. 전방에서 누군가가 튀어나왔어요."

"어이, 완전 짜고 치는 것 같은 상황이잖아."

마치 사전에 이러기로 합의라도 한 것 같은 타이밍에 그들은 모습을 드러냈다.

인원은 일곱 명 정도인 것 같았다. 전원이 남자이며 인상이 험악했다. 모험가처럼 보이기도 하지만 분위기가 심상치 않았다. 교섭을 할 생각은 애초에 없는 것 같았고 이미 무기를 쥐고 있었다.

저번에 느꼈던 살기의 주인은 이 자리에 없는 것 같지만 전부 쓰러뜨리기에는 숫자가 많은걸. 상대방은 말이 없는 것 같으니까, 이대로 확 돌파할까? 아, 활을 가진 녀석이 두 명이나 있네.

"너희는 뻥긋도 하지 마. 그냥 내 말에 맞춰서 행동해."

내가 그렇게 말하자 두 사람은 약간 놀란 듯한 반응을 보이면서도 동의했다.

나쁜 쪽으로는 머리가 비상하게 돌아간다고 소문이 자자

한 이 몸의 실력을 보여주지.

"어이~, 너희가 두목이 말한 동료들이야?"

상대방이 공격을 하기 전에 친근하게 말을 건 나는 손을 흔들면서 다가갔다.

"공격하지 말라고. 나는 두목에게 고용되어서 이 녀석을 데려왔단 말이야. 로리스러운 여자애들을 모은다면서?"

나는 어디를 봐도 어린 마을 여성처럼 보이는 로리 서큐버스의 머리를 두드렸다.

그것만으로 내가 뭘 하려는 건지 눈치챈 로리 서큐버스는 겁먹은 연기를 시작했다.

"흐흑, 지, 집에 갈래요……."

여전히 연기력이 좋은걸. 그 비탄에 젖은 표정은 최고야. 데려오기를 잘했다니깐.

"잠깐만 있어봐. 너희는 우리 동료가 되고 싶은 거냐?"

내가 다가가서 말을 세우자 방심한 범죄자들이 다가왔다.

"그래. 액셀 마을에서 양아치 짓거리를 하다가 두목 눈에 들었거든. 나는 말을 탈 줄 아니까, 두목이 좀 늦을 거라는 말을 너희한테 전하라고 시켰어. 그리고 이 여자애는 선물 삼아 끌고 온 거지."

"흐음~, 그래? 하긴, 모험가들을 습격하면 그 마을에는 더 있을 수 없겠지. 로리가 늘어나는 것도 좋지만…… 어이, 신참! 너, 진짜 뭘 모르네!"

갑자기 화를 내잖아. 혹시 내가 이 녀석들의 동료라는 거짓말이 벌써 들통 난 걸까. 나는 칼자루에 손을 댔지만 이 수적 열세를 뒤집는 건 쉽지 않을 것이다.

"애가 울고 있잖아! 아가씨, 무서워하지 않아도 돼. 어이, 과자 좀 가지고 와!"

"예입!"

"""어?"""

뜻밖의 상황이 벌어지자 우리는 얼이 나가 버렸다.

나와 이야기를 나누던 남자는 로리 서큐버스를 상냥한 어조로 위로했고, 다른 녀석들은 접이식 의자와 테이블을 척척 준비하더니 그 위에 각양각색의 과자를 놓았다.

그리고 의자 위에는 푹신푹신한 쿠션을 놓더니 테이블에는 꽃까지 놓았다.

"자, 여기 앉으렴."

"아, 예."

로리 서큐버스는 도움을 요청하는 눈길로 나를 쳐다봤지만 나도 뭘 어쩌면 좋을지 감이 잡히지 않았다.

내가 일단 고개를 끄덕이자, 로리 서큐버스는 미적거리며 말에서 내리더니 의자에 앉았다.

로리 서큐버스는 갓 끓인 홍차와 과자 세트를 보고 당황한 것 같았다.

흉측하게 생긴 녀석들은 로리 서큐버스의 몸에는 손가락

하나 대지 않고 일정거리를 유지한 채 그녀의 시중을 들었다.

"맛은 어떤가요?"

"아, 정말 맛있어요."

로리 서큐버스는 만면에 미소를 지은 남자들을 보고 약간 겁을 먹으면서도 그렇게 말했다.

두 남자는 그 말을 듣더니 하이파이브를 하면서 기뻐했다. 진짜 영문을 모르겠네.

"제과 실력을 갈고닦기를 정말 잘했어……. 나는 이 순간을 위해 살아온 거야."

"정말 좋겠네! 지금까지 네가 해온 고생이 보답 받았구나!"

다들 눈물을 흘리고 있는 동료의 어깨를 두드리며 감동에 사로잡혀 있었다. ……뭐가 어떻게 되고 있는 거야?

이 맛있어 보이는 과자를 저 녀석이 직접…… 인상과 몸집이 곰 같은 저 아저씨가 만든 거야?

다들 만족스러운 표정을 지으며 고개를 끄덕이더니 테이블 옆에 한 줄로 섰다.

그리고 등을 꼿꼿이 펴고 이제부터 뭔가를 하려는 듯한 분위기를 자아냈다.

아무래도 좀 이상한 집단 같지만 그래도 범죄자 집단인 건 틀림없다고. 절대 방심하면 안 돼.

"단의 룰, 1! 로리를 사랑할지언정 건드리지는 미라."

""로리를 사랑할지언정 건드리지는 마라!""

이 녀석들, 갑자기 이상한 선언을 하기 시작했어.

"2! 결코 성적인 눈길로 쳐다봐선 안 된다!"

"""결코, 성적인 눈길로 쳐다봐선 안 된다!"""

아, 이 녀석들은 로리콘이구나.

진짜로 위험한 녀석들이다.

로리 서큐버스도 당황한 것 같았다. 이 녀석도 겉모습은 꽤 어려 보이니 저 녀석들의 취향에 딱 들어맞을 것이다.

제정신이 아닌 것 같은 녀석들이지만 수적으로 차이가 심했다. 적당히 맞장구를 치다가 빈틈을 보이면 도망치는 게 좋을 것 같았다.

이대로 기습을 하는 방법도 있지만, 바보 같은 소리를 늘어놓기는 해도 꽤 실력이 좋은 것 같았다. 걸을 때의 중심 이동과 몸놀림으로 볼 때, 꽤 실력을 갈고닦은 녀석들이리라.

"으음, 자세한 이야기는 밥이라도 먹으면서 하자. 오늘 밤에는 꽤 큰일을 치러야 한다며? 좀 이르지만 우리도 밥을 먹고 빨리 쫓아가자고."

"단의 룰, 13. 그래……. 그런데, 우리 전에 어디서 본 적이 있지 않아?"

선언을 중단해준 건 고맙지만 갑자기 이상한 소리를 했다.

이 녀석들 중 한 명이 내 얼굴을 뚫어져라 쳐다보며 미간을 찌푸렸다.

"신기하네. 나도 어딘가에서 본 것 같은 느낌이 들더라고."

그 뒤를 이어 세 사람이 같은 반응을 보였다. 이 녀석들, 다크니스 유괴 미수 사건 때 나와 마주쳤던 녀석들이구나. 기억은 어렴풋하지만 이런 목소리였던 것 같아.

아, 큰일 났네. 이 녀석들이 내 얼굴을 알아보면 끝장이야.

······이렇게 되면 시치미를 뗄 수밖에 없어.

"기분 탓 아냐? 나 같은 얼굴을 한 녀석은 흔해빠졌다고, 나리."

"그 탁한 금발은 분명······. 커억!!"

내 얼굴을 알아보려던 남자가 창자루에 두들겨 맞고 그대로 지면에 쓰러졌다.

누구 짓인지를 확인해볼 필요도 없다! 투구 자식이다!

이 녀석들이 동요한 사이에 말 위에서 한 명 더 쓰러뜨린 실력은 상당하지만 상대 또한 실력이 괜찮은 편인 것 같았다. 투구 자식이 세 번째로 노린 상대가 창을 막아냈다.

"이 자식, 이게 무슨 짓이야?!"

나는 말에서 뛰어내리면서 근처에 있던 두 남자를 공격했지만 상대는 내 공격을 아슬아슬하게 피했다.

"동료라는 건 거짓말이구나! 해치워! 아, 로리는 건드리지 마!"

"당연하지!"

전원이 일정한 거리를 유지하고 무기를 거머쥐었다. 인원이 두 명 줄었으나 그래도 상대는 다섯 명이나 되었다. 우리는 세 명이지만 그 중 한 명은 도움이 안 된다. 이대로 싸우는 것은 불리할 것이다. 그렇다면 선택지는 딱 하나 뿐이다.

　"좋아, 튀자! 전력으로 도망치자고! 이리 와!"

　내가 말에 타면서 뻗은 손을 서큐버스가 잡자, 나는 그대로 그녀를 잡아당겼다.

　"로리 강도다!"

　"남이 들으면 오해할 소리 좀 하지 말라고!"

　한 남자가 영문 모를 소리를 외치면서 창을 내지르려 했지만 로리 서큐버스가 다칠까봐 공격을 하지 못했다.

　나는 마침 잘됐다고 생각하면서 그대로 말을 몰며 도주했다. 투구 자식도 내 뒤를 따랐다.

　그 녀석들은 허둥지둥 활을 치켜들었다. 하지만―.

　"젠장, 시위가 끊어졌어!"

　"나도 마찬가지야!"

　아까 나는 너희가 아니라 활을 노렸다고.

　흥, 뒤통수를 치는 것과 도망으로는 그 누구한테도 안 져!

　"잘 있으라고! 이제 두 번 다시 볼일은 없겠지만 잘 지내!"

　"인마, 돌아와! 로리만이라도 두고 가라고오오오오오!"

　꽁지내린 개들이 짖는 소리가 들려도 나는 무시하며 도주했다.

그렇게 도망치면서 어느 정도 거리를 확보한 후, 나는 속도를 늦춘 뒤 투구 자식과 나란히 섰다.

"좋았어. 도망치는데 성공했네."

"악당들을 멋지게 속였군요. 정말 대단하십니다."

"남 속이는 능력 하나만은 진짜 끝내주네요!"

"당연하지. 이 정도는 식은 죽 먹기라고."

아까 쓰러진 두 명을 내버리고 행동할지, 아니면 회복될 때까지 기다리느냐에 따라 상대방의 이동 속도가 달라질 것이다. 아무튼 이대로 말을 타고 이동하면 따라잡히는 일은 없겠지.

"이제 더스트 씨의 동료들만 찾으면 되겠네요."

"흥, 무슨 소리를 하는 거야. 함정을 파서 기습을 해야지."

"예?"

왜 그렇게 아연실색하는 거냐고. 투구 자식은 표정이 보이지 않아서 어떤 반응을 보이는지 모르겠지만 말이야.

"얼간이 같은 표정 짓지 마. 우리가 저 녀석들보다 기동력이 뛰어나다는 걸 알았잖아. 이제 당황할 필요는 없어. 그것보다 선행을 했는데도 내 동료들을 찾지 못해서 괜히 시간을 허비하기라도 하면 골치 아플 거라고. 어디에서 내 동료들을 덮칠 건지 알아내기 위해서라도, 저 녀석들을 쓰러뜨리는 편이 훨씬 나아."

"그건 그렇지만……. 우리는 방금 저 사람들한테서 도망쳤잖아요?"

"그러니까 더 기습을 해야지. 자기들한테서 도망친 녀석들이 함정을 파놓고 역습을 할 거라고는 저 녀석들도 생각 못할 거야. 게다가 우리를 필사적으로 쫓느라 주의력도 산만해졌을걸? 간단한 함정도 발견하지 못할 거야. 틀림없어."

우리가 먼저 합류를 한다면 저 녀석들의 계획은 전부 허사가 된다. 그러니 상대는 지금 초조할 것이다. 이대로 포기하고 도망친다면 그것도 나쁘지 않겠지만 말이다.

"하지만 함정을 만들 도구가 있나요?"

"풍족한 자연을 이용하면 돼. 게다가 모험가한테 있어서 중요한 것은 정보와 준비라고. 정공법이 통하지 않는다면, 머리를 써서 함정에 빠뜨리면 되거든. 그리고 내가 이 배낭에 챙겨온 물건들이 이제 도움이 될 거야."

"더스트 씨. ……도적으로 전직하는 게 어때요?"

"됐어. 한심한 소리 하지 말고, 돕기나 해. 시간이 없으니까 빠릿빠릿하게 움직이라고."

"더스트 씨한테 빠릿빠릿하게 움직이라는 말을 들으니 왠지 굴욕이에요."

그건 또 무슨 소리야. 헛소리 할 시간 있으면 투구 자식이나 본받아.

저 녀석은 이미 말을 안전한 장소에 묶어놓고 내 지시를 기다리고 있단 말이야. 이 일이 잘 해결되면, 로리 서큐버스와 가까워질 수 있도록 적극적으로 도와야지.

"자, 서둘러."

6

함정 설치를 마치고 작전 또한 완벽하게 짰다.

각자가 맡은 자리로 이동했으니 이제 그 녀석들이 나타날 때까지 기다리기만 하면 된다.

미워할 수 없는 녀석들이지만 유괴 미수에 이어 현재 진행형으로 유괴를 노리고 있는 것이다. 그리고 귀족에게 넘긴다는 소리도 했었다.

이유는 모르겠지만 내 동료를 노린 녀석들을 봐줄 생각은 없다.

우리가 그 녀석들을 습격하는 장소는 키르의 던전으로 이어지는 짐승길 앞이다. 아직 길다운 길이 존재하는 장소이기도 했다.

오르막인 그 길은 남자 두 명이 겨우 지나다닐 수 있을 만큼 폭이 좁았다. 길의 옆은 급한 경사이고 무릎까지 가릴 만큼 잡초가 무성했다.

지리적으로는 우리 쪽이 우세해.

떨어진 곳에서 상당한 인원의 발소리가 들려왔다. 그 발소리는 점점 크고 선명해졌다.

길옆의 잡초 사이에 몸을 숨긴 채 발소리가 들린 방향을 쳐다보니 일곱 명의 남성이 눈에 들어왔다. 그들은 땀으로 범벅이 된 채 이쪽으로 걸어오고 있었다.

여기에는 갈림길도 없고, 잡초가 무성하고 경사가 진 장소로 걸을 이유 또한 없다. 좋아, 지금까지는 계획대로 되고 있어.

"서둘러! 이번 일이 실패로 돌아가면 두목한테 무슨 짓을 당할지 모른다고. 비장의 컬렉션을 빼앗길 수도 있어."

"아이리스 님의 사진을 빼앗겼다간, 삶의 희망을 잃고 말 거야."

"내 물건 중에도 두목이 눈독을 들인 게 몇 개 있어. 젠장, 서둘러야 하는데, 길이 너무 질퍽하잖아."

꽤 초조한 것 같네. 하지만 너희의 두목은 지금쯤 감옥 생활을 만끽하고 있을 거야.

그 녀석들이 오르막을 오르기 시작했을 때, 진로 방향에서 온몸이 물에 푹 젖은 투구 자식이 모습을 드러냈다.

투구 자식은 길을 막듯 서더니 오르막의 위쪽에서 그 녀석들을 내려다봤다.

"너는 아까 전의 그 녀석! 가지고 있는 걸 전부 바치려고 일부러 나타났나 보구나. 다른 두 사람은 어디…… 어이, 뭐 하는 거야. 아얏!"

투구 자식은 상대의 말에는 전혀 귀를 기울이지 않고 미리 주워둔 적당한 크기의 돌멩이를 묵묵히 던졌다.

"어이, 그만해! 인마, 네가 무슨 꼬맹이냐?! 돌 같은 거나 던지게, 아얏! 차라리 아까 전의 그 로리한테 돌을 던지게 해! 소녀가 돌을 열심히 던지는 모습…… 끝내주게 모에, 커억!"

얼굴에 정통으로 꽂혔나 보네. 살상 능력은 낮지만 꽤 아플 거야. 잘못 맞으면 뼈에 금이 갈 거라고.

적은 좁은 길에서 밀집 대형을 취하고 있었다. 우리는 높은 곳에서 투척 공격을 가하고 있고, 적은 장거리 공격이 가능한 활을 잃었다. 덕분에 일방적으로 공격할 수 있었다.

"푸하하하하, 끝내주는 광경인걸!"

나는 길옆 경사면의 꼭대기에서 돌을 맞고 있는 녀석들을 내려다보며 배를 잡고 웃어댔다.

그들을 도발하려는 의도도 있었지만 진짜로 웃겨서 웃음이 나왔다.

"이것들이!"

"너희 둘은 옆으로 돌아가! 너희는 미친 듯이 웃어대는 저 자식을 처리해! 너는 나와 함께 돌을 던지는 놈을 노리자!"

도끼의 날 부분으로 얼굴을 가리고 길을 따라 억지로 나아가려는 건가. 동료 중 셋은 내가 있는 오른쪽 경사면, 두 사람은 왼쪽 경사면으로 올라가려는 것 같았다. 단순한 경사면이니 올라가는 것도 충분히 가능하겠지만—.

"우, 우와아아앗! 뭐야? 비라도 내린 거야? 풀이 물에 젖어서 미끄러져!"

"푸웁! 어어, 뭔가에 발이 걸렸어."

나는 경사면을 따라 굴러 떨어지거나, 잡초를 묶어서 만들어둔 함정에 걸려 바닥을 구르는 녀석들을 쳐다보며 배를 잡고 웃었다.

"저기요~, 괜찮아요~? 잘한다. 우리 아기~."

"헛소리 작작해! 어린 여자애는 좋아하지만 어린 여자애 취급을 당하는 건 못 참아!"

열불을 내면 낼수록 발치에 주의를 기울이지 못했다. 툭 하면 넘어지느라 올라오지를 못하네.

투구 자식이 던진 돌이 뒤통수에 명중한 녀석은 자기 뒤편에서 따라오던 녀석들과 뒤엉키며 그대로 굴러 떨어졌다.

"크윽, 이제 됐다! 다 같이 정면 돌파를 하는 거다! 얼굴만 가리고 돌격해!"

경사면을 포기하고 길을 따라 나아가기로 한 건가. 뭐, 그게 타당한 판단이기는 해.

돌 정도는 방어구로 견뎌낼 수 있을 테니까. 하지만 이 더스트 님이 그런 점에 대비하지 않았을 것 같아?

"내가 바라던 대로 한곳에 뭉쳐줬는걸. 잘 부탁해!"

"예~."

내 신호에 따라, 로리 서큐버스가 숨어있던 나무 위에서 튀어나왔다.

마을 여성 옷차림이 아니라 노출도가 높은 복장을 한 로리 서큐버스가 박쥐 날개를 펄럭이면서 하늘을 날았다.

"아니?! 저 소녀는 천사였던 거야?!"

어이, 날개만 봐도 악마인 걸 알 수 있잖아.

경악한 녀석들의 머리 위편에 도달한 로리 서큐버스는 소중히 들고 있던 **번개 공격이 봉인되어 있는 마도구 공**을 양손으로 쥐고 있었다.

"그럼, 번개 공격 발동!"

로리 서큐버스가 쥔 공에서 아래쪽을 향해 발사된 번개가 한 녀석에게 정통으로 명중하더니, 물에 젖은 지면을 통해 사방으로 퍼져나가면서 그 녀석들을 일망타진했다.

예상 이상의 위력이었다. 살이 타들어가는 냄새가 나지만 죽지는 않았을 것이다.

"이 마도구, 위력이 엄청나네요!"

착지한 로리 서큐버스는 흥분한 목소리로 그렇게 외쳤다. 하지만 그건 자력으로 날 수 있는 악마니까 제대로 쓸 수 있는 거야. 인간은 쓰기 힘든 불량품이라고…….

"지면을 물로 적시는 마도구도 대단했습니다. 소음이 너무 심해서 부쉈다가 물벼락을 맞았지만 말이죠."

이 일대가 물에 젖은 것은 마도구점에서 얻은 간이 화장실 덕분이다.

소음이 상상했던 것보다 더 커서 마물들이 몰려올까 싶어 투구 자식이 파괴했더니 주위 일대가 물에 젖어버렸다. 불행 중 다행이네. ……꼭 그런 건 아니라는 생각도 들지만 말이야.

"그런데, 저 사람들은 어떻게 하죠?"

"방어구와 옷을 벗긴 다음, 나무에라도 묶어두자. 린 녀석들과 합류한 후에 어떻게든 하면 될 거야. 이제 잠입한 녀석만 남았지만 방심하지 않는 편이 좋을 거야."

"그래요. 그럼 빨리 벗기도록 할까요."

"저도 도울게요."

서큐버스라 그런지 주저 없이 남자를 벗기네.

투구 자식도 익숙한 것 같지 않아? 갑옷을 벗기는 건 꽤 어려운 데 말이야.

나도 돕자, 몇 분 만에 전원의 장비와 옷을 벗기고 나무에 등을 맡기듯 앉혔다. 그리고 밧줄로 그들을 둘둘 묶어뒀다.

"생각했던 것보다 더 시간이 걸렸는걸. 벌써 어두워지기 시작했어. 서두르자."

나는 다시 말에 탄 후 물에 젖지 않은 언덕길로 올라갔다.

도중에 말이 다닐 수 없을 만큼 길이 좁아졌기에 이쯤에서 말에서 내리기로 했다.

"여기서 기다려 주겠니? 돌아오지 않으면 먼저 돌아가도 돼."

나는 말과 이야기 중인 투구 자식을 쳐다보았다.

말이 사람의 말을 완벽하게 이해할 것 같지는 않지만, 똑똑한 말은 간단한 단어와 주인의 심정을 이해하거든.

오래간만에 말을 타보니 기분이 나쁘지 않은걸.

"더스트 씨, 방금 엄청 상냥한 표정을 지었어요."

"나는 항상 상냥하다고."

"……아, 예~. 그렇죠~."

"할 말이 있으면 내 눈을 똑바로 쳐다보면서 말해."

나는 고개를 돌려서 교과서를 읽는 어조로 그렇게 말하는 로리 서큐버스에게 따졌다.

어이, 휘파람 부르는 시늉을 하며 시치미 떼지 말라고…….

"기다리게 해서 죄송합니다. 그럼 가죠."

말과 대화를 마친 투구 자식이 그렇게 말한 후, 우리는 빠른 걸음으로 짐승길을 나아갔다.

혼자서는 무모한 짓을 벌이지 않을 것 같지만 범죄자는 무슨 생각을 하는지 알 수가 없거든. 이 녀석들은 이성적이라 린에게 허튼 수작을 할 것 같지는 않아도 조직 안에는 다른 사고방식을 지닌 자가 한두 명 정도는 있기 마련이다.

만일 동료나 린이 상처입기라도 한다면……. 나는 자제심을 발휘할 자신이 없다. 괜찮아. 분명 괜찮을 거야.

7

"흥. 완전 얼간이들이군. 크하하하하."

나는 입을 쩍 벌린 채 자고 있는 세 사람을 쳐다보며 웃음을 흘렸다.

신입이라 심야 보초를 맡겠다고 말하니, 이 착해빠진 녀석들은 오히려 고마워했다.

그리고 자고 있던 나를 깨운 후 전혀 의심을 하지 않고 잠이 든 것이다.

모닥불에 특제 수면제 가루를 섞어서 주위를 수면 연기로 가득 채운 결과, 이런 상황이 벌어졌다.

꽤 강력한 수면제니까 오늘 밤에는 그 어떤 일이 벌어져도 깨지 않겠지.

"약속 시간까지 두 시간 정도 남았는걸."

원래라면 좀 더 늦은 시간에 손을 써도 되겠지만 오늘은 일찌감치 행동했다.

나는 린이라고 불리던 마법사를 지그시 쳐다보았다.

나이는 확실치 않지만 아마 10대 중반일 것이다. 얼굴도 앳되니 의뢰인이 만족할 게 틀림없다.

사람들은 보통 가슴이나 엉덩이가 풍만한 여자를 선호하지만 그 중에는 가슴이 빈약한 여자를 선호하는 녀석들도 있다.

대다수의 사람들에게 이해받지 못하는 성적 취향이지만 내가 소속된 집단은 젊은 여성…… 그것도 소녀라 불러도 될 듯한 겉모습을 지닌 여성에게서 매력을 느끼는 단원으로 구성되어 있다.

처음 본 순간부터 이 여자는 내 취향에 딱 들어맞았다. 좀 더 젊은 여자를 좋아하는 진짜배기도 있지만 나는 이 정도를 딱 좋아한다.

"겉모습은 영락없는 꼬맹이지만 평소에는 드센 말투를 쓰는 점도 좋아. 이런 여자를 내 멋대로 할 수 있다니……. 츄릅. 어이쿠, 침이 흘러나왔네."

소녀는 눈으로만 감상해야 하며 건드려선 안 된다는 게 내가 속한 집단의 규율이지만 들키지만 않으면 문제될 건 없어. 이런 득을 보려고 가장 성가신 일을 맡는 거라고.

"우선 망토를 벗기고……. 다음에는 하의부터 노릴까? 아니면 상의부터 가볼까. 신발과 양말은 남겨두는 편이 좋겠지?"

옷을 벗기는 데도 저만의 방식이라는 게 있다. 그리고 전부 다 벗기는 것보다 일부는 남겨두는 편이 더 흥분이 된다는 것이 내 지론이었다. 그래서 상의만 벗기고 브래지어는 남겨뒀다.

그리고 하의를 벗기면서도 팬티는 남겨뒀다. 그래! 바로 이거야!

아직 발달되지 않은 가슴과 속옷의 콜라보레이션! 그리고 신발을 남겨서 피학(被虐)적인 느낌을 연출!

"최고야! 자, 그럼 이 몸을 마음껏 즐겨보기로 할까."

나는 검지로 여성의 몸을 스윽 매만졌다.

완전히 여물지 않은 조신한 가슴, 물방울이 튕겨날 것만 같을 정도로 탄력적인 피부…… 끝내주네. 자, 좀 더 즐겨봐야지.

　한손으로 잡기 힘든 가슴을 억지로 움켜쥐면서 그 감촉을 손바닥 전체로 느끼도록 할까. 나는 눈을 감고 모든 신경을 손에 집중시켰다.

　"어? 생각했던 것보다 볼륨이 있잖아. 어라, 이렇게 글래머였나?"

　손에서 느껴지는 크기와 탄력을 보니 의외로 글래머인 것 같은데?

　이런 것도 나쁘지는 않지만 내가 바라던 것과는 좀 다르다. 외모와 이렇게 차이가 나다니 이야말로 여체의 신비인걸.

　상황을 파악하기 위해 눈을 뜨자 볼이 발그레해진— 돼지가 보였다.

　"어어어어어어어어?! 오, 오크?!"

　내가 주무른 것은 린의 가슴이 아니라 오크의 가슴?!

　뭐가 어떻게 된 거야?!

　"어머나, 나는 이렇게 우격다짐인 수컷이 취향이야."

　오크는 하악~ 하악~ 하고 거친 숨을 내쉬면서 촉촉이 젖은 눈동자로 나를 쳐다보고 있었다.

　그 순간, 내 등에 소름이 돋았다.

　"야, 야, 야, 야, 야."

너무 놀란 나머지 말이 잘 나오지 않았다.

"약혼? 후후, 성급하네. 우, 선, 은 속궁합부터 확인해보자."

"히이이이이이익!"

나는 엉덩방아를 찧은 채 그대로 후퇴했다.

도, 도망쳐야 해! 오크는 암컷으로만 이뤄진 종족이고 남자를 보면 그대로 덮쳐서 복상사를 할 때까지 겁탈한다고 한다. 그야말로 남자에게 있어 최악의 종족인 것이다.

오크에게 잡힌 남자들의 비참한 말로는 술집에서 몇 번이나 들은 적이 있었다.

꼴사납더라도 한시라도 빨리 도망쳐야 해!

다리가 풀려서 일어설 수가 없었기에 엉덩방아를 찧은 채로 거리를 벌리려 했지만 등이 무언가에 부딪쳤다.

"어머나~. 오빠, 어디 가려는 거야~?"

마, 말도 안 돼. 이 목소리는……

본능이 돌아보지 말라고 외치고 있었지만 그래도 나는 돌아볼 수밖에 없었다.

그래. 착각일지도 몰라. 단순히 장애물에 부딪쳤을 뿐이고, 방금 들린 것도 분명 환청일 거야.

천천히 고개를 돌려보니…… 내가 부딪친 것은 바위나 나무가 아니라 뒤룩뒤룩 살찐 오크였다.

그것도 셋이나 되었다.

"끄아아아아아악!"

"자, 마음껏 즐기자. 오늘밤에는 안 재울 거야! 하악~, 하악~."

"나는 오늘 광폭해! 성가신 옷은 확 찢어버려야지!"

"아, 아, 안 돼! 이러지 마!"

"나는 적어도 50명은 낳고 싶거든? 여보, 힘내~. 우선 네 아들한테 잘 부탁한다는 의미로 키스를 해야겠네!"

"아, 안 해도 됩니다!"

나는 엉금엉금 기어서라도 도망치려 했지만 처음에 봤던 오크가 내 어깨를 움켜잡았다.

거친 콧김이 느껴지더니 침으로 번들거리는 입이, 서서히, 서서히, 나를 향해······.

"누, 누가 좀 살려줘어어어어어어어어엇!"

내 눈앞에는 잠이 든 채로 절규를 토하며 버둥거리는 남자가 있었다.

그리고 로리 서큐버스가 그 남자의 옆에 서서 꿈을 보여주고 있었다.

"내가 연출을 조언하기는 했지만 그래도 좀 질리는걸."

내 동료들을 속이고, 린을 건드리려고 한 남자가 꿈속에서 차마 눈뜨고 볼 수 없는 일을 겪고 있는 것 같았다.

필사적으로 머리를 좌우로 흔들면서 뭔가를 거부하고 있었다.

"후후후, 좀 즐겁네요."

웃고 있는 로리 서큐버스를 보니 섬뜩하네. 이 녀석, 뭔가에 눈뜬 거 아냐? ……앞으로는 좀 상냥하게 대해줘야겠어. 꿈을 인질로 잡히면 저항할 수도 없잖아.

"설마 범죄자 집단의 일원일 줄은 몰랐어. 사람은 겉만 보고는 모른다는 거네."

린은 팔짱을 낀 채 인상을 찡그렸다.

저 녀석이 잠든 틈에 몰래 합류한 우리를 보고 동료들은 놀랐지만 자초지종을 설명하자 바로 납득했다.

정확하게는 내 말이 아니라, 로리 서큐버스와 투구 자식의 설명을 믿은 거지만 말이야! 동료한테 너무하는 거 아냐?

"더스트, 덕분에 살았어. 고마워."

"다시 봤어. 너도 할 때는 하는 남자구나."

테일러와 키스는 나를 칭찬했다.

하지만 린은 팔짱을 낀 채 나를 뚫어져라 쳐다보고만 있었다.

"어이, 린 양~. 나한테 할 말이 있지 않아?"

"으윽, 그, 그러니까. 고마워. 이제 됐지?!"

린은 화내는 듯한 목소리로 그렇게 말했지만 나는 그녀가 멋쩍어서 저러는 거라는 걸 안다.

그래서 나는—.

"그래. 진심으로 고마워하라고."

—미소로 답했다.

8

오늘은 밤이 깊었으니 내일 돌아가기로 하고, 다들 잠에 빠져든 심야.

가위 바위 보에서 진 나는 혼자서 보초를 서고 있었다. 원래라면 린과 함께 보초를 서야 하지만 나는 그녀를 깨우지 않고 혼자서 모닥불을 지그시 쳐다보고 있었다.

동료들과 로리 서큐버스는 기분 좋은 듯 잠을 자고 있었다. 투구 자식은 잘 때도 투구를 벗지 않았기에 어떤 표정인지는 알 수 없었다.

오크 파라다이스에서 정신적으로 피폐해지고 만 남자는 로프에 묶여 있었다.

지금 잠을 자고 있지 않은 건 나— 그리고 한 명 더 있나.

나는 몸을 일으킨 후 엉덩이에 붙은 흙을 털었다.

"잠깐만 빌릴게."

나는 잠이 든 투구 자식의 옆에 놓여있던 창을 주워들었다. 그리고 뒤편에 있는 나무를 지나, 어둠 속을 나아갔다.

활짝 트인 장소에 도착한 나는 눈을 가늘게 떴다.

"거기 있지? 다른 녀석들을 깨우고 싶지 않아서 여기까지 유인한 거야. 빨리 튀어나와."

"호오, 나를 눈치챈 건가. 조무래기인 줄 알았는데 말이다."

나무 뒤편에서 모습을 드러낸 이는, 검은색 옷을 걸친 남자였다. 입가와 머리도 검은색 천으로 감싼 채 어둠에 녹아들어 있었다.

아까 그 녀석들을 함정에 빠뜨려서 격퇴하던 도중에 미세한 시선이 느껴졌다. 그 후로 그 시선의 주인은 우리를 계속 쫓아오는 것 같았다.

이 남자의 기척과 몸놀림만으로도 위험한 자라는 것은 대번에 알 수 있었다. 아까 그 녀석들과는 차원이 다른 실력자네. 이 녀석은 진짜 암살자 아냐?

바닐 나리가 방심을 하지 말라고 나에게 말했던 것은 이 녀석 때문이 틀림없다.

"그렇게 살기를 뿜는데 어떻게 눈치를 안 채겠냐고. 네가 누구인지는 모르겠지만 아까 그 녀석들한테 고용된 거지? 두목은 이미 유치장 신세를 지고 있거든? 그런데도 계속할 거야?"

"나는 그 자들에게 고용되었으며, 보수 또한 선불로 받았다. 상품을 옮기는 의뢰를 완수해야만 한다."

"너, 뒷세계 일을 하는 녀석 답지 않게 융통성 없네. 그렇게 고지식하면 세상 살면서 손해만 봐. ······옛날의 나처럼 말이야."

"충고해줘서 고맙다. 이야기는 그만하고 슬슬 내 소임을 다하도록 할까."

의욕이 넘치는 상대와 대치한 가운데, 나는 손에 쥔 창을 힐끔 쳐다보고 힘차게 움켜쥐었다.

싫증날 정도로 창을 휘둘러서 그런지, 아직도 손에 익은 걸⋯⋯.

"소중한 이를 지키기 위해서니까, 용서해주겠지⋯⋯."

린을 쏙 빼닮은 외모를 지녔고, 제멋대로인 데다 자유분방했던 **그 분**의 얼굴이 뇌리를 스쳤다.

나는 헤어지던 날에 작별 선물로 받았던 검을 손가락으로 매만지면서 크게 한숨을 내쉬었다.

─창을 쓰겠습니다.

나는 무릎을 살짝 굽히고 자세를 약간 낮췄다.

검은 옷을 입은 남자가 지면 위를 미끄러지듯 움직이면서 정면에서 다가왔다.

상대는 양손에 단검을 한 자루씩 쥐고 있었다. 쌍검을 쓰는 건가.

나는 단숨에 접근한 그 녀석을 향해 창끝을 내질렀다. 하지만 상대는 창을 아슬아슬하게 피하더니 그대로 내 품속으로 파고들었다.

달빛을 반사하는 은색 빛 두 줄기가 어둠속에서 반짝였다. 그 빛의 궤도는 내 목을 향하고 있었다.

나는 상반신을 젖히며 단검을 피한 후, 그대로 뒤편으로 이동하면서 몸을 한 바퀴 회전시켰다.

그리고 지면에 착지하기 직전에 공중에서 창을 휘두르자 상대 또한 뒤편으로 물러났다.

"대단한 실력이군. 쭉 관찰했었다만 평소의 모습은 위장이었던 건가."

"그렇지도 않아. 오히려 이게 위장일지도 모른다고."

나는 농담을 하듯 그렇게 말하고 상대와 대치했다.

"하지만 방금 공방으로 네 실력은 완전히 파악했다. 다음 일격으로 해치워주지!"

자신만만한 목소리로 그렇게 말한 그가 나를 향해 쇄도한 순간, 나는 창을 반 회전시키면서 창자루의 끝부분으로— 전력을 다한 찌르기를 날렸다.

그 일격은 공기를 찢고 상대의 복부에 정확히 꽂혔다.

그 남자는 경악에 찬 눈으로 자신의 배에 꽂힌 창을 쳐다보더니 그대로 무너지듯 지면에 소리 없이 쓰러졌다.

"미안해. 오랜만이라 감을 잡는데 시간이 걸려버렸네."

"1에리스도 못 받은 데다, 그 가게의 접대도 그냥 날아가 버렸다고. 하아~."

결국 나는 이번 일로 아무런 이득도 보지 못했다.

사실 그 녀석들은 몇 번이나 유괴를 했는데도 불구하고 전원이 한나절도 지나기 전에 풀려났다. 유괴된 이들은 해코지는 고사하고 공주님 대접을 받았기에 고소를 취하했다고 한다.

게다가 그들의 뒤에는 명문 귀족이 있는지, 경찰도 이 사태를 크게 벌릴 생각이 없는 것 같았다. 그래서 그들은 수배도 당하지 않았고 현상금도 걸려 있지 않았다.

그 녀석들에게 고용됐던 암살자 같은 남자도 어느새 사라졌다. ……두 번 다시 나와 얽히지 않는다면 딱히 신경 쓸 필요는 없겠지. 그렇게 고지식한 녀석이라면 아까 나와 싸운 걸로 의리를 다했다고 판단했을 테니 두 번 다시 내 앞에는 나타나지 않을 거야.

동료들이 무사해서 다행이지만 나는 진짜 손해만 봤다고…….

"좀 다시 봐줄까 했는데…… 너는 정말 못 말리는 녀석이라니깐."

길드 한편에 있는 테이블에 엎드려 있을 때, 맞은편에 앉아있던 린이 입가를 씰룩이고 있었다. 어이없어 하는 것 같지만 진심은 아닌 것 같았다. 쓴웃음을 짓고 있는 느낌인걸.

"더스트도 고맙지만 그때 같이 와줬던 두 사람한테도 정식으로 감사 인사를 해야 할 텐데……."

테일러는 그런 면은 똑부러지니까 말이야. 하지만 동료에게 그 녀석들을 소개하면 일이 성가셔질지도 모른다고. 한 명은 귀족, 한 명은 서큐버스거든.

"그 여자애는 알지만 투구를 쓴 녀석은 대체 누구야, 더스트?"

나와 마찬가지로 서큐버스 가게의 단골인 키스는 로리 서큐버스의 정체를 알 것이다. 투구 자식 쪽은…… 키스한테라면 나중에 가르쳐줘도 되겠지.

"다음에 가르쳐줄게."

"그런데 그 귀여운 애는 대단하던걸. 정신에 관여해서 꿈을 보여주는 마법 같은 건 듣도 보도 못했어. 기회가 되면 배우고 싶어."

그러고 보니 로리 서큐버스는 자기가 특수한 마법을 쓸 수 있다고 설명했었지? 그 녀석의 정체를 린이 알면 난리가 날 테니 비밀로 해둬야겠다.

"아, 맞아! 우리 파티에 영입하는 건 어떨까? 여자애가 늘어나면 나도 기쁠 거야. 너와도 사이가 좋잖아?"

"잠깐만 그건……."

그렇게 됐다간 정체가 들통 날 거라고. 그러니 거부하겠어.

"에이, 괜찮잖아. 그것보다, 왜 더스트 따위가 그렇게 귀여운 애와 아는 사이인 건데? 혹시 약점이라도 잡은 건—."

"아냐! 일전에 그 녀석이 일하는 직장의 문제를 해결해준 적이 있어. 양아치가 얽힌 문제였던가?"

"하긴, 너는 그런 쪽으로는 꽤 힘 좀 쓰잖아."

린이 납득한 것 같았지만 그녀의 반응을 보니 짜증이 치솟았다. 그래도 지금은 참아야 해.

"그것보다, 의뢰나 받자. 내가 진짜로 범죄에 관여하기 전에 말이야……."

"네가 그런 소리 하니까 농담으로 안 들려."

진심일 리가 없잖아. ……아주 조금이라면 몰라도 말이지.

총자산이 마이너스인 이 상황을 어떻게든 해야 한다고…….

"아, 돈이 없으면 이걸 챙겨둬."

테일러가 두둑한 자루를 테이블에 내려놓았다.

혹시 돈이 들어있는 거야?

"어이, 무슨 꿍꿍이야?"

"너는 항상 남한테 돈을 뜯어내면서, 공짜 돈을 받으면 경계부터 하는 거야? 이건 길드에서 주는 배상금이야. 범죄자를 알아보지 못하고 소개한 것에 대한 사과의 의미로 주는 것 같아."

테일러가 엄지로 가리킨 곳에는 길드의 카운터가 있었고 나와 시선이 마주친 루나가 고개를 푹 숙였다.

"우리 전원에게 준 돈인데, 전부 더스트에게 줄게. 뭐, 너는 생명의 은인이잖아."

"이래 봬도 고맙게 생각하고 있어."

"뭐, 그렇게 된 거야."

진짜 솔직하지 못한 동료들이다. 이 돈을 사양하면 폼이 나겠지만 남이 주는 거라면 일단 사양하지 않고 받는 게 내 신조거든.

"고마워. 이 정도면 빚을 청산하고도 좀 남겠는걸. 그걸로 술판을 벌여볼까!"

"아까 의뢰를 받자고 안 했어? 하아, 어쩔 수 없네. 오늘은 어울려줄게."

"좋지. 마음껏 들이키자고!"

"그래. 재결성 기념 삼아, 거나하게 취해볼까!"

역시 동료라면 이래야지.

기쁨도 슬픔도 함께 하는 게 동료니까 말이야.

"자, 마셔보자고! 술 좀 팍팍 가지고 와!"

"돈 좀 벌었나 보군. 이 몸도 자리를 같이 하고 싶은걸."

근처를 지나가던 점원을 불러 세우려고 뻗은 내 손을, 새하얀 장갑을 낀 손이 느닷없이 나타나서 움켜쥐었다.

한참 기분 좋았는데 찬물을 끼얹은 건 대체 어떤 놈이야?

고개를 돌려보니 눈에 익은 얼굴이 보였다.

"어, 바닐 나리잖아. 또 아르바이트 중이야?"

저번에 길드 구석에서 운영했던 상담소가 꽤 호평이었는데, 혹시 또 상담소를 연 건가?

"그럴 생각이었는데, 안 해도 될 것 같군. 그럼 마도구의 대금을 받아가지."

"어, 나리? 무슨 소리를 하는 거야? 마도구는 공짜로 준다고 했었잖아."

"음, 이 몸은 분명 그렇게 말했지. ……딱 하나만 공짜로 주겠다고 말이야."

바닐 나리는 돈이 들어있는 자루를 움켜쥐더니 「후하하하하하! 그대의 악감정도 꽤 맛있군」이라고 말하며 길드를 빠져나갔다.

깜빡했어……. 그리고 보니 딱 하나만 공짜로 주겠다고 말했지…….

"내 술값……. 돈……."

너무 충격을 받은 나머지, 나리를 붙잡지도 못했다.

내가 망연자실한 눈길로 동료들을 쳐다보니 그들은 동정을 금할 수 없는 표정으로 내 어깨에 손을 얹었다.

"""의뢰나 받자."""

한 목소리로 말하지 마.

"으윽, 젠자아아아앙! 왜 돈은 항상 내 곁을 떠나가는 거냐고!"

"돈이 너를 싫어하는 거야. 자, 빨리 의뢰를 골라. 같이 가줄게. ……우리는 동료잖아?"

린이 약간 멋쩍어하면서 퉁명한 목소리로 그렇게 말하자, 그녀의 뒤편에 있는 테일러와 키스가 고개를 끄덕였다.

어쩔 수 없지. 오늘도 열심히 돈을 벌어볼까.

"크아~! 나리가 돈을 전부 가져간 바람에 오늘이 기한인 빚을 못 갚잖아! 의뢰를 빌미 삼아 이 마을을 벗어나야지!"

적당한 의뢰를 맡아서 길드를 나서자 구름 한 점 없는 하늘에서 햇살이 쏟아졌다.

점원들은 오늘도 힘찬 목소리로 호객행위를 하고 있었다.

낯이 익은 모험가들은 모험을 하러 떠나고 있었다.

그리고 경찰들은 내 얼굴을 보자마자 경계심을 품었다.

"짜증날 정도로 날씨가 좋네."

"날씨 가지고 싫증 내지 마. 하아, 그날 밤에는…… 진짜 멋졌는데 말이야."

린은 내 귀에 입을 가까이 대면서 그렇게 말했고 나는 무심코 그녀의 얼굴을 쳐다보았다.

장난꾸러기처럼 새하얀 이를 드러내며 웃고 있는 그녀의 얼굴에서, 나는 눈을 뗄 수가 없었다.

"그때, 혹시 안 자고 있었던 거야?"

"흐음, 글쎄요~?"

린은 내 질문에 애매하게 답하더니 경쾌한 발걸음으로 뛰기 시작했다.

키스와 테일러도 서로를 쳐다본 뒤 어깨를 으쓱하고 린의 뒤를 따랐다.

오늘도 시끌벅적하면서 즐거운 하루가 될 것 같네.

■작가 후기

『저 어리석은 자에게도 각광을!』을 집필하게 된 히루쿠마라고 합니다.

이 책을 구매해주신 많은 분들은 『이멋세』의 팬이며, 히루쿠마가 누구인지 모르는 분이 대부분이실 테죠. 저는 스니커 문고에서 『자동판매기로 다시 태어난 나는 미궁을 방황한다』로 데뷔한지 1년 정도 된 신인 작가입니다.

이런 제가 담당 편집자인 M씨에게서 「『이멋세』의 스핀오프를 써보지 않겠어요?」 라는 제안을 받은 게 올해 초였습니다. web 시절부터 『이멋세』의 팬이었던 저는 「정말요? 꼭 할래요!」라고 바로 주저 없이 대답을 했지만 곧 마음이 진정되고 나니…… 당치도 않은 일을 벌였다는 걸 깨닫고 부담감을 느꼈습니다.

인기작의 스핀오프를 담당한다. 그 현실에 겁을 먹었습니다만 한 명의 팬으로서 집필을 하기로 결심했습니다. 이것은 어디까지나 제 생각입니다만 스핀오프 작품의 담당자는 원작을 좋아하는 것이 최소한의 조건이라고 생각합니다. 저는 그 조건에 부합한다고 생각합니다. 광팬이니까요!

작가로서 일이라 여기는 게 아니라, 팬의 시점도 고려하며 글을 쓴다면 재미있는 작품이 되지 않을까. 『이멋세』의 세계와 캐릭터를 빌려서 자신만의 오리지널 캐릭터를 활약시키는 게 아니라, 본편의 이면에서 벌어진 일과 엑스트라들의 활약을 더 보고 싶다. 그것이 『이멋세』의 팬이기도 한 제 소망이었습니다.

　이 작품을 쓰면서 많은 분들에게 신세를 졌습니다.

　우선 아카츠키 나츠메 선생님. 매력적인 캐릭터가 넘쳐나는 『이멋세』의 스핀오프를 저에게 맡겨주셔서 정말 감사합니다! 이 작품에 대한 애정과 감사의 마음을 말로 표현했다간 후기가 10페이지 이상 늘어날 것 같으니 다른 기회에 다시 감사 인사를 드리겠습니다.

　미시마 쿠로네 씨의 캐릭터 일러스트를 보며 상상의 나래를 펼친 덕분에, 더스트와 여러 캐릭터들을 마음껏 날뛰게 할 수 있었습니다.

　이 작품에서 아름다운 일러스트를 그려주신 유우키 하구레 씨. 멋진 그림을 그려주셔서 감사합니다. 다크니스는 정말 끝내주네요…….

　애니메이션 관계자 여러분. 집필 중에도 캐릭터들이 생생하게 제 머릿속에서 움직여댔고, 담당 성우 여러분의 목소리가 머릿속에서 항상 재생됐습니다.

　편집부 여러분. 좋은 의견을 내주신 담당편집자 M님. 이 책에 나올 수 있도록 힘써주신 모든 분들.

마지막으로 이 책을 읽어주신 독자 여러분에게 진심으로 감사드립니다!

히루쿠마

이 책을 구매해주셔서
감사합니다!

「이멋세」의 팬 중 한 명으로서,
이멋세 팬 여러분이 조금이라도
즐겨주시면 기쁘겠다고
생각하며 최선을 다했습니다.

그리고 로리 서큐버스 양에게는
이름이나 애칭이 있는지
궁금하네요.

유우키 하구레

더스트 외전의 발매를 진심으로
축하드립니다!
저 이외의 다른 분이 집필한 더스트가
신선하게 느껴졌습니다.
히루쿠마 선생님의 멋진 활약을
고대하겠습니다.
『이 어리석은 자에게 각광을!』의
발매에, 축복을!

아카츠키 나츠메

더스트 씨의 외전!
발매 축하드립니다~!!
전부터 신경 쓰였던 더스트 씨의 비밀(?)이
드디어 밝혀진다니 저도 정말
고대됩니다.
그리고 하구레 선생님이
그리신 다크니스와 다른 캐릭터들을
볼 수 있다니…!
정말 감사합니다 & 잘 먹었습니다!

미시마 쿠로네

안녕하십니까. 근로청년 번역가 이승원입니다.

『저 어리석은 자에게도 각광을!』을 구매해주셔서 진심으로 감사드립니다.

『저 어리석은 자에게도 각광을!』은 『이 멋진 세계에 축복을!』 스핀오프 제3탄입니다. 지금까지의 스핀오프는 원작자이신 아카츠키 나츠메 선생님께서 집필을 하셨습니다만 이번 3탄은 다른 작가님께서 글을 쓰셨습니다.

히루쿠마 선생님께서 쓰신 이 스핀오프의 주인공은 더스트입니다. ……예. 그 더스트입니다. 인간 말종 레벨로만 본다면 카즈마와 대등 혹은 앞설지도 모르는 그 더스트 말이죠.

본편, 그리고 각종 스핀오프에서 감초 역할을 해왔던 더스트가 본편의 이면에서 겪었던 일들이 이 책에 담겨 있습니다.

카즈마는 거의 등장하지 않는데도 작품 전체에서 묻어나는 『이멋세』의 향기가 정말……. 역시 카즈마의 진정한(?) 라이벌은 더스트뿐이라는 걸 다시 한 번 실감했습니다.

그리고 본편 곳곳에서 나왔던 더스트의 비밀(?)이 조금씩 밝혀지려 하고 있습니다. ……대체 액셀 마을은 어떻게 되어 먹은 걸까요. 신출내기 모험가만 모여드는 마을이라는데,

살펴보면 거물들로 넘쳐 납니다. 물론 서큐버스 가게 덕분(?)이기도 하겠습니다만 마왕군 간부 정도는 찜쪄드실 듯한 강자가 너무 많네요. AHAHA.

이세계 전생물로 데뷔하셨고 『이멋세』의 팬을 자처하시는 히루쿠마 선생님이 집필하시는 이 새로운 스핀오프도 정말 기대됩니다!

그럼 이만 줄이겠습니다.

『이멋세』의 스핀오프도 저에게 맡겨주신 L노벨 편집부 여러분. 감사합니다. 앞으로도 잘 부탁드립니다.

도쿄 3박4일 여행을 가서 3박4일 동안 아키바 탐방만 하다 돌아올 거라는 악우여. ……말리지는 않으마. 그리고 내가 부탁한 거 꼭 사서 돌아올 거지?(^^)

마지막으로 언제나 제게 버팀목이 되어주시는 어머니와 『저 어리석은 자에게도 각광을!』을 읽어주신 모든 분들에게 진심으로 감사드립니다.

모 온천마을에 모 엑스트라가 가면 어떤 일이 벌어지는지 상세하게 다뤄지는 『저 어리석은 자에게도 각광을!』 2권의 역자 후기 코너에서 다시 뵙겠습니다!

2018년 5월 중순
역자 이승원 올림

저 어리석은 자에게도 각광을!
멋지도다, 명조연

1판 1쇄 발행 2018년 6월 10일
1판 3쇄 발행 2019년 4월 12일

지은이_ Hirukuma
일러스트_ Hagure Yuuki
원작_ Natsume Akatsuki
캐릭터원안_ Kurone Mishima
옮긴이_ 이승원

발행인_ 신현호
편집국장_ 김은주
편집진행_ 최은진 · 김기준 · 김승신 · 원현선 · 권세라
편집디자인_ 양우연
국제업무_ 정아라
관리 · 영업_ 김민원 · 조인희

펴낸곳_ (주)디앤씨미디어
등록_ 2002년 4월 25일 제20-260호
주소_ 서울시 구로구 디지털로 26길 111 JnK디지털타워 503호
전화_ 02-333-2513(대표)
팩시밀리_ 02-333-2514
이메일_ lnovelpiya@naver.com
ㄴ노벨 공식 카페_ http://cafe.naver.com/lnovel11

KONOSUBARASHI SEKAI NI SHUKUFUKU WO! EXTRA ANO OROKAMONO NIMO
KYAKKO WO! Vol.1 SUBARASHIKI KANA, MEIWAKIYAKU
©2017 Hirukuma, Hagure Yuuki, Natsume Akatsuki, Kurone Mishima
First published in Japan in 2017 by KADOKAWA CORPORATION, Tokyo.
Korean translation rights arranged with KADOKAWA CORPORATION, Tokyo.

ISBN 979-11-278-4527-8 04830
ISBN 979-11-278-4526-1 (세트)

값 7,000원

*이 책의 한국어판 저작권은 KADOKAWA CORPORATION과의 독점 계약으로
(주)디앤씨미디어에 있습니다.
저작권법에 의해 한국 내에서 보호를 받는 저작물이므로 무단전재와 복제를 금합니다.

*잘못된 책은 구매처에 문의하십시오.

© Koushi Tachibana, Tsunako 2018
KADOKAWA CORPORATION

데이트 어 라이브 1~18권, 앙코르 1~7권, 머테리얼

타치바나 코우시 지음 | 츠나코 일러스트 | 이승원 옮김

4월 10일, 새 학기 첫 등교일.
이츠카 시도는 평소와 다름없는 일상을 보내고 있었다.
갑작스러운 충격파로 파괴된 마을 한가운데에서 소녀와 만나기 전까지는—

세계를 부수는 재앙, 정령을 막을 방법은 단 두 가지.
섬멸, 혹은 대화

정령과 만나게 된 시도는,
세계의 멸망을 막기 위해 데이트로 정령을 꼬셔야하는 운명에 처하게 되는데!?

세계의 멸망을 막기 위한 데이트가 시작된다―!!

ANIPLUS TV 애니메이션 방영 화제작!!

NOVEL

©Kotobuki Yasukiyo 2017
Illustration JohnDee
KADOKAWA CORPORATION

아라포 현자의 이세계 생활 일기 1~2권

코토부키 야스키요 지음 | JohnDee 일러스트 | 김장준 옮김

정리해고 당한 후, 매일 밭을 돌보며 『제로스 멀린』으로서
게임에 빠져 살던 백수 아저씨, 오사코 사토시(40세).
오리지널 마법을 만들어 명실상부 톱 플레이어가 된 그는
최종 보스를 무난하게 공략하지만
로그인 중 발생한 어떤 사고로 생을 마감한다.
그는 홀로 죽었다고 생각했지만,
정신을 차리고 보니 거대한 산림 지대의 한가운데에 서 있었다.
이세계 여신의 말에 따르면 그는 게임 속 능력을 이어받아 전생했다고 한다.
대산림 지대에서 서바이벌을 거치고 전(前) 공작 노인과 만난 제로스는
현자로서 능력을 인정받아 마법을 쓰지 못하는 소녀의
가정교사 일을 의뢰받는데—?!
"나는 평온한 일상이 인생의 모토인데……."

마흔 살 현자의 이세계 생활 일기 개시!

라이트노벨의 새로운 빛! L노벨의 신간은 매월 10일에 발매됩니다. http://cafe.naver.com/lnovel11

© Hiroaki Nagashima/AlphaPolis Co., Ltd.
Illustration Kisuke Ichimaru

잘 가거라 용생, 어서 와라 인생 1~4권

나가시마 히로아키 지음 ┃ 이치마루 키스케 일러스트 ┃ 정금택 옮김

밭일에 힘쓰고 음식을 얻기 위해 동물을 사냥한다.
검소하지만 따뜻한 변경의 생활에 청년 드란은 「삶」의 기쁨을 맛보고 있었다.

그러던 어느 날,
부근의 숲에서 마을을 괴멸시킬지도 모르는 위협과 직면하게 된다.

반인반사(半人半蛇)의 미소녀 라미아, 경국의 미인 검사와 협력!
우리 마을을 지키기 위해, 청년 드란은 용종(竜種)의 마력을 해방시킨다!

**삶에 지친 최강최고(最強最古)의 용이,
변경의 청년으로서 「인생」을 산다!**

Copyright ⓒ 2017 Senri Akatsuki
Illustrations copyright ⓒ 2017 Ayumu Kasuga
SB Creative Corp.

최약무패의 신장기룡 1~12권

아카츠키 센리 지음 | 카스가 아유무 일러스트 | 원성민 옮김

5년 전 혁명으로 인해 멸망한 제국의 왕자 · 룩스는 실수로 난입하고 만
여자기숙사 목욕탕에서 신왕국의 공주 · 리즈샤르테와 만난다.
"……언제까지 내 알몸을 보고 있을 생각이냐, 이 바보 자식아아아앗!"
유적에서 발굴된 고대병기 장갑기룡.
일찍이 최강의 기룡사라고 불리던 룩스는,
지금은 공격을 전혀 하지 않는 기룡사로서『무패의 최약』이라고 불리고 있었다.
리즈샤르테의 도전을 받아 결투를 벌인 끝에,
룩스는 어찌 된 영문인지 기룡사 육성을 위한 여학원에 입학하게 되는데……?!
왕립 사관학원의 귀족 자녀들에게 둘러싸인 몰락왕자의 이야기가 시작된다.

왕도와 패도가 엇갈리는
『최강』의 학원 판타지 배틀, 개막!
TV애니메이션 애니플러스 방영작!

15세 미만 구독 불가

아와무라 아카미츠 지음
refeia 일러스트
최승원 옮김

The Swordbringer
comes back.

Copyright ⓒ 2015 Akamitsu Awamura
Illustrations copyright ⓒ 2015 refeia
SB Creative Corp.

성검사의 금주영창 1~14권

아와무라 아카미츠 지음 | refeia 일러스트 | 최승원 옮김

"오빠를 만날 것 같은 예감이 들었어!"
전생에서 사랑을 맹세했던 공주 검사로 친동생이었던 기억을 지닌 소녀 · 사츠키와
"내 입술……기억 못하지?!"
다른 전생에서 명부의 마녀이자 함께 싸웠던 소녀 · 시즈노.
윤회를 넘어 사랑하는 두 사람과 동시에 재회해버린 소년 · 모로하는
사츠키와 시즈노 사이에 끼어 굉장히 난처한 상황?!
그리고 전생의 기억을 힘으로 변환하는 전생자들의 학원에서 사상 처음으로
두 전생《검성 X 금주사》의 힘을 각성한 모로하는
그 누구보다도 특별한 운명을 걷기 시작했다!!

영원한 유대로 맺어졌으며 가장 사랑하는 두 사람을 구하는
전생공명 학원 소드 & 소서리.

TV애니메이션 방영 화제작!!

©Natsume Akatsuki, Kurone Mishima 2017
KADOKAWA CORPORATION

이 멋진 세계에 축복을! 1~12권

아카츠키 나츠메 지음 | 미시마 쿠로네 일러스트 | 이승원 옮김

게임을 사랑하는 은둔형 외톨이 소년, 사토 카즈마의 인생은
너무하도 허무하게 그 막을 내린…… 줄 알았는데,
정신을 차려보니 눈앞에 여신을 자처하는 미소녀가 있었다.
"이세계에 가지 않을래? 원하는 걸 딱 하나만 가지고 가게 해줄게.",
"그럼 널 가지고 가겠어."
이리하여, 이세계로 넘어간 카즈마의 대모험이 시작……되나 싶었는데,
결국 시작된 것은 의식주 확보를 위한 노동이었다!
카즈마는 그저 평온하게 살고 싶지만,
문제를 연달아 일으키는 여신 때문에 결국 마왕군에게 찍히고 마는데?!

애니메이션 방영 화제작!!